GERHARD LOIBELSBERGER

Der Henker
von Wien

KRIEG UND KRIMINALITÄT Winter 1916. Der österreichische Ministerpräsident wird beim Mittagessen erschossen, Kaiser Franz Joseph I. stirbt im Alter von 86 Jahren und die Wienerinnen und Wiener kämpfen ums Überleben. Sie fahren zu Hamsterkäufen aufs Land und versuchen, sich bei Schleichhändlern mit dem Notwendigsten einzudecken. Einer dieser Schleichhändler, der sich selbst »Die Quelle« nennt, beginnt Konkurrenten und unwillige Lieferanten auszuschalten, indem er sie aufhängt. Als im k. u. k. Kriegsministerium ein hoher Beamter erhängt aufgefunden wird, werden Oberinspector Nechyba und ein hoher Militärgendarm mit den Ermittlungen betraut. Mit oftmals knurrendem Magen begibt sich Nechyba auf die Suche nach dem »Henker von Wien«. Ein lebensbedrohendes Unterfangen, bei dem es Nechyba diesmal fast selbst an den Kragen geht ...

© Andreas Schmidt

2009 startete Gerhard Loibelsberger mit den »Naschmarkt-Morden« eine Serie historischer Kriminalromane rund um Joseph Maria Nechyba. 2016 goldener HOMER Literaturpreis für: »Der Henker von Wien«. 2011 und 2017 erschienen die Italien-Thriller »Quadriga« und »Im Namen des Paten«. 2018: »Schönbrunner Finale«, der letzte Roman der sechsteiligen Nechyba-Serie. 2019: »Morphium, Mokka, Mördergeschichten«. 2020: der historische Roman »Alles Geld der Welt«. 2021: der dystopische Thriller »Micky Cola« und »Alt Wiener Küche«.
Mehr Informationen zum Autor: www.loibelsberger.at

GERHARD LOIBELSBERGER

Der Henker von Wien

Ein Roman aus dem alten Wien

GMEINER

Die automatisierte Analyse des Werkes, um daraus Informationen
insbesondere über Muster, Trends und Korrelationen gemäß § 44b UrhG
(»Text und Data Mining«) zu gewinnen, ist untersagt.

Immer informiert
Spannung pur – mit unserem Newsletter informieren wir Sie
regelmäßig über Wissenswertes aus unserer Bücherwelt.

Gefällt mir!

Facebook: @Gmeiner.Verlag
Instagram: @gmeinerverlag

Besuchen Sie uns im Internet:
www.gmeiner-verlag.de

© 2015 – Gmeiner-Verlag GmbH
Im Ehnried 5, 88605 Meßkirch
Telefon 0 75 75 / 20 95 - 0
info@gmeiner-verlag.de
Alle Rechte vorbehalten
8. Auflage 2024

Lektorat: Claudia Senghaas, Kirchardt
Herstellung: Mirjam Hecht
Umschlaggestaltung: U.O.R.G. Lutz Eberle, Stuttgart
unter Verwendung des Bildes »Tod und Leben« von Gustav Klimt;
© http://www.zeno.org/Kunstwerke/B/Klimt,+Gus-
tav%3A+Tod+und+Leben
Druck: CPI books GmbH, Leck
Printed in Germany
ISBN 978-3-8392-1732-0

Für meine Frau Lisa, die mir auch in den dunkelsten Stunden beisteht.

OKTOBER 1916

I/1

NECHYBA WAR EINIGERMASSEN satt. Grantig döste er an diesem trüben Herbsttag, es war der 21. Oktober 1916, in seinem Dienstzimmer vor sich hin. Zu diesem Behufe war er in seinem Sessel, der breite Armlehnen hatte, mit dem Hintern ganz ans vordere Ende der Sitzfläche gerutscht. So konnte er die Beine weit ausstrecken, und trotzdem war sein massiger Oberkörper stabil zwischen den Armlehnen eingequetscht. Außerdem war er mit dem Sessel so nahe am Schreibtisch, dass die Schreibtischkante seinen kugelförmigen Bauch berührte. Auf die Art konnte er nun keinesfalls vom Sessel fallen. Eine ideale Sitzposition, in der sich der Oberinspector des Öfteren ein kleines Nachmittagsschläfchen gönnte.

Heute konnte er lange nicht einschlafen. Seine Gedanken kreisten um die allgemeine Lage, und er verwünschte den verdammten Krieg, der nun schon über zwei Jahre dauerte und der die Versorgungslage mit Lebensmitteln immer unzureichender werden ließ. Nicht nur, dass Österreich gleich zu Kriegsbeginn seine Kornkammer Galizien an die Russen verloren hatte und diese in unzähligen Schlachten mühsam rückerobert werden musste, strafte der Herrgott das Land auch noch mit unterdurchschnittlichen Ernten in den restlichen Anbaugebieten. So war es kein Wunder, dass seit über einem Jahr der Bezug von Mehl rationiert war. Man bekam es nur mittels Lebensmittelkarte. Eine geringe Menge, und nicht einmal das war sicher. Besonders ärgerte ihn, dass es heute zu Mittag im Gasthaus ›Zum Rebhuhn‹ weder Semmeln noch Salzstangerln zum Gulasch gegeben hatte. Gebäck zu verkaufen, war, wie der Kellner bedauernd feststellte, der Gastronomie seit Neuestem per Verordnung untersagt. »Aber selbst wenn wir Semmeln verkaufen dürften, würde es trotzdem keine geben. Weil's einfach nirgends in Wien mehr Semmeln gibt«, rechtfertigte der Ober das Manko im Angebot. Und auch an den Erdäpfeln wurde im Gasthaus ›Zum Rebhuhn‹ gespart. Drei! Ganze drei Erdäpfelhälften schwammen in dem rotbraunen Gulaschsaft. Wie, bitte, sollte man da den ganzen Saft auftunken? Und wie sollte ein erwachsener Mensch davon satt werden? Dieser verdammte Krieg! Man bekam kein Mehl, keine Milch, und auch bei Fleisch, Gemüse und Fett gab es ständig Engpässe in der Versorgung. Nechyba seufzte, denn es zwickte ihn im Bauch. Sein Verdauungstrakt war es einfach nicht gewohnt, so viel zwiebelhaltigen Gulaschsaft ohne Gebäck und fast ohne Erdäpfel zu verdauen. Ein polternder Darmwind knatterte durch das Bureau. Nechyba seufzte neuerlich. Diesmal vor Erleichterung. Zum Glück hatten die Mehlbestände in der Küche des ›Rebhuhn‹ noch ausgereicht, um einen ausgezogenen Strudelteig zu machen. Der abschließende Apfelstrudel war wenigstens so wie früher. Wunderbar saftig, mit leicht säuerlichen Äpfeln, die aus dem Schrebergarten der Mutter des Gasthausbesitzers stammten. Diese Information war Nechyba gemeinsam mit dem Strudel vom Oberkellner persönlich serviert worden. Glücklich, wer in diesen schweren Zeiten ein kleines Stück Grünfläche hatte. So ein eigenes Fleckerl Erde konnte man zum Anbau von Obst und Gemüse verwenden. Nechyba erinnerte sich, dass er morgen, Sonntag, mit seiner Frau hinaus nach Speising fahren würde. Seine Cousine Josefa hatte dort eine Gärtnerei. Der Besuch geschah aus nicht ganz uneigennützigen Motiven: Nechyba hoffte, dass die Gärtnerin ihm ein bisserl Wintergemüse mitgeben würde. Einen Kohl- oder einen Krautkopf. Vielleicht auch einen Chinakohlsalat. Nechyba begann nun, von Krautrouladen sowie von dampfendem Kohlgemüse und herrlich weichem gekochtem Rindfleisch zu träumen. Dazu gab es riesige Portionen von gerösteten Erdäpfeln und auch Semmeln in Hülle und Fülle. Mit ihnen tunkte er den würzigen Bratensaft der Krautrouladen auf. Nechyba war nun selig, und ein zartes Lächeln war unter seinem riesigen aufgezwirbelten Schnurrbart zu erahnen. Gleichzeitig begann ein lautes, rhythmisches Schnarchen einzusetzen.

Das Telefon läutete. Der Oberinspector, der gerade davon geträumt hatte, dass er sich von der Greißlerin Landerl ein knuspriges Semmerl, gefüllt mit würziger Salami und mit einem fein aufgeschnittenen Essiggurkerl, zubereiten ließ, war verwirrt. Mühsam fand er in die grausame semmellose Realität zurück. Ein Blick auf seine Taschenuhr zeigte ihm, dass es kurz nach halb drei war. Wer, zum Teufel, rief um diese Zeit an?

»Was ist?«, brummte er ins Telefon. Dann hörte er die aufgeregte Stimme Bronsteins, der seit kurzer Zeit wieder im Polizeiagenteninstitut seinen Dienst versah:

»Chef, Sie sollten ganz schnell ins ›Meißl und Schadn‹ kommen! Sie werden nicht glauben, was gerade passiert ist.«

»Reden S' net in Rätseln, sagen S', was los ist!«

»Gerade ist der Ministerpräsident, der Graf Stürgkh, einem Attentat zum Opfer g'fallen.«

»Was, der Stürgkh ist tot?«

»Zumindest schwer verletzt. Mehrere Kopfschüsse.«

»Halten S' die Stellung, ich schick wen.«

Nechyba legte den Telefonhörer auf, schüttelte ungläubig den Kopf und ließ sich dann mit dem Polizeipräsidenten verbinden. Gorup von Besanez meldete sich mit einem unwirschen:

»Wer stört?«

Nechyba antwortete trocken:

»Der Stürgkh! Er ist höchstwahrscheinlich tot. Erschossen. Im Hotel ›Meißl und Schadn‹.«

»Nechyba, sind Sie das? Machen Sie Witze?«

»Ja, Herr Präsident, ich bin's. Und nein, Herr Präsident, ich mache keine Witze. Das Witzemachen ist mir schon vor einiger Zeit vergangen.«

»Um Gottes willen! Da müssen wir ja sofort hin!«

»Ich bitt Sie, könnt ich hier bleiben und die Stellung halten? Ich verständige jetzt den Schober und den Hofrat Gayer, wenn's recht ist.«

»In Ordnung, Nechyba. Sie bleiben hier, und ich fahr ins ›Meißl und Schadn‹!«

Nechyba ließ sich nun mit Schober, dem Leiter der staatspolizeilichen Abteilung, verbinden. Ein junger, ehrgeiziger und äußerst korrekter Beamter im Range eines Polizeirates. Nechyba hatte in den letzten Jahren immer wieder mit ihm zusammengearbeitet. Seine Sympathie für Schober stammte auch daher, dass dieser manchmal ein klein wenig einen oberösterreichischen Klang in seiner Stimme hatte. So wie Nechybas Frau Aurelia.

Anders als der Baron Besanez meldete sich der Polizeirat korrekt:

»Schober, Staatspolizei.«

»Grüß Sie! Nechyba. Ich hab gerade erfahren, dass der
Ministerpräsident Stürgkh erschossen wurde.«

»Wo?«

»Im ›Meißl und Schadn‹.«

»Von wem?«

»Weiß ich nicht. Der Herr Präsident ist schon unterwegs.«

»Kommen Sie auch, Nechyba?«

»Nein, ich halt hier die Stellung.«

»Danke für die Information.«

Als Nechyba sich zu Hofrat Gayer, dem Chef des
Sicherheitsdienstes, durchstellen ließ, erfuhr er, dass dieser gerade aufgebrochen war. Wegen eines Notfalls. Aha,
den hat also wer anderer informiert, dachte sich Nechyba
und legte den Hörer auf. Dann rutschte er in die ein-
gangs beschriebene bequeme, halb liegende Sitzposition,
ließ einen donnernden Furz fahren und döste wieder ein.

I/2

Sein Vis-à-vis sah aus wie eine Ratte: vorstehende Zähne und schwarze Knopfaugen mit stechendem Blick. Am liebsten hätte er ihm die Rattenvisage poliert! Aber er blieb ruhig, nur seine Muskeln waren angespannt.

»Nein! So geht das nicht«, fiepte das Rattengesicht, »unter 25 Prozent Provision geht gar nix! Und 25 Prozent sind genau das vierte Fuhrwerk, das wir gerade beladen haben. Diese Fuhr gehört mir. Ich bestehe auf meinen Anteil!«

Jetzt reichte es ihm, er trat zwei Schritte zurück und blickte seinen Untergebenen auffordernd an. Der starrte blöde zurück, sodass er etwas sagen musste. Leise gab er die Anweisung:

»Stoß ihn die Rampe runter!«

Schwindgruber richtete seinen blöden Blick auf das Rattengesicht, holte aus und gab dem schmächtigen Mann einen Stoß. Wie ein Blitz fällte dieser Stoß das Rattengesicht, das sich aber an der Rampe anklammerte. Mit zwei langsamen Schritten ging er auf den an der Rampe Zappelnden zu und trat ihm mit der Stiefelspitze ins Gesicht. Knochen krachten. Ein Schrei. Die schmächtige Gestalt fiel von der Laderampe hinunter. Direkt vor die Beine eines Pferdes, das vor das zweite Transportfuhrwerk gespannt war und nervös von einem Bein aufs andere trat.

»Hol ihn wieder rauf!«

Schwindgruber nickte, sprang die Rampe hinunter

und beruhigte als Erstes einmal das Pferd. Dann hob er den Ohnmächtigen auf die Rampe und stemmte mit viel Schwung seinen eigenen Körper wieder empor. Währenddessen hatte sein Vorgesetzter den beiden Anderen das Kommando erteilt, den Einfrierraum zu öffnen.

»Schwindgruber, hol einen Strick aus dem Wagen. Einen festen!«, befahl er.

Mittlerweile war die Tür des Einfrierraumes geöffnet worden, und eiskalter Nebel umfing die drei auf der Rampe stehenden Männer. Kein Wunder, schließlich herrschte im Einfrierraum eine Temperatur von minus zwölf Grad. Er befahl seinen Männern, das am Boden liegende Rattengesicht aufzuheben und in den Einfrierraum zu bugsieren. Inzwischen war Schwindgruber mit einem Seil zurückgekommen. Er knüpfte mit geschickten Fingern eine Schlinge, die er dem Bewusstlosen um den Hals legte. Nun winkte er seinen Untergebenen zu, ihm zu folgen. Sie trugen ihr Opfer an zahllosen Reihen von gefrorenen Rinderhälften, die an Fleischerhaken hingen, entlang. Ihr Weg führte zu einer Stelle des Raums, wo sich noch freie Haken befanden. Mit nicht mehr ganz so flinken Fingern begann er nun, eine zweite Schlinge zu knüpfen. Trotz der dünnen Lederhandschuhe, die er trug, verursachte die enorme Kälte klamme Finger. Er konzentrierte sich auf das Binden des Knotens. Das Seil war ebenfalls schon ziemlich steif geworden. Schließlich gelang es ihm und er kommandierte:

»Lasst ihn baumeln!«

Seine Helfer hoben das Rattengesicht empor, und er schob den Knoten über einen leeren Fleischerhaken. Nun ließen sie den Bewusstlosen los, der Strick spannte sich.

Es erklang ein Knacken im Genick des Rattengesichts, sein Körper bäumte sich auf, und unmittelbar darauf erschien auf seiner eleganten hellgrauen Hose ein großer dunkler Fleck. Der Anführer der Männer, den man auch die ›Quelle‹ nannte, nickte zufrieden. Der Schließmuskel seines Opfers hatte sich entspannt. Der rattengesichtige Prokurist des Kühl- und Gefrierhauses der Stadt Wien war tot.

I/3

MARIE, DIE SICH an ihre Mutter gekuschelt hatte, träumte, dass eine Glocke läutete. Eine Schulglocke. Unaufhörlich. War das das Ende der Schule? Würde sie nie wieder ihren Schulranzen packen müssen? Plötzlich spürte sie die Hand der Mutter, die sie wachrüttelte.

»Komm, steh auf! Du muasst di anstellen gehen. Sonst hamma morgen ka Brot«, hörte sie die müde Stimme ihrer Mutter. Nun spürte sie das nagende Hungergefühl in ihrem Magen. Kein Brot zu haben, war lebensbedrohlich. Also setzte sie sich auf, schwang die Beine aus dem Bett und stellte den immer noch rasselnden Wecker ab. Benommen blieb sie eine Weile auf der Bettkante hocken. Kälte umgab sie. Am liebsten wäre sie wieder in die Wärme zurückgekrochen: unter die Decke, die sie mit ihrer Mutter teilte. Marie rieb sich die Augen und dachte an ihren Herrn Vater, der irgendwo weit weg im Krieg war. Nun schlief sie bei der Mutter im Ehebett. Weil das wärmer war, wenn man einander Wärme spendete. Denn Heizmaterial war Mangelware, und mit dem bisschen, das man bekam, wurde der Herd in der Küche geheizt, um eine dünne Kriegssuppe oder eingebranntes Gemüse zu kochen. Letzteres gab es allerdings nur, wenn Marie oder ihre Mutter wieder einmal etwas Mehl ergattern konnten. Meistens lebten Mutter und Tochter in diesem dritten Kriegsjahr jedoch von Erdäpfeln und Brot. Und deshalb war es ganz besonders wichtig, dass Marie endlich aufstand, sich anzog und hinunter auf die

Ottakringer Straße zur Ankerbrot-Filiale* ging, um sich dort anzustellen. Denn trotz der Rationierung des Brotes, die in Form von Brotkarten erfolgt war, war in keiner Weise gewährleistet, dass jeder, der eine solche Karte besaß, auch Brot bekam. Deshalb bildeten sich überall dort, wo es in der Früh die frische Backware gab, bereits in der Nacht lange Warteschlangen. Da Maries Mutter eine Arbeitsstelle als Schaffnerin bei den Wiener Verkehrsbetrieben gefunden hatte und in der Früh einigermaßen ausgeschlafen ihren Dienst antreten musste, fiel der 14-jährigen Marie die Aufgabe zu, sich in der Nacht um das Brot anzustellen. Marie schlüpfte in die Schuhe mit Holzsohlen, die sie vor dem Winter neu bekommen hatte, und dachte mit Schaudern an viele ihrer Schulkameraden, die trotz der Kälte noch immer barfuß oder in arg zerrissenen alten Schuhen durch die Gegend liefen. Sie hüllte sich in ein warmes Wolltuch und vergewisserte sich, dass sie die Brotkarte eingesteckt hatte. Leise schloss sie die Wohnungstür hinter sich und klapperte dann mit ihren neuen Holzschuhen die rutschigen Stufen der Sandsteintreppe hinunter zum Haustor. Seit man sich nächtens um Lebensmittel anstellen musste, hatten die Hausbewohner beim Hausherrn durchgesetzt, dass das Haustor mit einem Schnappmechanismus von innen zu öffnen war – auch während der nächtlichen Sperrzeiten!

Marie bog um die Ecke und stöhnte enttäuscht. Vor der Anker-Filiale hatte sich bereits eine gut 20 Meter lange Warteschlange gebildet. Missmutig reihte sie sich an

---

* Ankerbrot ist eine Altwiener Backwaren- und Brotfabrik mit zahlreichen Filialen

deren Ende ein. Zwei Stunden später, es war mittlerweile knapp vor sechs Uhr morgens, taten Marie das Kreuz und die Füße vom langen Herumstehen weh. Die Schlange der auf Brot Wartenden war mittlerweile gut 100 Meter lang. Sie sah den Fikret Pauli mit beiden Händen in den Hosentaschen an den Wartenden vorbeischlendern. Er bedachte sie mit einem spöttischen Grinsen. Bei Marie, die er von der Schule her kannte, blieb er kurz stehen und sagte leise:

»Um Viertel nach sechs, wenn der Anker-Wagen* kommt, derfst net schlafen …«

»Wie soll i bei der Kälte und noch dazu im Stehen schlafen?«

»Na, dann is ja eh guat«, antwortete er grinsend und schlenderte weiter die Ottakringer Straße hinunter. In einer der nächsten Seitengassen verschwand er.

Die Zeit verging, und Marie grübelte, wie der Pauli das wohl gemeint hatte. Sie war ja extra wegen dem Anker-Wagen, der frisches Brot bringen würde, hier angestellt. Mittlerweile war es schon halb sieben, und der Wagen war immer noch nicht da. In der Warteschlange vor Marie begann eine kleine Frau in abgerissener Kleidung laut zu schimpfen:

»Die Großkopferten** ham noch immer genug zum Beißen. Nur wir kleinen Leut' müss'n hungern!«

»Uns stundenlang ums Brot anstellen, während die Obrigkeit fein speisen geht und Schampus und Likör sauft!«, stimmte eine andere Frau ein, und eine junge, klapperdürre Frau schrie:

---

* Lieferwagen der Ankerbrot-Fabrik
** Die Bessergestellten, die gut Situierten

»Den Stürgkh haben s' beim Tafelspitz erschossen!«

Ein junger Kerl, der sich mit schmutzstarrenden bloßen Füßen angestellt hatte, schrie:

»Und unsereiner friert sich für a Stückl Brot den Oasch ab!«

Nun griff der uniformierte Sicherheitswachmann, der vor einer Viertelstunde neben dem Eingang zur Anker-Filiale Stellung bezogen hatte, um Drängereien bei der Brotverteilung zu verhindern, ein:

»Ich bitt Sie, beruhigen Sie sich …«

Weiter kam er nicht, denn von der unteren Ottakringer Straße erklang das Geklapper von Pferdehufen. Der Wachmann und die anstehenden Menschen blickten gespannt in diese Richtung. Endlich kam der Anker-Lieferwagen. Zur Überraschung aller hagelte es plötzlich aus der letzten Seitengasse vor der Filiale Steine. Der Kutscher fiel, mehrfach getroffen, vom Bock, die Pferde schnaubten unruhig, wurden aber langsamer und blieben stehen. Die Brotzustellerin rutschte vom Kutschbock und versuchte davonzulaufen. Dabei geriet sie direkt in Pauli Fikrets Arme. Der entriss ihr den Schlüssel für den Lieferwagen, sperrte diesen auf, sprang hinein und warf einen Brotlaib nach dem anderen seinen Spießgesellen zu, die sich hinter dem Wagen mit Körben und Säcken eingefunden hatten. Lauter Lausbuben aus dem Gretzel, die Marie gut kannte. Ein Ruck ging durch die Warteschlange, und Marie wurde von dieser Welle förmlich mitgerissen. Alle rannten zu dem Wagen, um sich so viel Brot wie möglich zu schnappen. Die flinke Marie war eine der Ersten dort, und Pauli warf ihr zwei große Laibe zu, die sie geschickt auffing. Er schrie:

»Renn! Lauf, bevor sie dich erwischen und es dir wegnehmen!«

Marie lachte Pauli dankbar an und wieselte mit ihrer Beute davon. Nicht die Ottakringer Straße entlang, sondern in die nächste Seitengasse und von dort in eine weitere Seitengasse. Hinter sich hörte sie einen Riesentumult: das Trillern der Pfeife des Sicherheitswachmanns, Schreie, Schimpfen, Flüche. Sie verlangsamte ihren Schritt und versteckte die beiden Brotlaibe unter dem dicken Tuch vor ihrer Brust. Gemächlich kehrte sie in die Wohnung zurück, wo ihre Mutter gerade am Fortgehen in die Arbeit war. Als sie Maries Beute sah, lächelte sie überrascht, strich ihr zärtlich über die Haare und sagte:

»Du bist ein gutes Kind ...«

I/4

Dass ein Oberkellner knapp vor dem Attentat Graf
Stürgkh Likör brachte, ist richtig, und weiß ich daher, da
ich abwarten wollte, bis er sich wieder entfernt hatte. Wo
sich der Kellner im Moment des Attentats befand, weiß
ich nicht. Ich habe auch nicht die Erinnerung, daß jemand
beim Buffet stand. Um ½ 3 stand ich von meinem Tische
auf, ging rasch, aber doch gemessen auf den Tisch des Gra-
fen Stürgkh zu, machte eine kleine Wendung nach links,
zog den Revolver aus der rechten Rocktasche und gab in
einer Entfernung von (nach meiner Schätzung) 30 – 60 cm
die Schüsse auf den Kopf des Grafen Stürgkh ab. Ich habe
den Arm krampfhaft gerade ausgestreckt und benützte die
Zielvorrichtung nicht, sondern gab dem Revolver eben
durch den Arm die Zielrichtung …

Joseph Maria Nechyba ließ das Vernehmungsprotokoll
sinken und versuchte, sich die Ermordung des Ministerpräsidenten bildlich vorzustellen. Er schüttelte den Kopf.
Die Kaltblütigkeit, mit der Friedrich Adler vorgegan-
gen war, entsetzte ihn. Was war das für ein Mensch, der
einem anderen aus nächster Nähe in den Kopf schoss?
Und das nach einem sündteuren Mittagessen in einem der
besten Restaurants der Stadt! Nechyba, der sich immer
zu den Sozialdemokraten hingezogen fühlte und sie bei
den letzten Reichstagswahlen auch gewählt hatte, war
irritiert. Gewaltlosigkeit war nie sein persönlicher Weg
gewesen, aber diese eiskalte Anwendung von Gewalt stieß

ihn ab. Was er darüber hinaus überhaupt nicht verstehen konnte – da sträubte sich einfach alles in ihm – war ein Mord nach dem Mittagessen. Da hörte sich doch alles auf! Wo blieb da die Esskultur? Wo der Genuss? Nechyba erinnerte sich an die vielen wunderbaren Zigarren, die er nach einem Essen geraucht hatte. Er erinnerte sich aber auch an die angenehmen Nickerchen, die er nach wie vor gerne nach einem Essen machte. Das hatte Stil. Aber nach einem guten Essen einen politischen Mord zu begehen, das überstieg seine Vorstellungskraft. Fassungslos blätterte er in dem Verhörprotokoll weiter. Folgende Stelle fiel ihm auf:

Die Gründe, die für ein Attentat gegen Stürgkh sprachen, häuften sich in dem Maße, als er in der politischen Welt als von immer steigendem Einfluß erschien und seine Rolle für Oesterreich eine immer verhängnisvollere wurde. In dieser Richtung wurde mir schon im Frühsommer bekannt, daß Stürgkh mit Tisza* Abmachungen über den Ausgleich mit Ungarn getroffen, die ein direkter Verrat der österreichischen Interessen waren und auf die die anderen Minister keinen Einfluß nehmen konnten, ja von den Verhandlungen zum Teil nicht einmal in Kenntnis gesetzt wurden. Stürgkh gab sich zu einem Ausgleich her, der Oesterreich vollkommen den Agrariern auslieferte, der die Zölle nach dem Kriege nicht hinunter-, sondern hinaufsetzen sollte, der also nach dem Urteil aller, mit denen ich Gelegenheit hatte, darüber zu sprechen, eine neue Aera des Hungers auf lange hinaus (die Ausgleichszeit sollte auf 20 Jahre verlängert werden) bedeutete.

---

* Ungarischer Ministerpräsident

Nechyba erschauerte. Ministerpräsident Graf Stürgkh, der seit der Ausschaltung des Reichsrates im Frühjahr 1914 ohne Kontrolle des Parlaments regierte, war offensichtlich größenwahnsinnig geworden. Ein Stück weiter unten las er dann:

Er hatte sich im Ministerrat auch eine Art Diktatur zugelegt, so daß andere Minister keinen Einfluß nehmen konnten und bei Beschwerden in ihrem Ressort wiederholt zur Antwort gaben, sie seien vollkommen von der Richtigkeit der Beschwerde überzeugt – aber der Stürgkh! Er wirkte planmäßig lähmend auch auf alles, was andere Minister in guten Intentionen wollten, und hat damit einen Schaden gestiftet, der so umfassend war wie nur möglich. Diese Stellung verschaffte er sich einerseits dadurch, dass er dem Tisza absolut willfährig war, andererseits, daß es ihm gelang, den Kaiser förmlich von der Welt abzuschließen und ihn als den Einzigen zu betrachten, der über Oesterreich anzuhören sei. Ist es bei dem Alter des Kaisers sehr unwahrscheinlich, daß er sehr viel selbständige Entschlüsse faßt, so gelang es Stürgkh nach mehrfachen, sehr vertrauenswürdigen Mitteilungen, die ich erhielt, das Vertrauen des Kaisers zu gewinnen, daß es möglich wurde, andere sehr maßgebende Persönlichkeiten und damit politische Informationen anderer Art vom Kaiser vollständig abzuschließen. Es ist bekannt, daß einige sehr hohe feudale Mitglieder des Herrenhauses den Kaiser über das Treiben des Stürgkh informieren wollten und Stürgkh dies konsequent zu durchkreuzen verstand. Es ist bekannt, daß der Präsident des Abgeordnetenhauses, Sylvester, zum Kaiser wollte, um die Lage der Par-

*lamentslosigkeit zu schildern, und Stürgkh die Audienz
verhinderte. Es war das Monopol auf den Kaiser, das sich
Stürgkh zu verschaffen wußte, das ihm die Möglichkeit
gab, über jeden Versuch einer Besserung der Zustände
mit diktatorischem Hochmut hinwegzuschreiten. Stürgkh
war also deutlich im politischen Bewußtsein der Exponent
des Absolutismus geworden.*

Es klopfte an Nechybas Zimmertür. In das Vernehmungsprotokoll von Friedrich Adler vertieft, brummte er unwirsch:

»Was ist los? Was gibt's?«

Die Tür wurde geöffnet und Polizeirat Schober trat ein. Nechyba hielt in der Lektüre inne und sagte in einem wesentlich freundlicheren Tonfall:

»Schober, Sie sind es! Was führt Sie zu mir?«

Nechyba erhob sich ächzend, schüttelte Dr. Schober die Hand und sagte dann:

»Ich lese gerade das Vernehmungsprotokoll vom Dr. Adler, von dem Sie mir netterweise eine Abschrift haben zukommen lassen.«

»Jaja … der Doktor Adler. Das hätt ihm auch keiner zugetraut, dass er den Stürgkh erschießt. Ich hab den Doktor Adler immer für einen Idealisten gehalten …«

»Aber der Stürgkh war auch kein Guter …«

»Sie sagen es, Nechyba, Sie sagen es! Die Zeiten sind jetzt überhaupt fürchterlich. Ich hab bei Ihnen vorbeigeschaut, weil ich eine Akte aus Ihrer Abteilung auf den Schreibtisch bekommen habe. Es handelt sich um den erhängten Prokuristen des Kühl- und Gefrierhauses der Stadt Wien. Der Herr Polizeipräsident hat mich gebeten, mir diesen Fall anzuschauen, weil er meint, dass diese Tat eventuell einen politischen Hintergrund hat.«

Nechyba kratzte sich am Schädel und grunzte etwas Unverständliches. Dann stöberte er in den Akten, die auf seinem Schreibtisch lagen. Als er den gesuchten Akt gefunden hatte, brummte er zufrieden. Schnell blätterte er ihn durch, ließ ihn dann sinken und lächelte:

»Lieber Doktor Schober, Sie können gerne die weiteren Untersuchungen in diesem Fall übernehmen. Meine Abteilung und meine Leute geben ihn ab.«

Nun lächelte auch der Polizeirat:

»Das glaub ich Ihnen schon, dass Sie diese ungute G'schicht loswerden wollen. Andererseits seh ich keinen unmittelbaren politischen Hintergrund für diese Tat.«

»Na ja, vielleicht war das ein gezieltes Attentat auf einen Beamten, der mit der Nahrungsmittelversorgung der Bevölkerung zu tun hat. Gewissermaßen ein Terrorakt.«

»Ist das nicht an den Haaren herbeigezogen?«

Nechyba grinste neuerlich:

»Das war ja nur so eine Theorie von mir. In Wahrheit war das sicher eine kriminelle Tat. Wahrscheinlich ging's da um irgendwelche Schiebereien beziehungsweise um Unterschleifungen von Fleisch.«

»So seh ich das auch, Nechyba. Wenn's Ihnen recht ist, mach ich eine kurze Aktennotiz, die ich dem Herrn Polizeipräsidenten mitsamt dem Akt zurückschicken werde. Darin werde ich festhalten, dass wir beide einen politischen Hintergrund ausschließen.«

»Schreiben S' bitte lieber: nicht für wahrscheinlich halten. Weil: Ausschließen möchte ich in so schrecklichen Zeiten wie diesen überhaupt nix …«

I/5

Es LÄUTETE AN der Wohnungstür. Die Köchin Aurelia Nechyba bereitete gerade einen handgezogenen Strudelteig zu. Sie war genau in der Phase, in der man den fertigen Teig auszog, sodass er hauchdünn und fein wurde. So dünn, dass man durch ihn durchschauen und Zeitung lesen konnte …

»Geh, Gerti! Mach die Tür auf. Es hat geläutet.«

Das Dienstmädel, das gerade im Speisezimmer den Boden aufwusch, hörte sie antworten:

»Ich hab ganz nasse Händ'!«

Es läutete neuerlich, diesmal etwas länger.

»Zum Kuckuck! Geh die Tür aufmachen!«

»Ja, i geh eh schon!«

Nun läutete es ununterbrochen. Aurelia hörte die laufenden Schritte des Dienstmädels im Vorzimmer und dann das Öffnen der Wohnungstür. Darauf erklang ein spitzer Schrei. Aurelia hatte den Teig fertig ausgezogen und auf eine mehlbestaubte Fläche gelegt. Sie wischte sich die Hände an ihrer Küchenschürze ab und ging energischen Schrittes hinaus ins Vorzimmer. Dort erschrak sie. Die gnädige Frau war von ihrem wöchentlichen Dienst als Hilfspflegerin im Armeelazarett, das bereits 1914 im Wiener Künstlerhaus eingerichtet worden war, heimgekommen. Frau Hofrat Schmerda war aschfahl im Gesicht, ihre Pflegerinnentracht war blutbespritzt. Als sie Aurelia sah, wankte sie auf die Köchin zu, umarmte sie und begann, an ihrer Schulter hemmungslos zu weinen. Behutsam führte die Köchin ihre Dienstgeberin in den kleinen Salon, wo sie sich beide auf einem Diwan niederließen.

»Gnädige Frau, was ist Ihnen denn passiert?«

Sie reichte der Schmerda ein frisches Stofftaschentuch, in das sich diese lange und umständlich schnäuzte. Schließlich begann sie, mit tränenerstickter Stimme zu erzählen:

»Gegen Mittag ist heute ein ganzer Tross frisch verwundeter Soldaten zu uns ins Lazarett gekommen. Der Oberarzt Doktor Panagl hat mich gebeten, ihm zu assistieren. Ich hab ihm bei den Operationen die Lampe gehalten, damit er beim Operieren was sieht. Die hohen Räume des Künstlerhauses mit dem Licht ganz weit oben sind ja denkbar ungeeignet als Operationssaal. Zuerst hat er zwei Soldaten Granatsplitter aus den Oberkörpern entfernt, dann hat er so einem armen Teufel, der noch keine 20 Jahre alt ist, ein Bein amputiert, weil er da schon Wundbrand hatte. Und dann … dann hat er einem ebenso jungen Soldaten die Hautfetzen, die einmal sein Gesicht waren, zusammengenäht. Das war das Schrecklichste von allem. Aurelia, der Bub hat wahrscheinlich noch nie in seinem Leben ein Mädel gehabt. Und so, wie er jetzt aussieht, wird er auch nie eines bekommen …«

Wieder wurde die Frau von einem Weinkrampf erfasst. Aurelia umarmte ihre Dienstgeberin voll Mitgefühl. Nach einer neuerlichen Schnäuzzeremonie fuhr sie fort:

»… dort, wo früher seine Nase gewesen war, ist jetzt nur ein narbiger Krater mit zwei Löchern. Der Mund ist auch völlig entstellt und zahnlos, die Lippen von unzähligen Nähten verunstaltet. Außerdem fehlt ihm das Kinn zur Hälfte. Der arme Kerl sieht schrecklich aus. Und doch hat er überlebt. Der Doktor Panagl hat ihm das Leben gerettet. Nach dieser äußerst anstrengenden Operation, ich hab die Lampe schon kaum mehr halten können, so sehr haben mich meine Arme geschmerzt, hat der Doktor Panagl mich dann heimgeschickt. Er war auch ganz fertig. Mit schwarzen Ringen unter den Augen und Schweiß auf der Stirn.«

Aurelia löste sich langsam von dem Häufchen Elend neben ihr, stand auf und fragte:

»Wollen die gnädige Frau ein heißes Bad?«

Ein dankbarer Blick traf die Köchin, dann kam die bange Frage:

»Haben wir noch genug Holz, um den Badeofen anheizen zu können?«

»Aber ja! Das wird sich schon irgendwie ausgehen.«

Bevor sie den kleinen Salon verließ, brachte sie der Schmerda noch zwei Kopfpolster, damit sie sich auf dem Diwan bequem hinlegen konnte. Die blutverschmierte Pflegerinnenschürze nahm sie ihr ab, ihr Taschentuch ließ sie ihr.

Abends führte sie dann mit dem Hofrat Schmerda ein ernstes Gespräch. Schmerda, der seine Frau gar nicht mehr gesehen hatte, weil die schon, als er heimgekommen war, in ihrem Bett lag, hörte voll Mitgefühl der Schilderung der Köchin zu. Und auch auf ihre Bitte, ihr bei der Beschaffung von neuem Brennholz für Küche, Bad und Wohnräume zu helfen, reagierte er verständnisvoll. Gemeinsam überlegten sie, wo sie neues Brennmaterial herbekommen könnten. Schließlich erhellte ein breites Grinsen die Züge des Hofrates. »Aber natürlich!«, rief er. »Natürlich werde ich uns Brennholz beschaffen. Schließlich habe ich mit dem Georg Zellner von Zellendorf acht Jahre lang die Schulbank gedrückt. Der ist jetzt Oberverwalter des Kaiserlichen Thiergartens* in Hietzing draußen. In diesem riesigen Jagdrevier gibt es mehr als genug Bäume. Außerdem ist er mir aus dem Vorjahr sowieso einen Gefallen schuldig. Wie ich seinen Sohn vor der Einberufung geschützt hab. Tja, das Leben ist eine einzige Freunderlwirtschaft …«

---

* Heute: Lainzer Tiergarten

I/6

»Heut war die gnädige Frau wieder im Künstlerhaus …«

Mit diesem Stoßseufzer begrüßte Aurelia ihren Mann, als dieser sie kurz nach acht Uhr abends daheim liebevoll in Empfang nahm. Nechyba gab ihr ein Busserl und umarmte sie innig. Aurelia schmiegte sich an seine breiten Schultern und seufzte neuerlich. Er drückte sie ganz fest an sich, gab ihr noch ein Busserl und löste sich dann vorsichtig aus der Umarmung.

»Komm, iss eine Suppe, das wird dir guttun.«

Er half seiner Frau aus dem Wintermantel und sie setzte sich. Während sie sich die hohen Schnürschuhe auszog, brachte er ihr die Hauspatschen*. Heute war er schon früh vom Dienst heimgegangen. Es hatte ihn einfach nicht mehr gefreut. Er war über den Naschmarkt spaziert, dort hatte sich ihm das übliche Bild geboten: Vor den wenigen Ständen, die Waren anzubieten hatten, hatten sich unglaublich lange Menschenschlangen gebildet. Geduldig warteten Frauen und vor allem Kinder darauf, vielleicht ein Kilo Erdäpfel oder ein Happel Kraut oder einen Kohlkopf zu ergattern. Die Gesichter der Wartenden waren leer und müde. Viel zu oft schon hatte sich jeder Einzelne von ihnen stundenlang umsonst angestellt. Denn wenn es auch an dem Stand, an dem man sich angestellt hatte, derzeit noch Essbares zu kaufen gab, war das keine Garantie dafür, dass dies auch noch der Fall war, wenn man nach unendlich langem Warten selbst an die Reihe

---

* Hauspantoffeln

kam. Nechyba taten die Menschen leid. Trotzdem dachte er nicht im Traum daran, sich in eine der langen Warteschlangen zu stellen. Als g'standener Kiberer, der hier am Naschmarkt seit Jahrzehnten mehr oder minder zu Hause war, beschritt er seine eigenen Wege, um an Lebensmittel zu kommen. Zielstrebig ging er auf die gemauerten Stände zu, schwenkte in die rechte Reihe ein und klopfte nach einigen Metern an die Hintertür solch eines Standes. Nach mehrmaligem Klopfen keifte eine Frauenstimme aus dem Inneren des Marktstandes:

»Hab ka Zeit! Hab Kundschaft!«

»Mach ka Tamtam, sondern mach mir gefälligst auf!«

»Hab ka Zeit! Hab Kundschaft!« Nach einer kurzen Nachdenkpause fragte die Stimme dann verunsichert: »Sind Sie's, Herr Inspector?«

»Nein. Mein Schatten is es. Weil ma heut so einen sonnigen Tag haben.«

Nun wurde die Tür einen Spaltbreit geöffnet. Aber nicht das rotwangige Watschengesicht der Naschmarkt-Roserl, sondern die schmale Gaunervisage ihres Lebensgefährten Branko Jansa lugte durch den Spalt. Mit einer energischen Handbewegung riss Nechyba die Tür auf und drängte sich in das Kabuff, das in den Stand eingebaut war. Energisch schloss er die Tür hinter sich. Für das, was er hier vorhatte, brauchte er keine Zeugen.

»Jansa …«, brummte er, »ich brauch ein Kilo Rindsknochen.«

»Wo soll ich die hernehmen?«

»Willst mich ärgern?«

»Aber Herr Inspector, so Rindsknochen sind teuer.«

»Gib mir halt einen Rabatt.«

»Aber ich hab nur ein paar …«

»Na also! Die gibst mir jetzt!«

»Die sind aber schon vorbestellt. Außerdem gibt's Rindsknochen nur als Zuwaage.«

»Na und?«

»Ich will aber net meine Kundschaft verärgern …«

»Bin ich vielleicht ka Kundschaft? Also was ist? Wo ist das Rindfleisch mit den Knochen?«

Seufzend bückte sich Jansa und zog einen riesigen Rucksack unter dem Tisch hervor. Sorgsam schnürte er ihn auf, und was Nechyba da sah, ließ sein Herz vor Freude höher schlagen. Der Inhalt des Rucksacks waren ausschließlich große, ordentlich zerteilte Rindfleischstücke mit Knochen.

»Na also! Hast eh genug da. Gib mir ein Kilo.«

»Ui, das wird teuer …«

Er zog ein schönes Stück hervor, warf es auf die am Tisch stehende Waage und sagte:

»Eineinhalb Kilo. Das macht dann 16 Kronen.«

Nechyba hielt den Atem an. Dann zischte er böse:

»Bist deppert?«

»16 Kronen.«

»Elf …«

»15 Kronen. Mein letztes Wort.«

Nechyba zückte sein Geldbörsel und blätterte einen Zehn-Kronen-Schein sowie drei Kronen und 50 Heller auf den Tisch. Jansa schaute auf das Geld, dann blickte er den bös dreinschauenden Oberinspector an, zuckte mit den Schultern, streifte das Geld ein und murmelte:

»Na, von mir aus … 13,50.«

Dieses sein nachmittägliches Einkaufsabenteuer erzählte Nechyba seiner Frau Aurelia, während diese mit Andacht die heiße Suppe löffelte. Als sie fertig war, stöhnte sie zufrieden und sagte dann:

»Nechyba, du bist ja schlimmer als die schlimmsten Spitzbuben.«

»Schau, Aurelia, wir leben in einer schlimmen Zeit, da muss man sein Verhalten eben anpassen.«

I/7

Szigmund Karminsky kannte Branko Jansa seit vielen Jahren. Früher war Jansa als fahrender Händler und Salamutschimann* durch die Stadt und auch durch Karminskys Revier im II. Wiener Gemeindebezirk gezogen. Seit 1915 benutzte Jansa seinen Gewerbeschein als fahrender Händler dazu, Salami, Fleisch, Eier und Mehl aus dem ungarischen Königreich, in dem es noch Grundnahrungsmittel gab, ins hungernde Wien zu schmuggeln. Hier verkaufte er sie unter der Hand auf Märkten, hinter Markthallen sowie in Kaffeehäusern. Mit der zunehmend schlechter werdenden Versorgungslage in der Reichshaupt- und Residenzstadt blühte sein Geschäft auf. Mittlerweile hatte er drei Schieberpartien beschäftigt, die mit allen möglichen Tricks Lebensmittel von Trans- nach Cisleithanien** schafften. Natürlich ging das nicht, ohne die Gendarmerie, die allgegenwärtigen Militärbehörden sowie die Sicherheitswachleute und die Marktbeamten in Wien und an der Grenze zu schmieren. Doch seit einigen Monaten hatte er Probleme. Eine Schieberpartie hatte sich sozusagen in Luft aufgelöst, da beide Männer, die ursprünglich für den Militärdienst untauglich gewesen waren, zur Nachmusterung bestellt und sogleich eingezogen worden waren. Eine weitere Partie war abgesprungen und arbeitete nun für einen Konkurrenten.

---

* Fliegender Händler, der Salami und andere luftgetrocknete Würste anbot
** Transleithanien = Ungarn, Cisleithanien = die österreichischen Länder

Als Karminsky, den man auch den ›Guadn‹ nannte, Jansa im ›Café Nord‹ in der Nordbahnstraße traf, merkte er, dass dieser todunglücklich aus der Wäsche schaute. Um seinen Mund hatte er Sorgenfalten, generell glich Jansas Gesicht dem eines Magenkranken. Der ›Guade‹ lud Jansa auf ein Viertel Wein ein, doch der lehnte dankend ab. Stattdessen bestellte er sich einen Kamillentee. Ohne lange herumzureden, bot er Karminsky ein interessantes Geschäft an: sechs Schweine, frisch geschlachtet, aus Ungarn. Da der Preis, den Jansa nannte, durchaus vernünftig war, handelte der ›Guade‹ nicht lange mit ihm, sondern schlug ein. Kaum hatten sie das Geschäft abgeschlossen, setzten sich zwei Herren ungebeten an ihren Tisch. Einer der beiden Kerle sprach sie auf äußerst unverschämte Weise an:

»Sie san doch der Jansa und der Karminsky, net wahr?«

Jansa nickte, und der ›Guade‹ knurrte:

»Herr Karminsky, wenn ich bitten darf. Aber was geht Sie das an?«

»Kusch, Karminsky. Um dich geht es net. Uns interessieren der Jansa und seine Geschäfte. Weil die gefallen einer gewissen Persönlichkeit ganz und gar nicht.«

Karminsky hatte vor Zorn weiße Lippen bekommen, sagte jedoch kein Wort, da einer der beiden Kerle unterm Kaffeehaustisch eine Pistole auf ihn richtete. Der andere packte Jansa grob beim Arm und zischte:

»Wenn du dich nicht aus Wien verzupfst*, wirst bald auch an einem Strick baumeln. So wie der feine Herr Prokurist des Wiener Tiefkühl-Lagerhauses. Das lasst dir die ›Quelle‹ ausrichten. Schleich dich in deine slowenische

---

* verschwinden

Heimat und lass dich hier nie mehr blicken. Hast du verstanden?«

Dann standen die beiden auf und gingen grußlos. Karminsky murmelte:

»Na serwas, Branko. Jetzt mischt sich die ›Quelle‹ in unsere Geschäfte ein. Wenn das nur guat geht …«

Jansa rieb sich mit beiden Händen die Schläfen.

»Hast Schädelweh?«

»Nein … ja … i waß net … i muss ma was überlegen …«

Nachdenklich schlürfte er seinen Kamillentee. Dann sah er von der Teeschale auf und sagte leise:

»Das G'schäft mit den Schweindln mach ma auf jeden Fall noch. Heut Nacht liefern meine Leut' die Ware aus Ungarn an. Wo willst du's denn haben? Wo soll ich's hinbringen?«

»Zu meinem Fleischhauer. In die Blumauergasse.«

»Is in Ordnung. I bin um eins mit den Schweindln dort.«

Kurz vor ein Uhr nachts kreuzte der ›Guade‹ in Begleitung von Leszek Piszeck und dem Friseur Schurl in der Fleischerei Trnka auf. An diesem Geschäft hatte er sich Anfang 1915 beteiligt, nachdem der Fleischermeister an der Nordfront gefallen war und dessen Witwe einen Geschäftspartner suchte. Karminsky griff ihr nicht nur finanziell unter die Arme, sondern holte aus Krakau einen pensionierten Fleischermeister, der sich nun in Wien etliche Kronen zu seiner kargen Rente dazuverdiente. Er sperrte den Hintereingang zur Fleischerei auf und zischte:

»Seid's leise, Burschen! Wir müssen net die He* auf uns aufmerksam machen.«

---

* Polizei

Seine zwei Begleiter nickten. Sie öffneten zwei weitere Türen in der Fleischerei, damit die Schweine direkt vom Wagen in den Kühlraum getragen werden konnten. Und dann begann das Warten. Der ›Guade‹ zündete sich eine Virginier an, seine beiden Helfer rauchten billige Zigaretten. Nachdem 20 Minuten vergangen waren und Karminsky den Stummel seiner Zigarre in den Straßendreck geworfen hatte, knurrte er:

»Wo bleibt er nur, der Jansa?«

Missmutig stapfte er hinein in die Fleischerei. Ziellos wanderte er im Verkaufsraum herum; von dort ging er schließlich in einen gekachelten Raum, wo das Fleisch zerteilt wurde und wo eine Wurstmaschine stand. Aus Langeweile kontrollierte er, ob alles sauber geputzt war. Doch Schmutz war hier nicht zu finden. Also führte ihn sein Weg in die hinteren Räumlichkeiten. Vor dem Kühlraum blieb er stehen, zögerte kurz und öffnete dann die massive Tür. Eine weiße Wolke eiskalter Luft strömte ihm entgegen. Was er dann sah, raubte ihm den Atem: Branko Jansa war schon da. Splitternackt baumelte er mit gebrochenem Genick an einem Fleischerhaken. Seine Haut war wächsern bleich, sein Fleisch schon leicht gefroren. Jansa sah aus wie eine tote Sau.

I/8

»Na! Das gibt's net …«, murmelte Nechyba und vertiefte sich in den Akt, der heute Morgen auf seinem Schreibtisch gelandet war. Ungläubig schüttelte er mehrmals den Kopf und pumperte dann mit der Faust an die Wand. Umgehend wurde die Tür zu seinem Dienstzimmer geöffnet und sein Assistent Pospischil, den Nechyba als Adjutanten in das neue Amt des Oberinspectors mitgenommen hatte, trat ein.

»Pospischil, hol Er mir den Fraczyk.«

Der Adjutant nickte und schloss die Zimmertür von außen. Zehn Minuten später klopfte es.

»Kommen S' rein, Fraczyk!«, rief Nechyba. Doch zu seiner Überraschung betrat der junge Bronstein das Zimmer.

»Ich wollt den Fraczyk sprechen …«

»Der Herr Inspector ist leider unterwegs. Deshalb bin ich gekommen. Vielleicht kann ich Ihnen helfen.«

Nechyba sah Bronstein prüfend an:

»Na, sind wir von dem Ausflug an die Front wohlbehalten in den Schoß der Wiener Polizei zurückgekehrt, Bronstein?«

»Jawohl, Herr Oberinspector. Ich war verwundet. Ein Schultereinschuss bei Tarnow Gorlice. Als ich danach zurück an die Front bin, hab ich einen Gasangriff nur knapp überlebt. Nach einem neuerlichen Lazarettaufenthalt bin ich jetzt wieder voll einsatzfähig.«

»Es is alles a Glück, was ka Unglück is, Bronstein. Haben Sie übrigens eine Ahnung, was da in der Fleischerei Trnka in der Blumauergasse geschehen is?«

»Ich war mit dem Inspector Fraczyk am Tatort.«

»Na, dann schießen S' los …«

»Im Kühlraum der Fleischerei ist ein toter Schwarz-markthändler aufgehängt gewesen. Splitternackert. Wirk-lich grauslich anzuschauen. Wir haben uns dann ein bis-serl erkundigt und herausbekommen, dass die Fleischerei Trnka eigentlich dem Karminsky gehört …«

»Was? Dem ›Guadn‹ g'hört a Fleischerei? Bisher hat der doch nur mit lebendigem Fleisch, sprich mit Banern*, sein Geld verdient.«

»Ja, das stimmt. Der hat noch immer drei Huren, die für ihn arbeiten. Aber darüber hinaus ist er mittlerweile auch als Schleichhändler eine ganz große Nummer.«

»Und was war mit dem Erhängten?«

»Na, der ist der Branko Jansa. Auch a Schleichhändler. Der hat aus Ungarn immer wieder Vieh über die Grenze geschmuggelt und hier sauteuer verkauft. Mehr wissen wir bisher auch nicht.«

Nechyba traf diese Nachricht wie ein Blitz aus heite-rem Himmel. Sein Schleichhändler war tot! Nach einem kurzen Schweigen fragte er:

»Sagen Sie, Bronstein, ist da nicht schon unlängst wer in einem Kühlhaus aufgehängt worden?«

Bornstein dachte kurz nach und nickte dann:

»Sie haben vollkommen recht, Herr Oberinspector. Das war ein Prokurist vom städtischen Kühlhaus.«

»Na, das ist aber merkwürdig. Zwei erhängte und gefrorene Leichen innerhalb weniger Wochen. Die bei-den Fälle könnten durchaus zusammenhängen …«

»Herr Oberinspector, so ist es. In beiden Fällen geht es

---

* Huren

um Fleisch. Wir sind draufgekommen, dass der Prokurist mehrere Waggonladungen Rindfleisch veruntreut hatte.«

»Da scheint mir einer zu versuchen, den Wiener Schwarzmarkt unter seine Kontrolle zu bekommen. Das schaut ganz danach aus. Und das grausliche Aufhängen in den Kühlräumen dient dazu, andere abzuschrecken. Wie den ›Guadn‹ zum Beispiel.«

Nachdenklich starrte Nechyba auf seinen Schreibtisch und spielte mit einem Bleistift. Schließlich blickte er auf und gab folgende Instruktionen:

»Sobald der Fraczyk zurück ist, informieren Sie ihn über unser Gespräch. Sie werden in der Sache weiterermitteln, teilen Sie das dem Fraczyk mit. Begeben Sie sich auf die Märkte, zu den Lebensmittelhändlern und in die Lokale und finden Sie heraus, wer im Moment der Kapo im Schleichhandel ist. Ihre Ergebnisse berichten Sie mir persönlich. So, Sie können gehen, Bronstein.«

Der Polizeiagent nickte, grüßte und öffnete die Tür. Als er diese von außen schließen wollte, hörte er Nechyba noch Folgendes brummen:

»A Kleinigkeit noch, Bronstein! Den ›Guadn‹ überlassen Sie mir. Den kenn ich von früher ...«

I/9

Es WAR EIN sonniger, kalter Oktobertag. Marie rutschte unruhig auf der Schulbank hin und her. Am liebsten wäre sie hinausgerannt in die kühle, klare Luft des Herbstes. Hinaus! Hinaus in die Freiheit. Die kalten Augen der Lehrerin, die hinter einer randlosen Brille glitzerten, erfassten sie. Augenblicklich froren ihre zappeligen Bewegungen ein. Statt hinaus in die Freiheit, musste sie nun vor an die Tafel gehen. Dort standen mit weißer Kreide auf grünem Tafelgrund energisch hingeschriebene Zahlen, die ihr einfach nichts sagten. Ihr Kopf drehte sich, die Sonne verlosch, und sie stierte dumpf das gleichsam in Stein gemeißelte Rechenbeispiel an. Ja, wie eine steinerne Wand wirkte die Tafel. Eine Wand, die umzufallen und sie zu zermalmen drohte. Angstschweiß schoss aus den Poren ihrer Haut, und sie fürchtete, dass die Lehrerin ihn wittern würde. Angstschweiß stank und verleitete den Kontrahenten zuzubeißen. Das hatte ihr ihre Großmutter von klein auf eingeschärft: »Wenn ein Hundsviech deine Angst riecht, dann beißt es dich.« Und in genau so einer Situation befand sie sich nun. Angstvoll starrte sie die Lehrerin an, die die Zähne bleckte. Marie schloss die Augen und erwartete zitternd wie Espenlaub den unausweichlichen Biss samt den damit verbundenen Schmerzen. Doch nichts dergleichen geschah. Die Lehrerin zeigte nur deshalb ihre Zähne, weil sie abschätzig lächelte. Dann machte sie eine gemeine Bemerkung über Maries mathematische Fähigkeiten und schickte sie zurück auf ihren Platz in einer der hinteren Reihen des Klassenzimmers. Dort nahm das gedemütigte Mädchen mit hochrotem Kopf Platz. Den Rest der Schulstunden verbrachte sie wie in einem bösen Traum: gemieden und verachtet von ihrer Umwelt, erniedrigt und beschämt. Einem winzig kleinen Getier gleich – einer Wanze, die jederzeit zerquetscht werden konnte.

Endlich draußen! Marie spazierte in Begleitung des Pepi Eigruber die Thaliastraße schnurstracks stadtauswärts: über die Maroltingergasse hinaus, zuerst ein Stück Galizinstraße und dann beim Ottakringer Friedhof links die steil ansteigende Steinhofstraße* empor. Sie kamen an der Kuffner Sternwarte vorbei, die wie ein verzaubertes Märchenschloss im herbstlich milden Sonnenlicht dalag. Anschließend begannen die Weingärten, in denen der beliebte Ottakringer Wein wuchs, und die zum Teil an die Mauer der Niederösterreichischen Landes-Heil- und Pflegeanstalt am Steinhof grenzten. Linker Hand kamen sie nun zu einem bäuerlichen Haus, das den Heurigen Eigruber beherbergte. Hier verabschiedete sich Pepi von Marie, die weiter bergauf marschierte. Immer an der Mauer der Landes-Heil- und Pflegeanstalt entlang bis zur Spitze des Galizinberges. Die Straße war nur mehr ein sandiger Weg, der nun durch den Wienerwald führte. Keuchend blieb Marie auf einer Lichtung stehen und blickte hinunter in das liebliche Rosental, in dem sich eine Kolonie Schrebergärten ausgebreitet hatte. Zielsicher suchte sie sich ihren Weg zur Kleingartenparzelle ihrer Großmutter. Da sich das Grundstück, so wie alle

---

* Heute: Johann-Staud-Straße

anderen Kleingärten hier, an den steil abfallenden Hängen des Rosentals befand, hatte Maries Vater in den Jahren 1911 und 1912 mehrere Terrassen sowie eine solide Holzhütte errichtet. Auf einer der Terrassen sah Marie ihre Großmutter Kohl ernten.

»Servus, Oma! Schau, was ich dir mitgebracht hab!«

Die alte Frau schreckte aus ihren Gedanken auf. Dann begann ihr runzeliges, mit einigen langen weißen Barthaaren gespicktes Gesicht zu strahlen. Der Sonnenschein ihres Alters, ihr Enkerl, war auf Besuch gekommen.

»Ja, was hast denn mitbracht, Marie?«

»Ein halbes Brot!«

»Aber Kinderl, das sollt ihr doch selber essen. Die Mama und du. Ich verhunger schon net. Ich hab ja das Gemüse und die Erdäpfeln vom Garten.«

Mühsam stand die alte Frau auf und gab drei Kohlköpfe in die blaue Arbeitsschürze, die sie hochhielt. So stieg sie die wenigen Stufen zur Eingangstür des Kleingartens hinunter und ließ ihr Enkelkind herein. Zur Begrüßung streichelte sie ihm übers Haar. Dann stiegen sie gemeinsam den steilen Schrebergarten hinauf zur Hütte. Drinnen verbreitete ein Kanonenofen, in dem es knisterte und knackste, wohlige Wärme.

»Oma, hast du's schön warm da …«, seufzte Marie, und die Alte nickte.

»I wohn ja direkt am Wald. Da geh i täglich Holz klauben.«

»Bei uns daheim is immer so kalt. Wir bekommen nur selten Kohle oder Holz. Und das, was ma bekommen, heben ma uns für'n Herd auf. Sonst könnt ma uns net einmal mehr was kochen …«

Neuerlich strich die Alte Marie liebevoll über den Kopf. Dabei murmelte sie:

»Des is a ganz a grausliche Zeit, in der wir leben.«

Marie machte es sich auf dem breiten Lehnsessel, der ihrer Oma in der Hütte auch als Nachtlager diente, bequem. Sie lagerte ihre Beine auf einen gepolsterten Schemel und beobachtete, wie ihre Oma die Kohlsuppe zubereitete. Dabei bekam sie vor Staunen kugelrunde Augen, denn die Alte hatte einen wohlgefüllten Schmalztopf. Aus ihm nahm sie etwas Fett, gab es in eine Kasserolle, die sie auf den oben flachen Kanonenofen draufstellte. Auf der schmalen Arbeitsfläche der Kredenz schnitt sie mit flinken Fingern Zwiebeln, die sie dann in der Kasserolle anröstete. Nun wurden die Kohlblätter gewaschen und danach nudelig geschnitten. Plötzlich platzte es aus Marie heraus:

»Oma? Wo hast denn so viel Schmalz her?«

Die Alte lächelte pfiffig und erwiderte:

»Das hab i gegen mein Grünzeug und Gemüse eingetauscht. Das brauch i zum Kochen. Weil ohne Schmalz schmeckt das ganze Essen nach nix!«

»I hab schon so lang ka Schmalz mehr gessen …«

»Willst a Schmalzbrot?«

»Ja, bitte …«

Während Marie gierig das Brot verschlang, goss ihre Großmutter die wunderbar duftenden gerösteten Zwiebeln mit einer Flüssigkeit aus einem großen Topf auf, den sie auf dem Fensterbrett stehen hatte.

»Was gießt du da drauf?«

»Gemüsesuppe. Eigentlich gehört a ordentliches Rindsupperl zum Aufgießen. Aber a Rindfleisch hab i schon Monate nimmer 'gessen. Und auch Rindsknochen für a kräftiges Supperl kriegt man nimmer. Drum nehm ich halt a klare Gemüsesuppe. Da sind ein Zeller, Karotten, gelbe Rüben, Petersilwurzeln und viel Liebstöckl drinnen. Das hab i alles selber anbaut im Garten.«

Bald köchelte die Suppe. Nun kam der nudelig geschnittene Kohl hinein, der sehr bald mächtig an Volumen verlor und ganz weich und matschig wurde. Dann nahm Maries Großmutter eine zweite Kasserolle, auf die sie ein feines Metallsieb legte. Die Suppe floss durch, im Sieb blieben der weiche Kohl und die weichen Zwiebel zurück, die nun durch das Sieb passiert wurden. Die Suppe, die nun eine schöne dickflüssige Konsistenz hatte, wurde mit Salz, schwarzem Pfeffer, einer zerdrückten Knoblauchzehe und ordentlich Kümmel gewürzt. Dieses Süppchen schöpfte die alte Frau auf zwei Teller und bat Marie:

»Geh, schneid für jeden von uns a Brot ab. Das schmeckt zu einer Kohlsuppe wunderbar. Ich hab eh schon tagelang kein Brot mehr gegessen …«

Nach dem Essen verabschiedete sich Marie und begab sich auf den langen Rückweg. Die scharf gewürzte Suppe stieß ihr ein paar Mal auf. In ihrem Mund machte sich der deftige Nachgeschmack von Kohl und Knoblauch breit, der ein heftiges Durstgefühl verursachte. Als sie bei der Heurigenwirtschaft der Eigrubers vorbeikam, beschloss sie spontan, hineinzugehen und um ein Glas Wasser zu bitten. Obwohl nicht ausgesteckt war, stand ein Fiaker vor dem Winzerhaus. Die beiden Pferde hatten Decken auf ihren Rücken. Sie schauten Marie mit gelangweilten Augen an und scharrten mit den Hufen. Ihr Atem dampfte in der nun kühlen Abendluft. Die Eigruber'sche Gartentür und auch die Tür zur Gaststube waren unversperrt. Drinnen waren nur zwei Tische belegt. An einem saßen der Weinbauer sowie zwei fremde Männer, die laut miteinander redeten und lachten. An einem etwas abseits gelegenen Tisch saß der Fiaker. Marie ging auf die Schank zu, wo Pepis Mutter gerade aus einem Weinheber Wein in einen Glaskrug fließen ließ. Eine steile Falte des Unmuts erschien auf der Stirne der Frau, als sie die Schulkameradin ihres Sohnes sah. Marie duckte sich und stammelte:

»'tschuldigen, Frau Eigruber, dass i stör. Aber i hab so an Durscht. Dürft i bittschön a Glas Wasser haben? I hab bei meiner Oma im Rosental einen Besuch gemacht …«

Einer der Männer hatte das gehört. Er drehte sich um und musterte Marie. Dann spielte ein Lächeln um seinen Mund und er sagte jovial:

»Selbstverständlich kriegst du ein Glas Wasser. Wie heißt du denn, mein Kind?«

Marie war verunsichert. Ihre Blicke schweiften zwischen dem Fremden und der noch immer bös dreinschauenden Winzergattin hin und her. Nun ertönte Eigrubers Bass:

»Oide! Hast net g'hört? Gib dem Kind a Wasser. Wenn's an Durst hat, soll's was trinken. Es soll keiner sagen, dass beim Eigruber wer verdurstet is …«

Schallendes Gelächter ertönte. Marie war mittlerweile vor Verlegenheit knallrot geworden. Der Fremde, der sie schon vorher angesprochen hatte, winkte sie zu sich her. Er rutschte auf der Heurigenbank zur Seite und sagte:

»Komm, setz dich her. Wennst mir nun endlich deinen Namen verratest, kriegst nicht nur was zum Trinken, sondern auch was zum Essen.«

»Marie …«

Der Fremde schob ihr eine Platte mit aufgeschnittener Salami und Butter sowie einen Korb mit frischem Brot hin. Maries Augen begannen zu leuchten. Solche Köstlichkeiten hatte es daheim nur in den Jahren vor dem großen Krieg gegeben.

»Na komm, greif zu! Bist eh so dünn. Iss was Ordentliches. Komm, schmier dir dick Butter aufs Brot!«

Marie tat, wie ihr befohlen wurde, und griff auch bei der Salami ungeniert zu. Als das Glas Wasser leer getrunken war, Marie hatte wirklich einen Riesendurst, klopfte ihr der Eigruber freundschaftlich auf den Rücken und rief:

»Oide! Noch a Glasl Wasser fürs Kind!«

Ungeniert aß Marie noch zwei weitere Brote. Sie achtete nicht auf das Gespräch der Männer, das sich um Fleisch, Wurst und Wein drehte. Voll Wohlbehagen stopfte sie die Köstlichkeiten in sich hinein, ohne dem Gespräch zu folgen. Sie dachte vielmehr an ihre arme Frau Mutter, die heute so wie jeden Abend halb erfroren und völlig erschöpft heimkommen würde. Für sie würde es zur Stärkung nur eine Wassersuppe und ein Stück Brot geben, das Pauli und seine Plattenbrüder vorgestern gestohlen hatten. Plötzlich hörte sie den Fremden fragen:

»Und? Wie kommst du heim, mein Kind? Es ist schon spät. Wennst willst, nehm ich dich ein Stückerl im Fiaker mit.«

I/10

DIE VERABSCHIEDUNG VOM alten Eigruber erfolgte ami-kal. Man schüttelte einander lange die Hand. Der Fremde klopfte dem Winzer auf die Schulter und versicherte ihm, dass er sich keine Sorgen zu machen brauche. Falls es Schwierigkeiten gäbe, würde er alles regeln. Zu Maries Überraschung kletterte der schweigsame Begleiter des Fremden zu dem Fiaker auf den Kutschbock, sodass sie sich alleine in der Fahrgastkabine befanden. In einem locke-ren Plauderton fragte der Fremde Marie über ihr Leben aus. Dabei legte er eine Hand um ihre Schulter. Marie überrie-selte ein Schauer. Der Fremde roch gut. Nach einem Män-nerparfum, nach Tabak und nach Mann. Der Fikret Pauli, mit dem sie schon ein paar Mal herumgeschmust hatte, roch auch nach Mann. Aber bei Weitem nicht so gut wie der Fremde. Marie schloss die Augen, entspannte sich und kuschelte sich an den Fremden. Der drückte sie sanft an sich und legte seine andere Hand vorsichtig auf ihren schma-len Mädchenschenkel. Wieder überrieselte sie ein wohliger Schauer. Und während er sie fragte, wo genau sie wohne, wanderte seine Hand ziemlich frech den Schenkel aufwärts. Marie war es egal. Mit geschlossen Augen murmelte sie:

»I wohn in einer Seitengasse der Ottakringer Straße … Aber wenn S' mich bei der Kreuzung Thaliastraße-Wattgasse aussteigen lassen täten, wär das sehr nett von Ihnen …«

Der Fremde öffnete ein Fenster der Fahrgastkabine und rief zum Kutscher vor:

»Benischek, bleib bei der Kreuzung Wattgasse kurz stehen. Da steigt meine bezaubernde Begleitung aus!«

Er schloss das Fenster und wendete sich wieder Marie zu. Während seine rechte Hand nun fortfuhr, über ihre Leibesmitte zu streicheln, fragte er sie:

»Magst nicht für mich arbeiten?«

Marie schreckte auf:

»Was muss i denn tun?«

Der Fremde lächelte sein gewinnendes Lachen und antwortete:

»Müssen tust du gar nichts. Aber helfen kannst mir doch, oder? Dafür versorg ich dich und deine schwer arbeitende Frau Mama mit allem, was ihr fürs Leben so braucht.«

»Was? Mit Wurst, Brot und Butter?«

Wieder lächelte der Fremde und nickte:

»Mit allem!«

»Und die Oma?«

Nun lachte er wirklich aus vollem Hals. Er küsste sie auf den Mund, strich ihr die Haare aus dem Gesicht. Dann sah er sie ernst an.

»Auch deine Oma wird versorgt. Du bist wirklich ein gutes Kind.«

Er ließ von ihr ab, öffnete einen Koffer, und Marie gingen die Augen über. In dem Gepäckstück befanden sich unzählige Stangen Salami. Er nahm eine heraus und drückte sie ihr in die Hand. Mittlerweile war der Fiaker an der Ecke Thaliastraße und Wattgasse an den Randstein zugefahren und hatte angehalten.

»Komm morgen um fünf Uhr am Nachmittag ins ›Café Ritter‹, das ist eh gleich da in der Ottakringer Straße.«

Marie nickte und stieg ganz verwirrt mit der riesigen Wurst in den Armen aus. Der Fremde sah sie kritisch an und sagte:

»Versteck die Wurst unter deinen Mantel, sonst wird's dir noch g'stohlen!«

Marie tat, wie ihr geheißen, und als der Fiaker schon wieder anrollte, lief sie ein Stück mit und fragte keuchend:

»Bitte ...bitte ... nach wem frag ich denn da morgen im Kaffeehaus?«

Der Fremde beugte sich kurz aus dem Fiakerfenster und sagte lächelnd:

»Frag einfach nach der ›Quelle‹.«

I/11

»Ojegerl!«, murmelte Aurelia Nechyba, als sie die
lange Schlange vor Vinzenz Moosbichlers Fleischhauerei sah. Wenn sie sich da anstellen würde, könnte sie das
heutige Mittagessen niemals pünktlich auf den Tisch bringen. Also atmete sie tief durch und tat dann das, was ihr
die Not gebot, was ihr aber eigentlich zutiefst zuwider
war. Sie ging hoch erhobenen Hauptes an der Menschenschlange vorbei und trat in den Flur des Hauses ein, im
dem sich die Fleischerei befand. Zielstrebig steuerte sie
die Tür an, die in den Hof führte. Dort klopfte sie energisch an die hintere Eingangstür der Fleischerei. Geduldig
wartete sie einige Minuten, bis ihr Vinzenz Moosbichler
aufmachte und sie hereinbat:

»'tschuldigen, Frau Nechyba. Aber ich hab drinnen
eine Kundin fertig bedienen müssen. Dann hab ich zwei
weitere Kunden aus dem Geschäft gedrängt und die Tür
abgeschlossen. Jetzt können wir ungestört reden. Also,
was darf's denn sein?«

»Der Herr Hofrat hätte so gern wieder einmal ein
gekochtes Rindfleisch. Einen Köch* und Erdäpfeln hab
ich unten am Naschmarkt bekommen. Jetzt fehlt mir nur
mehr das Fleisch.«

»Na, wie wenn ich's gerochen hätt! Extra hab ich a
Schulterscherzerl aufgehoben. Ich hab net gewusst, für
wen, aber ich hab mir gedacht, wenn's keiner kauft, mach
ich's mir selber. Aber dem Herrn Hofrat trete ich das wun-

---

* Kohl

50

derschöne Stückerl gerne ab. Und a ordentliche Zuwaag, schöne Fleisch- und Markknochen, kriegen S' auch. Macht alles zusammen 9 Kronen 80 das Kilo – warten S', ich wieg's ab – ja, das sind zweieinhalb Kilo Fleisch und dann die Zuwaag. Na, sind wir heut net so, runden wir das ab … ja, das sind 35 Kronen, Gnädigste.«

Aurelia bekam knallrote Ohren, als sie diesen unverschämt hohen Preis hörte. Allerdings, das Schulterscherzerl schaute wirklich aus wie gemalt. Und die Knochen waren auch von erster Güte. Moosbichler hatte ihr jede Menge Markknochen gegeben. Eine Delikatesse in so mageren Zeiten wie diesen. Dafür würde sie Schwarzbrot toasten und auf den kleinen, knusprigen Scheiben die butterweichen Markstückerln servieren – eine wunderbare Vorspeise! Ohne weiter zu zögern, griff sie in ihr Portemonnaie und blätterte Moosbichler den verlangten Betrag bar auf die Hand. Der Fleischhauer verbeugte sich tief, begleitete sie zur Hintertür und verabschiedete sie mit den Worten:

»Wann immer Sie was brauchen, klopfen S' einfach da bei der Hintertür an. Ich hab immer was für Sie. Ich hab jetzt nämlich eine erstklassige Quelle!«

Am Abend, als Aurelia heimkam, saß ihr Gatte schon beim Abendessen. Es gab Erdäpfeln mit Butter. Nechyba half seiner Frau aus dem Mantel, brachte ihr die Hausschlapfen und fischte dann aus dem heißen Wasser mehrere kleine ungeschälte Erdäpfeln heraus. In der Mitte des Nechyba'schen Küchentisches lag auf einer Glasschale ein leuchtend gelber Ziegel Butter. Aurelia setzte sich, schälte einen Erdapfel, schnitt ihn der Länge nach entzwei und stach dann mit Genuss in den weichen Butterziegel. Sie platzierte das große Butterstück zwischen den beiden Erdäpfelhälften, salzte alles ein wenig und aß dann mit großem Appetit. Nachdem sie solchermaßen drei Erdäpfeln verschlungen hatte, fragte sie:

»Sag, Nechyba, wo hast denn die Butter her?«

Er grinste und antwortete:

»Na, woher wohl? Von meiner Greißlerin. Dort bin ich seit 30 Jahren Kunde. Das vergisst die Landerl nicht. Die kennt ihre Leute. Und die, die auch früher fleißig bei ihr eingekauft haben, die bekommen jetzt Sachen, die sonst keiner kriegt. Und da sie heute von einem Bekannten, der in der Verschleißstelle der Wiener Molkereien arbeitet, ein paar Kilo Butter bekommen hat, hat s' mir gleich einmal einen Viertelkilo weggelegt. Das ist doch nett von ihr.«

»Na ja, ich weiß nicht. Für die, die sich anstellen und trotzdem nix bekommen, ist des alles andere als nett.«

»Entschuldige, aber ich bin dort Stammkunde. Ich hab immer bei der Landerl eingekauft und ich werd immer bei der Landerl einkaufen. Bis sie das G'schäft zuadraht* oder bis einen von uns beiden der Kwikwi** holt.«

»Du hast ja recht. Ich hab heute übrigens auch so was g'macht …«

»Was hast g'macht?«

»Ich war beim Moosbichler einkaufen. Ich hab mich allerdings net in der Warteschlange angestellt, sondern bin gleich zum Hintereingang.«

»Und? Was hast Feines gekauft für den Herrn Hofrat?«

»A wunderbar mürbes Schulterscherzerl mit Mark-knochen. Der Moosbichler hat g'sagt, er hat's eigentlich für sich weggelegt.«

»Und was hast gepeckt*?«

»35 Kronen.«

»Na serwas! Aber der Herr Hofrat kann sich's ja leisten. Sag, weißt du, wo der Moosbichler so ein gutes Fleisch herhat?«

»Er hat g'meint, er hat jetzt eine neue Quelle ...«

---

* Gezahlt

I/12

DER ›GUADE‹ WAR ang'fressen[*]. Er war gerade in seiner Fleischhauerei in der Blumauergasse gewesen und hatte festgestellt, dass viel zu wenig Schweinefleisch vorrätig war. Die offiziell zugeteilte Menge war ein schlechter Scherz. Ohne Fleisch vom Schwarzmarkt würde die Fleischerei Trnka eine Menge bürgerliche Kundinnen verlieren. Deshalb schmerzte den ›Guadn‹ der Tod von Jansa sehr. In diesen Zeiten einen verlässlichen Lieferanten zu verlieren, war furchtbar. Leise vor sich hin grummelnd, ging Karminsky vor zur Praterstraße in sein Stammkaffeehaus. Nicht dass ihm der Ersatzkaffee hier sonderlich mundete, er kam eher aus alter Gewohnheit her. Ordentlichen Bohnenkaffee gab es nur mehr bei ihm zu Hause. Verdammt, wo würde er einen verlässlichen Schweinefleischlieferanten finden? Im Kaffeehaus setzte er sich auf den Stammplatz, der Ober brachte ihm den üblichen Kaffee, und Karminsky griff zur Zeitung. Er blätterte unkonzentriert in ihr herum, während seine kleinen grauen Zellen auf Hochtouren arbeiteten. Eines seiner Baner, die kleine Steffi, hatte seit gut einem Jahr einen festen Kunden, der sie jede Woche traf und ausführte. So viel sie ihm erzählt hatte, arbeitete der im Kriegsministerium. Das war ein möglicher Ansatzpunkt. Mit diesem Mann musste er dringend sprechen. Als Druckmittel hatte er ja die Steffi. Außerdem war der feine Herr höchstwahrscheinlich verheiratet. Auch das war ein Ansatzpunkt, um

---

[*] Sauer

54

ihn zu erpressen. Ja, das war ein Weg, um wieder zu mehr Fleisch zu kommen. Erleichtert bestellte er sich einen Cognac. Der Kellner zuckte ob der Bestellung zusammen und raunzte:

»Cognac – so etwas führen wir in patriotischen Zeiten wie diesen nicht. Gott strafe Frankreich!«

»Herr Alois, halten S' keine Vorträge da. Ihr patriotisches Geschwafel interessiert mich nicht. Sie wissen eh, was ich möchte. Also bringen Sie's!«

»Jawohl! Einen Weinbrand für Euer Gnaden.«

Und während der Kellner abging, rückte ein dünner Kerl, der am Nebentisch saß, zum ›Guadn‹ hin. In verschwörerischem Tonfall flüsterte er:

»Sie sind auch gegen den Krieg, gell?«

Karminsky sah den Fremden skeptisch an:

»Wollen S' mit mir jetzt politisieren?«

»Na, weil's wahr ist. Ich trink auch gerne Cognac. Und auf die ganzen eingedeutschten Bezeichnungen pfeif ich. Es ist doch pervers, dass man jetzt plötzlich zu einem Ragout ›Mischgericht‹, zu einer Sauce hollandaise ›Holländertunke‹ und zu einem Cognac nebbich Weinbrand sagt. Finden Sie nicht?«

»Na, da haben S' schon recht«, brummte Karminsky. Kaum hatte er das gesagt, sprang der hagere Kerl auf, zückte seine k.k. Polizeiagenten-Kokarde und schnarrte:

»Ich verhafte Sie wegen unpatriotischer Umtriebe und politischer Agitation gegen unser Kaiserhaus!«

Verwirrt starrte Karminsky den Polizeiagenten an und zögerte. Darauf brüllte dieser:

»Wenn Sie nicht sofort aufstehen und mitkommen, ruf ich ein paar Sicherheitswachleute, und dann prügeln wir

Sie hier raus. Sie Vaterlandsverräter! Sie französischer Spion, Sie!«

»Bravo«, rief ein Kaffeehausgast, »eing'sperrt wird!«

Karminsky stand langsam auf und stolperte verwirrt unter den feindseligen Blicken der übrigen Kaffeehausgäste aus dem ›Café Reklame‹ hinaus.

»Sie sprechen Französisch?«

Karminsky sah den leitenden Beamten, der ihm im Verhörzimmer gegenübersaß, fragend an. Er war noch relativ jung, hatte eine dichte Bürstenfrisur und einen gepflegten Schnauzbart. Karminsky schüttelte den Kopf:

»Na. Nur ein bisserl Polnisch und Deutsch.«

»Polnisch …«, murmelte der hagere Polizeiagent, der ihn verhaftet hatte, und gab ihm einen Stoß in die Rippen. Der ›Guade‹ stöhnte vor Schmerz.

»Sind Sie Szygmund Karminsky?«

»Ja, der bin i.«

»Vorstrafen wegen Körperverletzung, Zuhälterei … und jetzt … Wissen Sie, warum Sie hier sind?«

»Nein, Euer Gnaden.«

»Hochverrat, Karminsky, Hochverrat und Spionage für eine feindliche Macht.«

»Aber ich hab doch gar nix g'macht.«

»Sie haben französisch gesprochen. Also mit wem verkehren Sie?«

»Na, mit meinen Banern und mit meiner Tante Agnesz und mit dem Friederl, dem depperten Mensch.«

»Mit wem verkehren Sie politisch?«

»Mit niemandem.«

»Und trotzdem sprechen Sie französisch?«

»Kruzitürken! Ich hab doch nur ›Cognac‹ g'sagt!«

»Also doch! Geben Sie es zu?«

»Was ist denn daran politisch? Ich hab ›Cognac‹ g'sagt. Und ›Cognac‹ hamma in Wien immer g'sagt. Das sagt sicher unser Kaiser auch!«

»Du Saurüssel, das war jetzt Majestätsbeleidigung!«, schrie der hagere Polizeiagent und zog Karminsky den Sessel unterm Hintern weg. Krachend landete der ›Guade‹ auf dem Boden, wo er jammernd liegen blieb. Plötzlich klopfte es, und der Vorgesetzte rief: »Herein!« Oberinspector Nechyba betrat den Raum und konnte sich ein Grinsen nicht verkneifen.

»Serwas, Karminsky. Was kräulst denn da am Boden umadum*?«

Karminsky winselte:

»Nechyba! Helfen S' ma! Die wollen mir einen Hochverrat in die Schuhe schieben!«

Nechyba sagt zu dem leitenden Beamten:

»Herr Dr. Schober, was hat er denn g'sagt, der Karminsky? Hat er sich vielleicht in aller Öffentlichkeit ein Cordon bleu oder einen Cognac bestellt?«

Schober sah Nechyba verblüfft an:

»Woher wissen Sie das, Nechyba? Die Sache dreht sich tatsächlich um einen Cognac.«

»Können wir kurz unter vier Augen reden, Herr Doktor?«

Schober nickte und befahl dem hageren Polizeiagenten, Karminsky in einen anderen Verhörraum zu führen. Als die beiden draußen waren, fuhr Nechyba fort:

»Ob Sie's glauben oder net, aber der Karminsky is wirk-

---

* Was kriechst du da am Boden herum?

lich so deppert. Der bestellt sich in Zeiten wie diesen ungeniert in einem öffentlichen Lokal einen Cognac. Wo ist das passiert? Im ›Café Reklame‹?«

»Woher wissen S' denn das schon wieder?«

»Hörn S', ich kenn diesen Strizzi in- und auswendig. Das ist kein Politischer. Das ist ein ganz normaler Krimineller. Schickt seine Baner am Strich, kontrolliert eine Stoßpartie und ist natürlich im Schleichhandel eifrig unterwegs.«

Schober spielte nachdenklich mit seinem Bleistift. Dann blätterte er die Akte Karminsky nochmals nachdenklich durch. Schließlich sagte er:

»Es spricht sehr viel dafür, dass Sie recht haben, Nechyba. Was mach ma jetzt mit ihm?«

»Überlassen S' ihn mir. Ich muss mich mit ihm ohnehin über die Aufgehängten unterhalten. Da steckt er irgendwie mit drinnen.«

»Was? Der Karminsky hat was mit den Henker-Morden zu tun?«

»Wahrscheinlich. Es ist sicher kein Zufall, dass die letzte Leiche in der Kühlkammer der Fleischerei Trnka g'hängt is. Das war eine Warnung an den Besitzer. Und jetzt raten S' einmal, wer das is?«

»Am End' gar der Karminsky?«

Nechyba nickte.

I/13

NECHYBA SASS NUN mit dem ›Guadn‹ alleine im Verhörraum. Der Oberinspector grinste von einem Ohrwaschel
bis zum anderen.

»Hochverrat! Das ist eine ernste Sache, Karminsky.
Dafür gibt's Festungshaft. Da waren die Jahre, die du in
Stein* g'sessen bist, ein Honigschlecken dagegen. Außer-
dem hast ja auch unsere allerhöchste Majestät beleidigt,
wie ich g'hört hab. Na, da könnte sich zusammen mit dem
Hochverrat und deiner Spionagetätigkeit für eine feind-
liche Macht sogar eine Verurteilung zum Tod durch den
Strang ausgehen ...«

Karminsky war ganz weiß im Gesicht. Leise sagte er:
»Aber ich hab ja gar nichts g'macht. Ich bin unschuldig.«

»Das sagen sie alle, die Vaterlandsverräter.«

»Ich hab doch nur einen Cog... einen Weinbrand auf
Französisch bestellt!«

»Seit wann sprichst du französisch?«

»Na, gar net! Ich hab ja net amal an Pflichtschulab-
schluss!«

»Karminsky, Karminsky ...«

»Bittschön, ich red nur Wienerisch. Was kann i dafür,
dass wir im Wienerischen so vü französische Wörter ham?
Lavoir, Trottoir, Portemonnaie, Bagasch, Ragout, Sauce
hollandaise und und und ...«

»Also, wenn i das jetzt protokollieren würd, würd das die
Anklage wegen Hochverrats ganz gehörig untermauern ...«

---

* Zuchthaus in Niederösterreich

»Hörn S'! Mit den letzten beiden Wörtern und mit dem Scheißcognac hat mich der Polizeispitzel im Kaffeehaus drangekriegt. Das Gfrast hat so getan, als ob er die Eindeutschung dieser Worte auch net mag. Ich hab nur zustimmend gebrummt und plötzlich war i a Landesverräter. So einfach is des heutzutag!«

»Karminsky, du machst Sachen … Wegen einmal Cognac, Sauce hollandaise und Ragout kommst du ins Kriminal. Das macht dir so schnell keiner nach.«

»Jaja … Is schon gut. Machen S' Ihnen nur lustig über mich.«

Karminsky seufzte resigniert und sackte in sich zusammen. Nun hatte Nechyba ihn dort, wo er ihn haben wollte. Er beugte sich zu ihm vor und sagte leise:

»Pass auf, Karminsky. Ich kann dich aus dieser fatalen Situation retten. Dafür machst du mir einen G'fallen.«

»Wollen S' meine Baner pempern?* Kostenlos auf Lebenszeit, kein Problem! Eine allanich? Oder alle im Rudel? Wie Sie wollen und so oft Sie wollen, Nechyba!«

Nechyba trat dem ›Guadn‹ unterm Tisch ans Schienbein, dass dieser aufschrie.

»Bist deppert, Karminsky? Deine verlausten Menscher greif i in 100 Jahren net an. Selbst wennst mir was zahlen würdest dafür! Die interessieren mich einen Dreck! Was mich hingegen interessiert, ist deine Fleischerei.«

»Ah so! Eh klar, so blad, wie Sie sind.«

Nechyba trat ihm gegen das andere Schienbein. Neuerlich schrie Karminsky vor Schmerz auf.

»Wennst jetzt net endlich ernst wirst, Karminsky, überstell i di wieder meinen Kollegen von der politi-

* Geschlechtsverkehr ausüben

60

schen Abteilung. Und dann geb i zu Protokoll, dass du im Verhör dauernd mit französischen Phrasen um dich geschmissen hast.«

»Herr Oberinspector, ich bitt Sie. Sie können jede Woche von mir ein wunderschönes Stückl Rindfleisch mit Zuwaage haben. Kostenlos, i liefer's Ihnen sogar ins Haus. Aber bitte helfen S' mir!«

»Wenn du mir hilfst. Wenn du mir versprichst, dass du dich sofort meldest, wenn sich der Kerl, der den Jansa bei dir aufg'hängt hat, rührt. Meiner Meinung nach war das a Botschaft für dich. Da will dich einer einschüchtern. Aber da müsste noch irgendwas kommen. Also samma im G'schäft?«

»Freilich, eh klar. I rühr mi, sobald i was von der ›Quelle‹ hör.«

»Von was für einer ›Quelle‹?«

»Na, das is der Schleichhändler, der seit circa einem dreiviertel Jahr immer größer und mächtiger wird. Und der jetzt ang'fangen hat, Leut', die ihm net passen, aufzuhängen. Der Jansa hat ja auch a Warnung bekommen von seinen Männern. Da war i dabei. Er wollt halt noch ein letztes G'schäft mit mir abwickeln in derer Nacht. Schweindln hätt er mir liefern sollen. Aber die einzige Sau, die i in dera Nacht dann bekommen hab, war der nackerte und schon halb g'frorene Jansa.«

»Du wirst sicher sehr bald was von der ›Quelle‹ hören. Und sobald du was hörst, hör i das von dir. Deine Schleichgeschäfte sind mir wurscht, ich möchte den Henker.«

»I versteh schon. Sobald i was von der ›Quelle‹ hör, rühr ich mich bei Ihnen.«

»Ist in Ordnung. Du kannst aufstehen und gehen, Karminsky. Bist ein freier Mann. Aber achte in Zukunft auf das, was du redest. Und bestell dir ja keinen Cognac mehr!«

»Dankschön, Herr Oberinspector. Auf Wiederschaun, Herr Oberinspector.«

Als der ›Guade‹ schon fast bei der Tür war, räusperte sich Nechyba und sagte:

»Das mit dem Rindfleisch und der Zuwaag war übrigens a guade Idee von dir. Nächste Woche, am Dienstag, hol ich mir eineinhalb Kilo in deiner Fleischerei. Schau, dass a schönes Stück für mich bereitliegt.«

I/14

Es WAR EIN stürmischer Tag im Spätherbst. Mit dem Sturm kamen wärmere Luftmassen in die Reichshaupt- und Residenzstadt, sodass es am frühen Nachmittag fast frühlingshafte Temperaturen um die zwölf Grad gab. Marie fröstelte trotzdem, als sie knapp vor fünf Uhr nachmittags ihr Wohnhaus in der Wichtelgasse verließ und mit vor Aufregung roten Wangen und aufgestelltem Kragen die Paar Schritte vor zur Ottakringer Straße und dann stadtauswärts zum ›Café Ritter‹ lief. Hatte der Fremde wirklich vor, sie wiederzusehen? Oder hatte er sich zum Abschied gestern nur einen Scherz erlaubt? Was wollte so ein feiner Herr von einem Kind wie ihr? Ziemte es sich für ein junges Mädchen überhaupt, alleine ein Kaffeehaus zu betreten? Vor dem prächtigen Eckhaus, in dem sich das ›Café Ritter‹ befand, blieb sie unentschlossen stehen. Sollte sie wirklich in dieses noble Kaffeehaus hineingehen? Nervös trat sie von einem Fuß auf den anderen. Ihr langes Haar wurde vom Wind zerzaust. Dieser Umstand hatte zur Folge, dass sie sich noch schäbiger, hässlicher und unbedeutender fühlte als zuvor. Nein, wahrscheinlich war es besser, wieder nach Hause zu gehen. Sie drehte um und schritt energisch in Richtung Wichtelgasse. Da kam ihr die Stange Salami in den Sinn. Und die Freude der Mutter, als sie gestern Abend beim flackernden Schein der Petroleumlampe in der Küche gesessen waren und Scheibe für Scheibe die Wurst genossen hatten. Nein! Sie durfte ihre Mutter nicht enttäuschen. Es reichte nicht aus, nur um das Brot in der Früh anzustehen. Sie musste in diesen schweren Zeiten einen größeren Beitrag leisten, damit die Mama und sie nicht verhungerten. Und so drehte Marie knapp vor der Wichtelgasse wieder um und ging nun mit entschlossenen Schritten zurück zum ›Café Ritter‹. Vor der Tür holte sie tief Luft, schloss die Augen und rannte prompt in einen jungen Leutnant hinein, der gerade das Kaffeehaus verließ.

»Hoppala, Kleine. Was stürmst denn da wie eine Wilde herein?«

Marie ignorierte den Offizier und betrat die mit Stuck und Wandgemälden sowie riesigen Spiegeln verzierten Räumlichkeiten des ›Café Ritter‹. Sie tauchte in eine Atmosphäre ein, die sie bis dato noch nicht gekannt hatte: leises Stimmengewirr, manchmal unterbrochen von den lauten Rufen der Ober, helles Klicken der Billardkugeln, raschelnde Zeitungen, klirrende Geschirrgeräusche aus der Küche und all das in einer würzig harzigen Atmosphäre, die sich über den Tischen, an denen Raucher saßen, zu dichten Nebelschwaden zusammenballte. Marie war wie erschlagen. Paralysiert stand sie da, direkt vor der aufgedonnerten Sitzkassierin, die eifrig ihr zugerufene Bestellungen bonierte. Ein einarmiger Kellner, der ein Tablett mit schmutzigen Kaffeehäferln und Gläsern auf seiner intakten Hand balancierte, rannte um ein Haar in sie hinein. Er schnauzte sie an:

»Schleich di, Kinderl! Das is a Kaffeehaus und ka Wärmestube.«

Die Sitzkassierin sah nun auf und raunzte Marie ebenfalls an:

»Was stehst denn da so tramhapert in der Gegend umadum? Geh gefälligst auf d' Seiten! Und wennst nur schaun willst, dann hast jetzt genug g'sehn. Dann dreh dich um und baba! Gemma!«

Marie schluckte. Sie trat drei Schritt vor, dicht an das Pult der Sitzkassierin, und flüsterte:

»Ich möchte zur ›Quelle‹. Um fünf Uhr, hat er g'sagt, soll ich da sein.«

Die Augen der Sitzkassierin wurden schmal. Sie fixierte Marie mit kaltem Blick und überlegte. Dann sagte sie:

»Hier gibt's ka ›Quelle‹. Geh jetzt!«

Und während sie das sagte, griff sie zu einer Glocke und läutete. Ein dicker älterer Marqueur erschien wie aus dem Boden gewachsen. Die Sitzkassierin flüsterte ihm etwas zu, was Marie aber nicht mehr bemerkte, da sie bereits bei der Kaffeehaustür hinausging. Der Marqueur* fluchte leise und stürzte dann ebenfalls aus dem Kaffeehaus hinaus. Draußen holte er mit eiligen Schritten Marie ein und bellte:

»Halt! Bleib stehen! Wo rennst denn hin? Was wolltest da drinnen?«

Marie zuckte vor Schreck zusammen. Dann stammelte sie:

»I … i wollt zur Que… zur Quelle.«

»Und wieso soll ein Kaffeehaus eine Quelle haben?«

»Das weiß i ja a net. Aber der gnädige Herr gestern im Fiaker hat mir befohlen, mich heut um fünf Uhr im ›Café Ritter‹ nach der ›Quelle‹ zu erkundigen …«

»Und was war das für ein Herr?«

»Das weiß i a net. Groß und schlank war er. Und elegant, mit einem Mantel mit Pelzkragen.«

Der Marqueur packte sie nun vorsichtig am Oberarm und brummte:

---

* Oberkellner

»Komm mit …«

Wie in Trance ließ sich Marie von dem Marqueur zu
einem Eingang in der Seitengasse führen. Hier ging es in
die hinteren Räumlichkeiten des Kaffeehauses. Der Mann
öffnete die Tür zu einem Hinterzimmer, in dem Marie den
Herrn, den man die ›Quelle‹ nannte, mit anderen Spie-
lern am Kartentisch sitzen sah. Dicke Rauchschwaden
zogen sich durch den engen Raum, die Gesichter der Spie-
ler waren angespannt. Und dann warf ein fetter Offizier
wütend seine letzte Karte auf den Tisch und brüllte:

»Es Gfraster habt's mich ang'schmiert*! Jetzt bin i bankrott!«

Maries Bekannter lehnte sich in seinem Sessel zurück,
verschränkte die Finger beider Hände ineinander und
drückte sie so lange nach außen, bis sie krachten. Dann
stand er auf und sagte leise:

»Komm, Alois, beruhig dich. Heut hast halt a Pech
g'habt. Nächstes Mal hast wieder Glück.«

»Aber wie soll i das jetzt bezahlen? Ich hab keinen
Tupf Geld mehr.«

Die ›Quelle‹ machte einen Schritt auf Hauptmann Alois
Punzenhuber zu, klopfte ihm freundschaftlich auf die
Schulter und sagte mit samtweicher Stimme:

»Du hast doch eine goldene Taschenuhr …«

Als Punzenhuber nickte, fuhr die ›Quelle‹ fort:

»Na, die gibst mir jetzt und wir sind quitt.«

»Aber das is a Geschenk von meiner Frau!«

»Du fahrst doch übermorgen eh wieder an die Front
zurück. Da muss sie gar nix merken. Außerdem kannst
du morgen ja die 120 Kronen auftreiben. Sobald du sie

---

* Betrogen

hast, kommst zu mir und kriegst deinen goldenen Prader* wieder.«

Mit hängendem Kopf zog Punzenhuber seine Uhr hervor, knüpfte die goldene Uhrkette ab und überreichte beides der ›Quelle‹. Dieser nickte zufrieden und sagte begütigend:

»Schau, du hast morgen den ganzen Tag Zeit, das Geld aufzutreiben.«

Punzenhuber nickte, drängte sich an Marie vorbei und verließ grußlos die Kartenrunde. Nun wandte sich die ›Quelle‹ an Marie. Charmant nahm er ihre Kinderhand und deutete einen Handkuss an. Marie errötete.

»Meine Herrschaften, darf ich euch vorstellen: Dieses bezaubernde Wesen heißt Marie. Ich hab sie gestern Abend kennengelernt. Ihr versteht sicher, dass ich mich jetzt ein bisserl alleine mit ihr unterhalten möchte. Ihr entschuldigt mich.«

Damit hakte er sich bei Marie ein und ging mit ihr hinüber in den großen Saal des Kaffeehauses. Auf seinen Wink führte sie der Marqueur zu einem verschwiegenen Ecktisch, auf dem ein Reserviert-Schild stand.

»Ein hübsches Platzerl …«

Der Marqueur verneigte sich, die ›Quelle‹ bestellte in leisem Ton:

»Herr Hans, bringen Sie dem Fräulein und mir einen Schampus. Glasweise. Damit es net so auffallt.«

Der Ober verbeugte sich tief und verschwand. Die ›Quelle‹ half Marie aus ihrem Wintermantel und bat sie, auf der Eckbank Platz zu nehmen. Er setzte sich neben Marie und musterte sie mit sichtlichem Vergnügen.

---

* Uhr

»Du bist ein hübsches und unerschrockenes Kind. Das g'fallt mir.«

Der Oberkellner servierte die Champagnergläser.

»Hast schon einmal Champagner getrunken? Nein? Das wirst mögen. Das hat noch jedem Mensch g'fallen. Sehr zum Wohl, Marie …«

»Sehr zum Wohl, Herr …«

Er sah sie prüfend an, nahm einen kräftigen Schluck, setzte das Glas ab und ließ sie dabei die ganze Zeit nicht aus den Augen. Plötzlich spürte sie seine Hand auf ihrem Oberschenkel.

»Anatol. Den Herrn lassen wir weg. Für dich bin ich der Anatol. Und jetzt trink endlich!«

Marie war knallrot geworden. Sie nahm einen großen Schluck vom Champagner und verschluckte sich. Er klopfte ihr zärtlich auf den Rücken und bemerkte beiläufig:

»Jaja … die Champagnerperlen sind a Hund*…«

Als Marie sich beruhigt hatte, wanderte seine Hand ihren Oberschenkel hinauf. Dabei plauderte er vor sich hin:

»Weißt, das war heut eine Prüfung, die du mit Bravour bestanden hast. Ich wollte wissen, ob du dich in dem fremden Kaffeehaus durchsetzen kannst. Ob sie dich wirklich zu mir führen. Da du es geschafft hast, hast du mir gezeigt, dass du die Richtige bist.«

Er nahm einen Schluck Champagner und sah ihr ernst in die Augen. Unter dem Tisch ruhte seine Hand nun auf ihrem Schoß.

»Die Richtige, um mir a Freud zu machen. Weißt, das Leben is so kurz. Deshalb muss man es genießen. Apropos, demnächst gehen wir zu meiner Schneiderin. Die wird

---

* … haben es in sich.

dir nach Maß ein fesches Winterkostüm nähen. Und davor schauen wir noch zu einem Schuhgroßhändler, dort kauf ich dir ein Paar hübsche Stiefletten. Weißt, solche mit Knöpferln an der Seite. Magst solche Winterschuhe haben?«

Marie drehte sich der Kopf. Da sie zuvor mehrmals am Champagner genippt hatte, spürte sie nun die Wirkung des Alkohols. Außerdem verbreitete seine zärtliche Hand eine wunderbare Wärme in ihrem Körper. Vertrauensvoll lehnte sie sich an ihn und seufzte:

»Geh! Warum verwöhnst mich denn so?«

»Weil ich dich mag, kleine Marie.«

Und damit küsste er sie auf die Lippen. Marie seufzte, kuschelte sich an ihn und nippte neuerlich am Champagner. Das Glas war nun leer, Anatol winkte und es wurden zwei neue Gläser serviert.

»Hast einen Hunger? Magst was essen?«

Marie nickte.

»Na, dann werden wir im Hinterzimmer für uns aufdecken lassen. Weißt, im Kaffeehaus gibt es hauptsächlich Speisen von Eiern. Aber in diesen schlechten Zeiten sind selbst die Eier rar. Deshalb essen wir unser kleines Souper lieber nicht in der Öffentlichkeit. Magst ein in Butter gebratenes Schinkenomelette?«

Marie machte große, erstaunte Kulleraugen. So etwas Köstliches hatte sie schon lange nicht mehr gegessen.

»Außerdem können wir im Hinterzimmer auch Gebäck dazu essen.«

Seufzend fügte er hinzu:

»Gebäck zu verkaufen, ist ja den Kaffee- und Gasthäusern seit Anfang September verboten. Aber das is uns wurscht.«

Er winkte dem Marqueur, der diensteifrig herbeieilte. Anatol instruierte ihn, und der Marqueur antwortete:

»In beiläufig zehn Minuten ist alles so weit hergerichtet. Is des recht, Euer Gnaden?«

Anatol nickte, und der Marqueur entfernte sich eiligen Schrittes. Marie nippte an dem frisch nachgefüllten Champagnerglas und bekam allmählich Gefallen an den zarten Perlen, die so lustig am Gaumen kitzelten. Der Mann an ihrer Seite beobachtete sie mit einem Habichtblick, gleichzeitig streichelte er ihr über die gerötete Wange. Dann zog er ein Kuvert aus der Innentasche seines Sakkos. Er legte es vor Marie auf den Tisch und sagte in einem Tonfall, der keinen Widerspruch duldete:

»Bevor wir jetzt rübergehen und der gemütliche Teil des Abends beginnt, hab ich noch eine Bitte an dich. Kannst du mir dieses Brieferl morgen nach der Schule in den II. Bezirk tragen und dem Herrn, der auf dem Umschlag steht, persönlich übergeben?«

Marie war jäh aus ihren Träumen gerissen. Mit erstaunten Augen sah sie ihn und dann das Brieferl an. Er lächelte:

»Schau, Marie, als meine Vertraute und liebe Freundin musst mir ein bisserl helfen. Ich weiß, dass du dich durchsetzen kannst und dass du geschickt bist. Also stell mir bitte morgen das Brieferl dem Herrn da zu.«

Marie nickte, nahm den Brief und las, bevor sie ihn in ihre Kleidertasche steckte, den Namen des Adressaten und dessen Anschrift:

Szygmund Karminsky
Zirkusgasse 35

I/15

DURCH DIE HERBSTLICH nebeligen Straßen Wiens rollte eine halbe Stunde nach Mitternacht ein einsamer Fiaker in Richtung Südbahnhof. Das Geklapper der Pferdehufe hallte durch die menschenleere Prinz-Eugen-Straße. Der Fiaker bog nach rechts in den Wiedner Gürtel ein und fuhr dann beim Favoriten Platz* links unter der Trasse der Südbahn durch in Richtung Güter- und Rangierbahnhof. Ein Labyrinth von Geleisen breitete sich wie ein überdimensionales Spinnennetz vor dem Fiaker aus. Hier war alles dunkel, keine Lichter, nur die Umrisse von endlosen Reihen abgestellter Waggons und hin und wieder die riesige Silhouette einer Lagerhalle. All das schien den Kutscher, der den Fiaker lenkte, nicht zu irritieren. Unbeirrt fuhr er auf der unbeleuchteten Zufahrtsstraße seinem Ziel entgegen: der Lagerhalle 16. Dort hielt er an und wartete. Totenstill war es hier, in der Ferne sah man den Lichterglanz der Großstadt. Im Inneren des Fiakers flammte kurz ein Streichholz auf, danach sah man in regelmäßigen Abständen das Aufleuchten der Zigarette. Schließlich wurde die Coupétür der Fiakerkabine kurz geöffnet, und die glühenden Reste der Zigarette fielen zu Boden. Die Tür wurde sofort wieder geschlossen – es war kalt draußen. Der Atem der Pferde zog weiße Schwaden durch die pechschwarze Nachtluft. Nun kletterte der Kutscher vom Bock. Er holte zwei Decken aus einem Kasten unterhalb des Sitzes hervor und deckte damit die

---

* Heute: Südtiroler Platz

Pferde zu. Danach ging er, um sich etwas aufzuwärmen, mit trippelnden Schritten auf und ab. Plötzlich näherten sich Schatten mit einer Laterne. Es waren zwei Bahnangestellte: der Oberverschieber Lorenz Lehner, ein grauhaariger, bulliger Mann, und sein junger, dürrer Untergebener Alois Fiebrich. Die Tür der Fiakerkabine wurde geöffnet. Der Mann, den man die ›Quelle‹ nannte, stieg aus und grantelte:

»Meine Herren, ihr seid a Viertelstunde zu spät …«

»Entschuldigen, Euer Gnaden. Aber wir ham warten müssen, bis sich die Kollegen vom Gelände verzupft ham«, rechtfertigte Lehner die Unpünktlichkeit.

»Ich hab eure Tanz und Spompanadeln* allmählich satt. Ich glaub, ich werd mir andere Geschäftspartner suchen.«

»Aber Euer Gnaden! Ich bitt Sie! Die paar Minuten sind doch net der Rede wert. Außerdem hamma da drinnen, in der 16er Halle, erstklassige Ware für Sie.«

»Habt ihr endlich den Tabak bekommen?«

»Türkischen Tabak, Euer Gnaden. Erstklassige Qualität. Vom Feinsten.«

»Na, dann steht's net länger wie die Mamlasse** herum! Macht's die Halle auf und ladet's den Fiaker voll. Aber ein bisserl plötzlich, wenn ich bitten darf.«

Lehner und Fiebrich nickten und gingen eiligen Schrittes zum Halleneingang. Dort klopfte Lehner rhythmisch an die Tür, die alsbald geöffnet wurde.

»Serwas, Stryteski, die Kundschaft ist da. Gemma's an!«

Lehner und sein Gehilfe verschwanden in der Halle, um kurze Zeit später, vollgepackt mit Tabakkartons, wie-

---

* Mätzchen und Dummheiten
** Tölpel

der zu erscheinen. Auch Stryteski, ein großer, fetter Kerl, half mit, und so war der Fiaker im Nu bis unters Dach mit Tabakpaketen beladen.

Keuchend standen die drei Männer schließlich vor ihrem Kunden. In der klaren, kalten Winterluft bildete ihr stoßweises Atmen gewaltige weiße Schwaden.

»Euer Gnaden, 85 Packerln türkischer Tabak sind eingegangen in den Fiaker.«

Die ›Quelle‹ nickte und zog aus dem eleganten, mit Pelz gefütterten Wintermantel die Brieftasche hervor.

»Pro Packerln bekommt's ihr zehn Kronen. Lehner, hier hast du eins, zwei, drei vier fünf, sechs, sieben, acht Hunderter und 50 Kronen.«

Der Angesprochene zögerte:

»Aber da sind doch fünf Kilo in so einem Packerl drinnen. Dafür sind zehn Kronen wirklich schmutzig*.«

Die ›Quelle‹ ließ die Geldscheine ganz langsam vor Lehners Füßen zu Boden flattern. Dann griff er neuerlich in eine seiner Innentaschen und zog eine Steyr M1912 Pistole heraus. Er entsicherte sie und zischte:

»Knie nieder, Lehner. Und heb das Geld auf.«

Zitternd wie Espenlaub gehorchte der Oberverschieber dem Befehl. Als er das Geld eingesammelt hatte, erklangen weitere Befehle: »Steck es ein und dann küsst du mir die Stiefelette. Dazu wirst du sagen: Ich dank recht herzlich, Euer Gnaden.«

Als Lehner zögerte, hielt er ihm die Steyr Pistole an die Schläfe. Der Oberverschieber erledigte den Kuss und die Danksagung äußerst widerwillig. Dann wollte er aufstehen. Doch die ›Quelle‹ trat ihm blitzschnell ins Gesicht.

---

* Knausrig

Knochen krachten, Lehner fiel auf den Hinterkopf und blieb reglos liegen. Die ›Quelle‹ musterte Fiebrich und Stryteski, die beide vor Angst schlotterten. Er sicherte seine Pistole, ließ sie in seinem Mantel verschwinden und bestieg mit demonstrativer Gelassenheit den Kutschbock. Der Kutscher, der die Decken der Pferde gerade verstaut hatte, schwang sich ebenfalls auf den Kutschbock und brummte:

»Alsdann! Fahr ma, Euer Gnaden!«

I/16

AM VORMITTAG DES 28. Oktober betraute Kaiser Franz Joseph in einer einstündigen Audienz den bisherigen k.u.k. Finanzminister Ernest von Körber mit dem Amt des österreichischen Ministerpräsidenten. Am frühen Nachmittag dieses durchaus schönen und für die Jahreszeit auch warmen Herbsttages wurde der ›Guade‹ unsanft geweckt. Agnesz, seine alte Tante, rüttelte ihn aus dem Schlaf.

»Was ... was ist denn los?«

»Aufstehen! Is wer da fir dich ...«

»Wer soll da sein? I erwart keinen Besuch.«

»Is ein Mädl ...«

»Ein Mädel? Ah so? Is a Fesche?«

»Is noch jung.«

»A junges Mädel möchte mich sprechen. Na, die schau ich mir an.«

Er setzte sich mit einem Ruck auf und suchte mit den Füßen die Hausschlapfen, die unter dem Bett standen. Als er sie gefunden hatte und hineingeschlüpft war, befahl er:

»Geh zurück in die Küche und gib dem Mädel einen Kaffee. Aber einen ordentlichen ... einen Bohnenkaffee. Damit s' gleich weiß, was hier im Haus g'spielt wird. Dass ich ka Nebochant* bin.«

Die alte Frau nickte und verließ wortlos Zygmunt Karminskys Wohnung. Er selbst schlüpfte in einen seidenen Morgenmantel, wusch sich bei der Waschschüssel

---

* Minderwertiger, geringer Mensch

das Gesicht, tupfte etwas Rasierwasser auf selbiges, nahm seinen Wohnungsschlüssel und warf die Tür hinter sich zu. Er überquerte den Gang und trat in die Hausmeisterwohnung ein, die ihm als Kommunikationszentrale und als Wohnstätte seiner Baner diente. Seine Tante Agnesz und der Diensttrampel Friederl wohnten nebenan in einer Zimmer-Küche-Kabinett-Wohnung. Neugierig betrat Karminsky die Küche der Hausmeisterwohnung. Er sah ein zierliches Mädchen, das nichtsdestotrotz bereits einen hübsch gewölbten Busen hatte. Als er sich die schneeweißen spitzen Jungmädchenbrüste nackt vorstellte, bekam er eine Erektion. Er räusperte sich, sodass Marie wie von einer Feder getrieben aufsprang und einen patscherten Knicks vor dem imposanten Herrn im Morgenmantel machte.

»Brauchst dich nicht schrecken, Kinderl«, brummte Karminsky begütigend. »Komm, setz dich wieder nieder …« Amikal umfasste er ihre schmale Figur und drückte sie sanft auf den Sessel hinunter, von dem sie aufgesprungen war. Dabei ruhte seine rechte Hand kurz auf ihrem Busen. Er nahm vis-à-vis am Küchentisch Platz und war sehr zufrieden, dass ihm seine Fantasie keinen Streich gespielt hatte: Ihr Busen war tatsächlich spitz, gekrönt von einer harten Brustwarze. Gelernt ist gelernt, dachte sich der alte Zuhälter schmunzelnd und schob dem Kind einen Teller mit frischen Golatschen hin.

»Da! Die musst kosten. Die hat die Agnesz selbst gebacken. Powidlgolatschen. So was Gutes hast schon lang nimmer bekommen.«

Schüchtern griff Marie zu und biss ein Stückerl von der Mehlspeise ab. Der Germteig war wunderbar flaumig und sie stopfte gierig einen großen Bissen nach. Nun vermengte sich der zarte Geschmack des Germteigs mit dem süß-säuerlichen deftigen Aroma des Powidl. Marie schloss genussvoll die Augen. Karminsky brummte väterlich.

»Trink auch einen Schluck Kaffee dazu. Das ist a echter. A echter Bohnenkaffee. Mit Milch!«

Marie tat, wie ihr geheißen, und war im siebten Himmel. So ein Bohnenkaffee schmeckte doch tatsächlich viel besser als das Gschloder aus Getreide, das daheim als Kaffee auf den Tisch kam. Mit Appetit und großer Lust vertilgte Marie zwei Golatschen und trank die Kaffeeschale leer. Es störte sie dabei überhaupt nicht, dass der nette Hausherr nun mit seinem Sessel neben sie gerückt war und seine Hand über ihren Oberschenkel streichelte. Nein, das war sogar ganz angenehm. Ähnlich wie vorgestern in dem Fiaker. Wie lange hatte sie schon niemand gestreichelt? Das war zu Kriegsbeginn, als ihr Vater in den Krieg zog. Da hatte er ihr beim Abschied, als sie bitterlich weinte, zärtlich über den Kopf und den Rücken gestreichelt …

Mit vor Aufregung roten Wangen sah sie nun in das breite, von unzähligen Falten und rötlichen Bartstoppeln übersäte Gesicht Karminskys, auf dem sich ein entspanntes Lächeln ausgebreitet hatte. Nun räusperte sie sich, nahm resolut seine Hand von ihrem Schenkel, ohne sie aber loszulassen, und sagte in einem schalkhaften Ton:

»Lieber Herr Karminsky, ich bin aber nicht zum Golatschenessen hergekommen.«

»Ja warum denn dann? Ich hab mir gedacht, dass du von mir gehört hast und mich kennenlernen wolltest.«

»Leider nein, Herr Karminsky. Ich bin hergekommen, weil man mich geschickt hat.«

»Und wer hat dich geschickt, mein Kind?«

»Seinen Namen kenn ich nicht. Er hat mir aufgetragen, Ihnen dieses Brieferl zu überbringen.«

Mit einer kleinen Verbeugung reichte sie dem ›Guadn‹ das Kuvert, das sie am Vortag im ›Café Ritter‹ übernommen hatte. Als Karminsky es misstrauisch beäugte, log sie mit einem treuherzigen Augenaufschlag:

»Seinen Namen kenn ich wirklich nicht. Aber sein Spitzname ist die ›Quelle‹.«

I/17

AM SPÄTEN NACHMITTAG des 31.Oktober fand sich der Mann, der in Schleichhändlerkreisen den Decknamen die ›Quelle‹ hatte, in seinem Stammcafé ein. Wie fast immer, saß er auch heute in einem der Hinterzimmer, trank dort erstklassigen Bohnenkaffee mit einem Tupf Obers und las unter anderem folgende Meldung in der ›Neuen Zeitung‹:

Dienstag und Mittwoch (Allerheiligen) fleischlose Tage
Wir werden ersucht, darauf aufmerksam zu machen, daß über behördliche Anordnung für Katholiken der 31. Oktober, Dienstag, da ein kirchlich gebotener Fasttag ist, als fleischloser Tag bestimmt wurde; dafür war Montag, der 30. Oktober, der Fleischgenuß gestattet. Der heutige Tag (Dienstag) und morgen (Feiertag) sind also fleischlose Tage, jedoch ist am Allerheiligentage die Verwendung von Schaffleisch zur Speisenzubereitung gestattet. Ebenso ist an diesem sowie an allen fleischlosen Tagen der Verkauf und Genuß von Weichwürsten – Blut-, Leber- und Preßwurst – gestattet. Innereien sind an fleischlosen Tagen nicht gestattet.

Diese Zeitungsmeldung ließ ihn den Kopf schütteln und murmeln:

»Würd mich wirklich interessieren, wer sich an diese Verordnung hält ...«

Währenddessen spazierte Marie ohne Herzklopfen und bestens gelaunt zum ›Café Ritter‹. Sogar die herbstliche Ottakringer Straße machte heute einen ausgesprochen freundlichen Eindruck. An diesem Allerseelentag war sie

79

ausnahmsweise nicht die freudlose Vorstadtstraße wie an so vielen anderen Tagen. Mit einem selbstsicheren Lächeln betrat Marie das Kaffeehaus, ignorierte mit erhobenem Kopf die Sitzkassierin und steuerte direkt auf den Marqueur zu.

»Herr Hans, ich begrüße Sie!«

Den Marqueur riss es ob der vertraulichen Anrede. Er bewahrte jedoch Haltung und erwiderte:

»Ah, das junge Fräulein! Sie wollen wohl zu Ihrem Bekannten … nicht wahr?«

Marie nickte, und der Marqueur bat sie, ihm zu folgen. Er führte sie zu dem Extrazimmer, wo sie unlängst das Abendessen zu sich genommen hatten. Höflich klopfte er an die verschlossene Türe und öffnete diese erst, als von drinnen ein lautes und deutliches »Ja, bitte!« erklang.

Marie stürmte in das Zimmer. Anatol, der Zeitung gelesen hatte, stand auf und nahm sie in die Arme. Zu ihrer eigenen Verwunderung gab sie ihm wie selbstverständlich einen Kuss auf den Mund, während der Marqueur leise die Türe von außen schloss. Anatol half ihr aus dem Mantel, sie setzte sich neben ihn und legte ihre schmale Mädchenhand vertrauensvoll auf seinen Unterarm – genauer gesagt auf den teuren englischen Stoff seines Anzugs, der ihm ganz famos passte.

»Du, Anatol. Ich hab, wie du mir aufgetragen hast, dem Herrn Karminsky dein Brieferl überbracht. Na, der hat a G'sicht g'macht …«

»Hat ihm meine Post nicht g'fallen?«

»Na, ganz und gar net! Weißt, zuerst war er so nett zu mir und hat mich mit richtigem Bohnenkaffee und Powidlgolatschen bewirtet. Aber dann, als er dein Brieferl gelesen hat, war er grantig und kurz angebunden. Grad, dass er mich nachher nicht rausgeschmissen hat.«

Seine Mundwinkel umspielte ein ironisches Lächeln, als er ihr antwortete:

»Na, sei froh …«

»Wie meinst denn das?«

»Fesche Mädchen wie dich behält er normalerweise bei sich. Und lässt sie für sich arbeiten …«

»Was? Der Herr Karminsky ist ein Strizzi?«

»Und was für einer! Der ist seit Jahrzehnten der Platzhirsch in der Leopoldstadt. Mit dem Kriegsausbruch hat er dann seine Geschäfte erweitert. Er hat jetzt eine eigene Fleischhauerei und entwickelt auch sonst am Schwarzmarkt eine schi rege Tätigkeit.«

»Und da ist er dir in die Quere gekommen?«

»Wie kommst denn darauf?«

»Na, weil du ihm so ein böses Brieferl geschickt hast …«

»Das war kein böses Brieferl.« Er entnahm einem silbernen Etui eine Zigarette und zündete sie an. Nach einem tiefen Zug fuhr er fort:

»Das war ein Angebot, das er nicht ausschlagen kann.«

»Dem Karminsky machst du Angebote, aber mir bietest du heut gar nix zum Essen und Trinken an …«

»Verzeih, meine Liebe!«

Er sprang auf, öffnete die Tür des Extrazimmers und rief ins Kaffeehaus:

»Herr Hans, kommen S', bittschön!«

Umgehend erschien der Marqueur und nahm die Bestellung auf: einen Kapuziner, eher sehr hell, ein Schinkenomelette und dazu ein Buttersemmerl. Bei der Bestellung des Semmerls zuckte er zusammen und sagte:

»Bedaure, Semmerln sind heute aus. Darf es vielleicht ein Butterbrot sein?«

Marie war so hungrig, dass ihr auch ein Butterbrot recht war. Hauptsache, wieder gut und üppig essen! Plötzlich fiel ihr etwas ein, das ihre Miene verdüsterte.

»Oje, ich hab ja ganz vergessen, dass heut ein fleischloser Tag ist. Da gibt's ja keinen Schinken ...«

Ein amüsiertes Lächeln umspielte die Mundwinkel von Herrn Hans. Milde sagte er:

»Ich werde in der Küche ein gutes Wort für Sie einlegen. Schließlich samma in Wien. Da geht immer a bisserl was ...«

Marie schmiegte sich an Anatol, der nun wieder zur Zeitung gegriffen hatte und weiterlas. Sie genoss es, ihn zu spüren und in seine Aura einzutauchen. Bei ihm fühlte sie sich sicher und geborgen. Ein Mann von Welt, der sich der kleinen Marie angenommen hatte und der sie fütterte und verwöhnte. Plötzlich lachte er und zeigte ihr einen Zeitungsartikel:

»Da schau, da haben s' drei Spitzbuben festgenommen, die ich angezeigt hab.«

Mit großer Bewunderung las Marie folgenden Artikel:

Anlässlich der Nachforschungen wegen zahlreicher in den Bahnhöfen verübten Diebstähle wurden abermals drei Personen, welche im Besitze gestohlener Sachen waren, betreten und angehalten. Es sind dies der 45jährige Oberverschieber Lorenz Lehner, der 29jährige Verschieber Alois Fiebrich und der 19jährige Magazinsarbeiter Josef Stryteski. Bei den Verhafteten wurden Haussuchungen vorgenommen, und man fand bei ihnen, namentlich bei Fiebrich, gestohlene Waren im Werte von mehreren hundert

Kronen; so wurden bei Fiebrich mehrere Päckchen mit tür-
kischem Rauchtabak gefunden, die von einem in einem
hiesigen Bahnhof ausgeführten Diebstahl von türkischem
Tabak im Werte von 2830 Kronen herrühren. Lehner, Fie-
brich und Stryteski wurden dem Landesgericht eingeliefert.

Marie ließ die Zeitung sinken und sagte:

»Ich bewundere dich, Anatol. Außerdem beruhigt es
mich, dass du im Kern deines Wesens ein anständiger
Mensch bist, der solche Verbrecher anzeigt.«

Die Tür des Extrazimmers wurde vorsichtig geöffnet,
und Herr Hans servierte Marie den Kaffee, einen Teller,
auf dem ein in appetitliche Streifen geschnittenes Butterbrot lag, sowie einen größeren Teller, auf dem ein flaumi-
ges Schinkenomelett lag. Als der Marqueur gegangen war
und Marie sich wie ein Wolf auf das Essen stürzte, sagte
Anatol nachdenklich:

»Weißt du, meine Liebe, das freut mich, dass du in mir
einen anständigen Menschen siehst. Als Geschäftsmann
muss ich natürlich auf meinen Vorteil schauen, aber das
ist ja nix Unanständiges.«

Mit vollen Backen und glänzenden Augen nickte Marie,
während er sich wieder der Zeitungslektüre widmete.
Schließlich zückte er seine Taschenuhr und sagte:

»Marie, wir müssen gehen. Wir haben heut noch was
vor.«

»Und was?«

»Eine Überraschung ...«

Er rief den Marqueur, steckte diesem einen Geldschein
zu und befahl:

»Herr Hans, schreiben S' unsere Konsumation an. Wir
machen dann bei Gelegenheit wieder eine Abrechnung.«

Der Marqueur nickte untertänig und befahl dem Piccolo, dem Gast in seinen Mantel zu helfen. Dafür bekam der Piccolo ebenfalls ein Trinkgeld, worauf dieser sich ganz tief verneigte. Anatol bot Marie den Arm, und so stolzierte sie an der Seite dieses bewundernswerten Mannes aus dem Kaffeehaus hinaus, wo bereits der Fiaker von August Benischek auf sie wartete.

Es war ein großes Schneideratelier in der Inneren Stadt, in das Marie von Anatol geführt wurde. Eine Schneiderin und ihre Gehilfin empfingen sie unterwürfig und baten sie, in einem Extraraum Platz zu nehmen. Hier gab es eine elegante Sitzgarnitur, zwei große Spiegel, einen großen Tisch, auf dem zahlreiche Stoffballen lagen, sowie eine Umkleidekabine. Den Kunden wurde Likör serviert, Anatol zündete sich eine Zigarette an, und dann führten die Schneiderin und ihre Helferinnen die verschiedensten Stoffe vor. Prüfend glitten ihre Handflächen und Finger über die weichen Wollstoffe. Endlich entschied Maries Gönner, dass aus einem dunklen, ganz weichen Stoff das Kostüm für sie geschneidert werden sollte. Nun musste sie in die Ankleidekabine, die in diesem Fall eine Auskleidekabine war. Sie schlüpfte aus ihrem dünnen Kleid, das schon an einigen Stellen gestopft war, und genierte sich. Noch mehr genierte sie sich für das verwaschene graue Unterkleid, deshalb zog sie es, ohne lange nachzudenken, aus. Nun stand sie mit bloßem Oberkörper, mit einem schlabbernden Unterhöschen und dicken Wollstrümpfen bekleidet da. Als die Schneiderin sie so verzagt und verschämt in der Kabine vorfand, holte sie ihr eine Bluse, die Marie sich überstreifte und mit der sie nun aus der Kabine heraustrat. Anatol betrachtete ihren halb nackten Körper mit einem gierigen Lächeln, trank einen Schluck Likör und meinte dann leichthin:

»Wie's aussieht, werden wir auch noch in ein Lingerie-Geschäft schauen. Du brauchst dringend neue Unterwäsche, mein Schatz.«

Marie wurde knallrot, sagte aber kein Wort. Wie versteinert stand sie da, als die Schneiderin ihre Maße abnahm. Als sie mit dem Maßband ihre Brustwarzen berührte, wurden diese spitz und hart. Ein Umstand, der dazu beitrug, dass Maries Gesichtsfarbe sich kaum veränderte. Als die Schneiderin fertig war, nahm Anatol sie zur Seite und sprach leise auf sie ein. Schließlich nickte sie und zog sich mit ihrer Gehilfin zurück. Marie aber wurde an diesem Abend auf der Couch des Ateliers zur Frau.

I/18

AM SPÄTEN NACHMITTAG des 1. November betrat Joseph
Maria Nechyba das ›Café Landtmann‹. Er wurde mit
einem »Herr Oberinspektor! Ich begrüße Sie!« vom Marqueur empfangen, und der freche Piccolo, der ihm meist
die Getränke servierte, krähte:

»Habe die Ehre, Exzellenz!«

Nechyba zog sich in seine Stammloge zurück und
bestellte einen ›Goldblatt‹. Mit Wehmut dachte er an die
Zeiten, in denen er hier mit seinem Freund Leo Goldblatt
gesessen war und über Gott und die Welt debattiert hatte.
Nun befand sich Goldblatt, der über zehn Jahre jünger
als Nechyba war, an der Front, irgendwo in Galizien.
Wehmütig erinnerte sich Nechyba nun auch an unzählige Tarockrunden mit Goldblatt, dem Cafetier Wilhelm
Kerl, dessen Bruder Rudolf und dem Universitätsdozen-
ten Sigmund Freud. Doch das war alles vorbei. Goldblatt
war nun Kriegsberichterstatter, Wilhelm Kerl ein von Sorgen um seine kranke Frau gepeinigter Mann. Rudolf Kerl
mied nach einem fürchterlichen Streit mit seinem Bruder
das ›Landtmann‹, und den Doktor Freud hatte Nechyba
auch schon monatelang nicht mehr hier gesehen.

Eine freudlose Zeit ist das! Wirklich wahr …, dachte
sich Nechyba und musste ob des Wortspiels lächeln. Als
er so dasaß und vor sich hin grübelte, tauchte plötzlich
der Piccolo neben ihm auf:

»Exzellenz! Habe hier einen doppelten Goldblatt für
Sie.«

Nechyba schreckte aus seinen Gedanken auf und brummte:

»Ich hab aber nur einen einfachen bestellt.«

»Der andere ist von selber kommen! Der papierene ...«

»Ein papierener Goldblatt? Was soll der Blödsinn?«

»Na, a Feldpostkart'n vom Doktor Goldblatt ...«

»A Feldpostkart'n vom Goldblatt? Na, gib schon her, du Rotzpipn*!«

Unwirsch riss er dem Kleinen die Karte aus der Hand und las:

S.g. Hrn. Oberinspector
J.M. Nechyba
c/o
Café Landtmann
Franzensring 12
Innere Stadt
Wien

Mein lieber Nechyba,

Sie werden es nicht glauben, aber die Zeiten, in denen mir als Kriegsberichterstatter die Kugeln und Granatsplitter um die Ohren pfeifen, sind bald vorbei. Ich werde in wenigen Tagen nach Wien in die Vorstandskanzlei der K.u.k. Konsumanstalt für die Gagisten der Armee im Feld versetzt. Alles Nähere dann persönlich bei einem ›Goldblatt‹ im ›Landtmann‹.

Ihr Leo Goldblatt

---

* Rotzbub

Nechyba war verdattert. Mehrmals las er die Karte und nahm dabei immer wieder kleine Schlucke von seinem ›Goldblatt‹. Wenn nur nicht der Zichorienkaffee so scheußlich schmecken würde! Er nahm die ›Neue Zeitung‹ zur Hand, blätterte lustlos darin herum und stutzte; hier gab es tatsächlich einen Artikel, der sich mit Zichorien befasste:

Regelung des Verkehrs mit Zichorienwurzeln.

Eine heute erscheinende Ministerialverordnung regelt den Verkehr mit gedarrten Zichorienwurzeln. Durch diese Verordnung sollen im Rahmen der vom Handelsministerium zur Versorgung der Kaffeesurrogatindustrie mit Rohstoffen getroffene Maßnahmen den Kaffeesurrogatfabriken die Zichorienwurzeln der Ernte 1916 gesichert werden. Die Verordnung bestimmt, daß Zichorienwurzeln aus der inländischen Ernte 1916 nur zur Erzeugung von Kaffeesurrogaten verwendet werden dürfen. Zu diesem Zwecke müssen alle geernteten grünen Zichorienwurzeln, mit Ausnahme der zur Samenzucht benötigten, der Darrung zugeführt werden. Die Verfütterung der grünen und gedarrten Zichorienwurzeln ist verboten. Durch die Festsetzung eines Übernahmshöchstpreises für gedarrte Zichorienwurzeln wird es ermöglicht werden, die Verkaufspreise für das Fabrikat, den Zichorienkaffee, zu limitieren. Dies wird in der Weise beabsichtigt, daß bei der Zuteilung des Rohmaterials den Zichorienfabriken die Verpflichtung auferlegt werden wird, bestimmte, den Interessen des Konsums angemessene, vom Ministerium des Inneren festzusetzende Verkaufspreise für Zichorienkaffee einzuhalten.

»Na serwas!«, murmelte Nechyba. »Nach drei Jahren Krieg droht uns jetzt auch das Zichorien–G'schloder* auszugehen. Bald werden wir als Kaffee nur mehr braun gefärbtes heißes Wasser bekommen. So a Schaß …«

»Fluchen Sie, Nechyba?«, ertönte eine Bassstimme neben ihm. Er sah auf und blickte in das von zahlreichen Kummerfalten zerfurchte Antlitz Zygmunt Karminskys. Der ›Guade‹ setzte sich und begann sofort zu jammern: über den Krieg, über die miese wirtschaftliche Situation, über die Versorgungsprobleme und zu guter Letzt über die Konkurrenz. Nechyba hörte gar nicht richtig zu. Karminskys Sorgen waren ihm wurscht, dessen Jammerei langweilte ihn. Als der Piccolo Karminsky einen großen Mokka servierte und dieser nun auch noch über den Geschmack des Zichorienkaffees lamentierte, reichte es Nechyba:

»Du jammerst wie ein altes Weib«, grantelte er. »Wenn dir der Kaffee da im ›Landtmann‹ nicht passt, dann trink ihn doch daheim. Ich bin überzeugt, dass ein Schleichhändler wie du privat über jede Menge erstklassigen Bohnenkaffee verfügt.«

Nun musste der ›Guade‹ grinsen:

»Wo Sie recht haben, Nechyba, haben Sie recht! Ich hätt mir lieber a Glaserl Wein oder einen G'spritzten bestellen sollen.«

»So lang du nicht wieder laut nach einem Cognac verlangst …«

Neuerlich grinste Karminsky:

»Nein, das hab i mir abgewöhnt! I trink jetzt nur noch Weinbrand. Darf ich Sie auf einen einladen? Ich muss näm-

* Schlecht schmeckende Flüssigkeit

89

lich das Bestellen üben, dass mir net wieder einmal ... (die nächsten Worte flüsterte er) ... ein ›Cognac‹ außerutscht.«

»Kannst du dir das leisten? Allerdings lebst du ja jetzt nicht mehr nur vom Schandlohn deiner Huren.«

»Na, na, na! Nicht in so einem Tonfall, wenn ich bitten darf, Herr Inspector!«

»Oberinspector, Karminsky, Oberinspector!«

»Kompliment, Nechyba! Hab ganz vergessen, dass Sie befördert wurden. Oberinspector ... das ist schon was.«

»Hörst jetzt endlich auf, deppert zu reden? Sag mir, was du willst. Warum wolltest mich unbedingt hier im ›Landtmann‹ treffen? Wennst nur herumraunzen willst, dann hast du das bereits getan. Dann kannst dich jetzt schleichen und mich in Ruhe die Zeitung weiterlesen lassen.«

Zu Nechybas Überraschung schnappte sich der ›Guade‹ die am Kaffeehaustisch liegende ›Neue Zeitung‹, blätterte hektisch herum und hielt ihm dann einen Artikel unter den aufgezwirbelten Schnauzbart:

»Da! Da lesen S', Nechyba!«

Der Oberinspector nahm dem ›Guadn‹ das Blatt aus der Hand und las:

Gestohlenes Schweinefleisch

Dem Fleischselcher Michael Wimmer wurden in der Nacht vom 30. d. M. aus dem erbrochenen Geschäftslokale, Margareten, Reinprechtsdorferstraße 43, 80 Kilogramm frisches Schweinefleisch und 20 Kilogramm Wurstzeug im Wert von 1000 Kronen gestohlen.

Nechyba legte die Zeitung weg und zuckte mit den Schultern:

»Na und? Das is a Fall für die Sicherheitswache und net fürs Polizeiagenteninstitut.«

Karminsky sah den Oberinspector mit ungläubig aufgerissenen Augen an. Dann schlug er mit der flachen Hand auf den Artikel und stotterte:

»Aber das … das is … das is … der Beweis. Der will uns fertigmachen. Uns alle!«

»Wer will wen fertigmachen?«

»Na die ›Quelle‹! Da schaun S' her, da hab i was für Sie. Das Brieferl hat er mir zukommen lassen.«

Nechyba bekam große Augen. Mit Bedacht las er den Brief, den Marie dem ›Guadn‹ überbracht hatte:

Sehr geehrter Herr Karminsky!

Nach dem bedauerlichen Ableben Ihres Schleichhändlers biete ich Ihnen ab sofort die Versorgung Ihres Fleischhauergeschäfts an. Ich habe zum Beispiel derzeit 12 Schweine im Kühlhaus hängen. Das Stück verkauf ich Ihnen um 250 Kronen. Falls Sie dieses Angebot nicht annehmen, befürchte ich, dass Ihre Fleischhauerei demnächst zusperren muss. Geben Sie mir Bescheid, einer meiner Boten wird Kontakt aufnehmen.

Hochachtungsvoll

Die Quelle

Der ermordete Prokurist des städtischen Kühlhauses, der ermordete Schleichhändler Jansa, der Einbruchsdiebstahl bei dem Fleischer in Margareten. Das alles formte sich allmählich zu einem Bild. Und dieses Bild, das Nechyba da plötzlich vor seinem geistigen Auge sah, gefiel ihm gar nicht. Er sah einen brutalen Krieg in der Wiener Galerie[*] heraufdämmern. Einen Krieg, bei dem es um das Kostbarste ging, das es derzeit gab. Nicht um Gold und auch nicht um Geld, sondern um Lebensmittel.

---

[*] Unterwelt

Nachdem Nechyba und Karminsky längere Zeit geschwiegen hatten, beugte sich der ›Guade‹ plötzlich vor, fixierte Nechyba mit flackerndem Blick und sagte in eindringlichem Tonfall:

»Nechyba, ich bitt Sie, unternehmen S' was gegen die ›Quelle‹!«

»Damit du einen Konkurrenten weniger hast?«

»Darum geht's net. Konkurrenz belebt das Geschäft. Aber das ist kein Konkurrent, das ist ein eiskalter Mörder.«

Als Nechyba nichts antwortete und nur versonnen in seinem ›Goldblatt‹ umrührte, ergänzte der ›Guade‹:

»Nechyba, ich hab das erste Mal in meinem Leben Angst.«

NOVEMBER

II/1

GEFOLGT VON SEINEN beiden Begleitern schritt er flott durch die nächtlich leeren Gänge der barocken Stiftskaserne. Ganz bewusst hatte er dieses Treffen nach acht Uhr abends angesetzt. Kein Mensch sollte ihn und seine Begleitung hier in diesem Trakt, in dem sich die Ökonomische Verwaltung der k.u.k. Streitkräfte befand, sehen. Vor der Tür des Oberverpflegsverwalters 2. Klasse Zvonimir Dubrocic blieb er stehen, sah sich kurz um – weit und breit war keine Menschenseele am Gang zu sehen. Er klopfte leise und als ein »Herein!« erklang, schlüpften er und seine beiden Begleiter in die Amtsstube des Oberverpflegsverwalters. Die Begrüßung verlief kühl, Dubrocic fragte besorgt:

»Was machen die beiden da? Ich hab geglaubt, das wird eine vertrauliche Unterredung unter vier Augen …«

»Das sind zwei Kompagnons von mir. Das ist schon gut, wenn die dabei sind.«

»Vielleicht sollten wir dann unsere Besprechung verschieben. Damit ich mir auch Unterstützung besorgen kann.«

Nun reichte es ihm. Er funkelte sein Gegenüber böse an und sagte mit gepresster Stimme:

»Gar nichts wirst du! Du wirst dich jetzt hinter deinen Schreibtisch setzen und mir zuhören.«

»Also bitte! Vergreif dich nicht im Ton, gell! Das ist immer noch mein Zimmer hier, in dem du zu Gast bist.«

Er lachte bitter auf:

»Zu Gast? Ich bin nicht dein Gast! Wenn wir uns nicht hier und jetzt einigen, bin ich deine Nemesis.«

Dubrocic hatte sich mittlerweile gesetzt und war käseweiß im Gesicht geworden.

»Wie meinst du denn das jetzt?«

»So, wie ich's sag. Also: ohne langes Herumgerede! Wo bleiben meine zwei Waggonladungen Erdäpfeln? Die, die du mir letzte Woche für teures Geld verkauft hast, waren alle faulig. So einen Dreck kauft meine Kundschaft nicht. Diesen Schmarrn kannst du den Feldküchen liefern. In den Schützengräben fressen s' auch faulige Erdäpfeln, aber nicht in der Bel-Etage von Wiens Bürgerhäusern! Hast mich verstanden?«

Wütend schlug er mit der Faust auf Dubrocics Schreibtisch, dass dieser erzitterte.

»Aber woher soll ich zwei Waggonladungen Kartoffeln nehmen?«

»Das ist dein Problem. Konfiszier sie! Du kannst in ganz Cisleithanien Lebensmitteln für die k.u.k. Armee konfiszieren. Also? Wo ist dein Problem?«

»Aber ich hab schon die anderen Kartoffeln letzte Woche konfisziert. Ich kann doch nicht jede Woche …«

Dubrocics Besucher lehnte sich zurück und gab dem seitlich des Schreibtischs stehenden Schwindgruber einen Wink. Der machte einen Schritt auf Dubrocic zu, packten dessen Schädel und schlug sein Gesicht mit aller Kraft auf die Platte des Schreibtischs, sodass das Bureaumöbel in allen Fugen krachte. Dubrocic schrie wie am Spieß. Schwindgruber zog dessen Schädel in die Höhe. Emotionslos betrachtete er Dubrocics zerstörte Visage: die Nase gebrochen, Wangen und Mund blutverschmiert.

»Also, wie komm ich nun zu meinen zwei Waggonladungen Erdäpfeln?«

Er winkte nun Stanschitz zu, der ein Taschentuch zückte und das Blut von Dubrocics Gesicht wischte. Dann schnäuzte er ihn, wie eine Mutter ihren minderjährigen Rotzbuben schnäuzt. Der Besucher trommelte mit den Fingern ungeduldig auf Dubrocics Schreibtisch. Schließlich raunzte er ungeduldig:

»Ich warte …«

»Zwei … zwei Waggonladungen Kartoffeln könnten wir in Brünn konfiszieren, … die haben noch Vorräte.«

»Na also! Nimm ein Konfiszierungspapierl zur Hand und füll es diesbezüglich aus. Ziel der zwei Waggonladungen ist der Nordbahnhof, das zentrale Militärdepot. Um alles Weitere kümmere ich mich. Was ist? Schreib gefälligst!«

Zögernd nahm Dubrocic ein Formular zur Hand und begann es auszufüllen. Dann reichte der Oberverpflegsverwalter es ihm über den Tisch. Er prüfte es kurz und gab es Dubrocic mit den Worten zurück:

»Gut, unterschreib's und stemple es. Und dann setzt du das gestrige Datum ein.« Zvonimir Dubrocic tat, wie ihn geheißen. Dann fragte er etwas irritiert:

»Warum eigentlich das gestrige Datum?«

»Weil das eleganter ist.«

Dubrocic sah ihn verblüfft an, zuckte mit den Achseln und tat, wie ihm befohlen worden war. Unterschrift und Datum glänzten nass. Er warf einen prüfenden Blick darauf und gab dann Schwindgruber und Stanschitz einen Wink. Die stürzten sich auf den Oberverpflegsverwalter, fesselten seine Hände auf den Rücken und zogen ihn hoch. Einer holte ein Seil aus der Aktentasche, die er bei sich trug. Dubrocics Augen waren schreckgeweitet. Mit hochrotem Kopf brüllte er:

»Nein! Ich mag net sterben! Ich mach doch eh alles, was ihr wollt! Ich mach alles! Alles!«

Stanschitz zog die Schlinge um den Hals seines Opfers so eng zu, dass dessen Schreien nur mehr ein leises Krächzen war und schließlich erstarb. Schwindgruber fragte den Anführer:

»Und? Wo hängen wir ihn auf?«

»Beim Fenster hinaus, in den Hof. Anbinden tun wir das Seil an den Schreibtischfüßen.«

Die beiden Henkersknechte nickten. Einer öffnete das Fenster, der andere befestigte das Seilende am Fuß des wuchtigen Schreibtischs. Dann hoben sie Dubrocics massige Gestalt auf das Fensterbrett. Der Anführer setzte sich auf den Schreibtisch und nickte. Der Bewusstlose wurde hinunter gestoßen, es gab einen lauten Knacks, und der Schreibtisch machte einen mächtigen Ruck in Richtung Fenster. Er stand auf und besah sich sein Werk. Zufrieden nickend wandte er sich ab, faltete das Konfiszierungsdokument zusammen, steckte es in seine Brusttasche und sagte in jovialem Ton zu seinen Begleitern:

»Als dann! Hamma das auch erledigt. Gemma auf ein Bier, meine Herrn!«

II/2

»KIND, WO HAST du dich so lang herumgetrieben?«

Marie zuckte zusammen. Ihre Mutter war noch wach! Das hatte ihr gerade noch gefehlt. Ein bisschen beschwipst, wie sie war, antwortete sie patzig:

»Ich hab dafür gesorgt, dass wir genug zum Essen haben. Da, schau, was ich mitgebracht hab: frische Erdäpfeln!«

Die Mutter hatte mittlerweile die Petroleumlampe entzündet, nun hüllte sie sich in ihren Morgenmantel und schlurfte aus dem Schlafzimmer in die Küche der kleinen Wohnung. Dort stand Marie in ihrem funkelnagelneuen Kostüm. Neben der Wohnungstür stand ein prall gefüllter Sack mit Erdäpfeln, die Maries Mutter nicht beachtete. Ihre ganze Aufmerksamkeit galt dem neuen Kleidungsstück, das ihre Tochter trug:

»Wo, um Himmelherrgottswillen, hast du dieses Kostüm her?«

Sie fasste den Stoff an, kontrollierte die Nähte, trat einen Schritt zurück und taxierte den Sitz des Kostüms. Dann schlug sie die Hände vorm Gesicht zusammen und murmelte:

»Das ist aus einem sündteuren englischen Stoff. Außerdem ist das feinste Maßarbeit. So ein Kostüm hab ich mir mein ganzes Leben lang gewünscht …«

Mit einem Schlag genierte sich Marie. Sie wollte ihre Mutter in die Arme nehmen, wurde jedoch weggestoßen.

»Wo bist denn du da hineingeraten? Meine Tochter ist jetzt das Hurenmensch von einem Schleichhändler!

Von einem Kriegsgewinnler! Von einem Gfrast, das die Lebensmittel hortet und die Preise in die Höhe treibt. Lebensmittel, die uns kleinen Leuten fehlen. Pfui Teufel!«

Maries Mutter drehte sich um und ging in ihrem schäbigen, oftmals geflickten Morgenmantel zurück ins Schlafzimmer. Was Marie besonders traf, war die Tatsache, dass ihre Mutter die Schlafzimmertür hinter sich schloss. Das hieß, dass sie nicht wünschte, dass Marie bei ihr im Ehebett schlief. Maries Augen wurden feucht. Und während die ersten Tränen über ihre Backen rannen, wurde ihr bewusst, dass sie nun kein Kind mehr war. Sie gehörte zu den Erwachsenen und war völlig auf sich allein gestellt. Und da spürte sie plötzlich den männlich harten Körper Anatols, der sich an sie drängte. Seine kräftigen Hände, die sie an ihren intimsten Stellen berührten und die äußerst geschickt ihre Kleidung und ihre Wäsche auszogen. Und dann spürte sie ihn ganz tief in sich: seine Männlichkeit, seine Gier und auch seine Rücksichtslosigkeit. Nein, schön war das nicht gewesen, das erste Mal, auf der schmalen Couch im Schneideratelier. Weh hatte es getan, aber Anatol war das völlig gleichgültig gewesen. Erst nachher, als sie ein bisschen blutete, hatte er ein Stofftaschentuch gezückt und sie damit zärtlich abgewischt. Heute Abend im Separee war es nicht mehr ganz so schlimm gewesen. Ja, sie hatte sogar einige Augenblicke lang Gefallen an seinem Eindringen empfunden. An seinem muskulösen Männerkörper, der sich, zitternd vor Erregung, auf sie gestürzt hatte. Seufzend ging sie in das Kabinett der elterlichen Wohnung und überzog dort ihr Kinderbett, auf dem sie bis zum Kriegsausbruch geschlafen hatte. Ihr neues Kostüm hängte sie sorgfältig auf. Neben den Kinderkleidern in ihrem Kasten sah es seltsam fremd aus. In dem schon ziemlich erblindeten Spiegel betrachtete sie im flackernden Licht der Petroleumlampe sich selbst. Das mit Spitzen besetzte Seidenhemdchen und das dazu passende Höschen. Beides in elegantem Flieder. Dazu schwarze Seidenstrümpfe und als Abschluss neckische schwarze Stiefeletten mit Perlmuttknöpfen an den Seiten. Sie drehte sich einige Male vor dem Spiegel hin und her und war zufrieden. Wen sie da sah, war das Fräulein Marie, dem der Kutscher Benischek heut Abend selbstverständlich den Erdäpfelsack und die beiden Packerln in den zweiten Stock hinaufgetragen hatte. Sie riss sich von ihrem Spiegelbild los und packte zuerst ihre alten Schuhe und die Wollstrümpfe aus. Dann öffnete sie das zweite Packerl und entnahm ihm ihr altes Kleid und die schlabbrige Weste. Beides hatte sie heute getragen, bevor sie in dem Schneideratelier in ihr neues Kostüm und in die neue Unterwäsche geschlüpft war. Ihre alten Kleider wurden ebenfalls sorgsam aufgehängt, denn eines war Marie klar: In die Schule würde sie weiterhin die alten Fetzen und auch die alten Schuhe anziehen. Von ihrem Doppelleben brauchte schließlich niemand etwas zu wissen. Schlimm genug, dass es ihre Mutter wusste.

II/3

H OFRAT S CHMERDA VERABSCHIEDETE sich von seiner
Frau, die sich noch im Morgenmantel befand, mit einem
flüchtigen Busserl auf die Wange. Er war schon halb bei
der Wohnungstür draußen, als er zögerte und in die Wohnung rief:

»Aurelia, kommen S' bitte einen Augenblick!«

Aurelia, die gerade ein volles Tablett mit dem schmutzigen Frühstücksgeschirr aus dem Speisezimmer in die
Küche tragen wollte, hielt inne und rief:

»Gerti, kumm!«

Das Dienstmädel eilte aus der Küche herbei und nahm
der Köchin das Tablett ab. Diese ging nun das lange Vorzimmer vor zu ihrem Dienstgeber.

»Sie wünschen, gnädiger Herr?«

Der Hofrat beugte sich vor und flüsterte, sodass das
Gesagte nur die Köchin und seine neben ihm stehende
Gattin hören konnte:

»Ich hab so einen Gusto auf eine knusprige Stelze.
Überhaupt auf Schweinernes. Schaun S', dass a Schweinefleisch kriegen. Koste es, was es wolle!«

Er zwinkerte der Köchin zu und sprach im Hinaus-
gehen:

»Das Schulterscherzerl und das Supperl unlängst waren
superb! Äh … ich muss ja Deitsch reden … ich meine
natürlich: waren vorzüglich.«

Die Tür fiel hinter dem Hausherrn ins Schloss und die
gnädige Frau seufzte:

»Ach, Aurelia! Mein Mann ist unmöglich. Unser ganzes Geld steckt er mittlerweile ins Essen.«

»Na, da tun Sie ihm aber unrecht. 's Geld gibt der gnädige Herr immer nur für unser Bestes aus. Vorgestern zum Beispiel ist die Holzlieferung von seinem Freund Zellner von Zellendorf gekommen. Der Preis war wirklich g'schmalzen*. Aber dafür sind sie sehr schön, die Buchenscheitln. Jetzt können wir unbesorgt den Winter durchheizen.«

»Vielleicht tu ich meinem Mann ja wirklich unrecht, aber ich hab mich gestern wegen ihm so genieren müssen. Im Künstlerhaus hat die Frau von Schönborn damit angegeben, was ihr Mann für ein großartiger Patriot sei. 50.000 Kronen hat er schon in Kriegsanleihen investiert. Und dann hat sie mich gefragt, wie viele Kriegsanleihen mein Mann schon gezeichnet hat. Da hab ich dann herumgestottert und mich herausgeredet, dass er mit mir über finanzielle Dinge nicht spricht. Das war so peinlich.«

Aurelia fasste nach der Hand der gnädigen Frau und drückte sie fest:

»Liebe gnädige Frau, vertrauen S' Ihrem Mann. Der weiß schon, was er tut. Außerdem hat er ja schon vor dem Krieg immer g'sagt: Ich leg mein Geld lieber in Viktualien als in Aktien an.«

Als Aurelia abends heimkam, half ihr Nechyba wie üblich aus dem Mantel und brachte ihr wie sonst auch immer die Patschen. Irritiert stellte sie jedoch fest, dass heute etwas anders war.

»Nechyba, was schaust denn so kariert drein?«

---

* Sehr teuer

»Aber geh! Es is nix.«

»I seh doch, dass dir irgendwas über die Leber g'laufen is.«

»Weißt, ich war nach der Arbeit noch auf einen Sprung im ›Sperl‹.«

»Und? Hast beim Tarockieren verloren?«

»Geh! Wie denn? Es is doch keiner da. Den Goldblatt haben s' vor einem Jahr eingezogen, denn Malotta dann vor vier Monaten auch, und der Böhm is krank, angeblich Typhus.«

»Du Armer …«

»Ja, arm bin i wirklich. Ich hab zwar a Geld in der Tasche, aber i kann mir nix zum Essen kaufen. Glaubst, die hätten im ›Sperl‹ zumindest eine Eierspeis für mich g'habt? Gebäck gibt's sowieso keines mehr im Kaffeehaus, aber dass es jetzt net einmal mehr Eier gibt …«

»Du hast also einen Mordshunger?«

Nechyba nickte und setzte sich mit einem Seufzer an den Küchentisch. Aurelia nahm ihre Tasche und leerte sie auf den Tisch. Er bekam vor Staunen große Augen und seine Miene erhellte sich. Vor ihm lag ein Dutzend Erdäpfel.

»Wo hast denn die her?«

»Die hab ich heute beim Moosbichler – stell dir vor, beim Fleischhauer! – bekommen.«

»Das is aber jetzt a Schmäh?«

»Nein, überhaupt net. Der Moosbichler hat eine neue Quelle, die ihn nicht nur mit gutem Fleisch, sondern auch mit Erdäpfeln versorgt. Ich hab gleich 20 Kilo genommen. Und da hat er mir als Zuwaage diese da dazugeben. Mit einem Gruß an den Herrn Gemahl. Na, was sagst?«

Nechyba strahlte und half seiner Frau beim Kochen, indem er als Erstes Holz nachlegte und das Feuer im Herd stärker anfachte. Sie wusch und schälte inzwischen die Erdäpfeln, er rieb sie. Die geriebenen Erdäpfeln vermengte Aurelia mit Salz, Pfeffer, fein geschnittener Zwiebel, gepresstem Knoblauch und getrocknetem Majoran. Nechyba erhitzte nun in einer großen Pfanne das letzte bisserl Schmalz, das es im Haushalt noch gab. Als das Fett schön heiß war, formte Aurelia fladenförmige Laibchen, die sie zischend ins heiße Fett gleiten ließ. Eine Viertelstunde später saßen die Nechybas vor einem Berg goldbraun herausgebackener knuspriger Erdäpfelpuffer, die sie mit Genuss verschlangen. Und als der Oberinspector den letzten knusprigen Rand eines Erdäpfelpuffers[*] in den Mund schob, dachte er darüber nach, wie viele solche ›Quellen‹ es am Schwarzmarkt wohl gab. Oder ob am Ende wirklich alles von der einen ›Quelle‹ stammte?

---

[*] Reibekuchen, Reiberdatschi

II/4

»Pospischil!«

Keine Reaktion. Der Oberinspector holte tief Luft und brüllte:

»Pospischil! Hierher!«

Draußen vom Gang erklang:

»Ich kumm ... ich kumm schon!«

Nechybas Assistent riss die Tür auf, und der Oberinspector knurrte:

»Hol Er mir den Bronstein!«

»Jawohl! Sofort!«

Wenig später trat Bronstein ein, und Nechyba deutete ihm, Platz zu nehmen. Der Oberinspector lehnte sich in seinem Sessel zurück und faltete die Hände vorm Bauch zusammen.

»Wie schaut's aus? Was is der Stand Ihrer Ermittlungen?«

Bronstein räusperte sich:

»Das ist alles nicht so einfach.«

»Das weiß ich. Da bräucht ich nicht Sie dazu. Wenn's einfach wär, würde ich den Pospischil schicken, um den Henker zu verhaften.«

»So hab ich das net g'meint ... Ich wollt vielmehr sagen, dass dieser Bursche, den wir suchen, äußerst gerissen ist. Er hat nämlich ein ganzes Netz von Zwischenhändlern aufgebaut. Die werden von ihm beliefert und verkaufen dann die Ware teils an normale Kundschaft, teils an weitere Fleischhauer oder Trafikanten* oder Gasthäuser oder ...«

---

* Tabakverschleißer

»Haben Sie gerade Trafikanten g'sagt? Seit wann ver-draht* a Trafikant Schweinsbäuche?«

»Ich sag's ja, das ist alles net so einfach. Denn der Ganef**, den man die ›Quelle‹ nennt, handelt auch mit Tabak. Haben Sie letzte Woche die Zeitungsmeldung gelesen, dass drei Bahn-Verschieber verhaftet worden sind, weil sie in großem Ausmaß Tabak gestohlen haben?«

Nechyba nickte.

»Sehn S', da steckt auch die ›Quelle‹ dahinter.«

»Woher wissen Sie das?«

»Ein Freund von mir ist Kommissär auf dem Kommissariat in Favoriten. Der hat aufgrund eines anonymen Hinweises die drei Diebe verhaftet. Im Verhör hat der Oberverschieber dann ausgesagt, dass er für einen feinen Herren gearbeitet hat, der immer mit einem Fiaker gekommen ist und damit das Diebsgut abgeholt hat.«

»Und Sie sind sicher, dass sich der Bahnbedienstete das nicht nur ausgedacht hat, um selbst besser dazustehen?«

»Da bin ich mir ziemlich sicher. Weil er auch über einen Streit zwischen ihm und der ›Quelle‹ erzählt hat. Einen Streit um's Geld. Und dabei hat er ausdrücklich von der ›Quelle‹ gesprochen. Mein Freund, der Kommissär in Favoriten, weiß, dass ich in Sachen ›Quelle‹ ermittle, deshalb hat er mir das Vernehmungsprotokoll von diesem Oberverschieber Lehner und seinen Gehilfen zugeschickt.«

»Ein Fiaker ...«, murmelte Nechyba und begann, in den Aktenbergen auf seinem Schreibtisch zu wühlen. Er zog einen schmalen Akt hervor, in dem er sogleich konzentriert blätterte. »Ein Zweispänner, so, so!«

---

* Verkauft
** Gauner

»Wo ist denn der … Dings … na, Sie wissen schon, der Oberverschieber, inhaftiert?«

»Der Lorenz Lehner und seine Komplizen befinden sich im Landesgericht, Herr Oberinspector.«

»Gut, dann holen S' den Lehner zur Befragung zu uns ins Polizeigebäude. Aber rasch!«

Eine gute halbe Stunde, nachdem Bronstein das Inspectorenzimmer verlassen hatte, klopfte es. Nechyba, der gerade mitten im Zeitunglesen war, knurrte unwillig:

»Was is?«

Vorsichtig öffnete Pospischil die Tür und meldete:

»Herr … Herr …Oberinspector. Der Dr. Schober und ein Offizier vom Mili… vom Militär sind da und wollen Sie sprechen.«

»Sie sollen eintreten.«

Nechyba legte mit einer unwilligen Handbewegung die Zeitung weg, stand auf und ging um den Schreibtisch herum den beiden Besuchern entgegen. Er schüttelte zuerst Schober die Hand und dann mit einigem Zögern dem Offizier. Der Uniform nach war es ein Angehöriger der Feldgendarmerie. Na, das kann ja was werden, wenn sich jetzt auch noch die Armee in unsere Angelegenheiten einmischt, dachte sich Nechyba. Er bot den beiden Besuchern an, Platz zu nehmen, und zwängte sich selbst wieder hinter seinen Schreibtisch.

»Bitte sehr, meine Herren. Was verschafft mir die Ehre Ihres Besuches?«

»Mein lieber Nechyba, darf ich Ihnen meinen Begleiter vorstellen? Es ist der Oberofficier Deutsch, Adjutant des Armee-Oberkommandos Wien.«

»Angenehm. Nechyba, Oberinspector des k.k. Polizei-agenteninstituts. Ich leite hier die operative Abteilung.«

»Freut mich, Herr Oberinspector. Mein Name ist Ernst Deutsch und ich bin mit der Untersuchung in einem sehr delikaten armeeinternen Fall betraut.«

»Was geht uns das an?«

»Sind S' net so voreilig, Nechyba!«, schaltete sich nun Schober ein. »Das ist tatsächlich ein Fall, bei dem wir gemeinsam an einem Strang ziehen sollten. Da braucht die Armee unsere Unterstützung.«

»Na, wenn das was Politisches ist, mein lieber Doktor Schober, dann ist das ja Ihre Angelegenheit. Ich kann Ihnen natürlich gerne, falls Sie Verstärkung brauchen, einige meiner Agenten zur Unterstützung anbieten.«

»Das ist sehr lieb von Ihnen, Nechyba, aber wir haben uns doch vor circa zwei Wochen geeinigt, dass Ihre Abteilung die Ermittlungen in diesem speziellen Fall durchführt …«

»Was meinen S'? Geht's am Ende gar um den Henker von Wien?«

Schober nickte, und Deutsch fuhr fort:

»Vor zwei Nächten wurde im Kriegsministerium ein Mann erhängt. Da wir wissen – fragen Sie mich bitte nicht, woher –, dass das Polizeiagenteninstitut in zwei sehr ähnlichen Mordfällen ermittelt, haben wir uns gedacht, wir sollten zusammenarbeiten. Also, Nechyba, legen Sie die Karten auf den Tisch. Wie steht's mit Ihren Ermittlungen?«

»Wenn Sie eh so gut informiert sind, dann wissen S' des sowieso schon.«

»Nechyba, sind S' doch bitte ein bisserl kooperativ!«

»Mein lieber Dr. Schober, ich brauch keine Assistenz und auch keine Kibitze, die mir in die Karten blicken. Ich werde Ihnen jetzt einmal was sagen, Herr Oberofficier Deutsch, Karten auf den Tisch und Knüppel aus dem Sack können S' hier nicht spielen. Sie haben hier nämlich überhaupt nichts anzuschaffen oder zu befehlen. Ist des klar?«

Peinliches Schweigen folgte. Schließlich äußerte sich Deutsch in betont verbindlichem Tonfall:

»Ich lade Sie ein, Herr Oberinspector, sich den Tatort im Kriegsministerium anzuschauen. Vielleicht können wir uns danach zusammensetzen und in aller Ruhe Informationen austauschen.«

»In Gottes Namen … von mir aus. Aber wenn, dann jetzt sofort.«

Nechybas Besucher nickte, und die drei Herren verließen gemeinsam Nechybas Zimmer. Am Gang verabschiedete sich Schober, der Nechyba noch einmal dankte, dass er diesen heiklen Fall übernommen hatte. Als der Oberinspector und der Oberofficier vom dritten Stock die Treppen hinuntergingen, war hinter ihnen plötzlich eine wüste Schreierei zu hören. Nechyba glaubte, auch Bronsteins Stimme zu vernehmen. Plötzlich gab es ein lautes, splitterndes Geräusch und einen Schrei. Es folgte ein dumpfer Aufprall, dann war Ruhe. Deutsch zog eine Augenbraue hoch und näselte:

»Geht's bei Ihnen im Polizeigebäude immer so zu?«

Nechyba zuckte mit den Schultern:

»Wir haben's hier mit lauter Gesindel zu tun. Da kann's schon einmal lauter werden.«

Zu Nechybas Überraschung wartete vor dem Polizeigebäude ein Kraftwagen des Kriegsministeriums. Als der Fahrer Deutsch sah, sprang er von seinem Sitz auf, salutierte und öffnete den Schlag. Deutsch machte eine einladende Handbewegung:

»Bitte schön, Herr Oberinspector, nach Ihnen.«

Nechyba dankte und kletterte in den Fond des Wagens. Es war das erste Mal, dass er mit einem Personenkraftwagen fuhr. Deutsch befahl dem Fahrer:

»Zur Stiftskaserne.«

Nechyba war überrascht. Eigentlich hatte er damit gerechnet, dass sie ins Kriegsministerium am Stubenring fahren würden. Aber bitte! Da weder Nechyba noch Deutsch Konversation machten, verlief die Fahrt schweigend. Beim Torposten der Stiftskaserne bat Deutsch den Oberinspector, auszusteigen und ein Besucherformular auszufüllen. Der Kraftwagen fuhr inzwischen in den weitläufigen Kasernenhof.

»Jetzt müss ma ein bisserl zu Fuß gehen. Aber es is eh net weit zum Verpflegswesen.«

»Im Verpflegswesen ist der Mord passiert?«

Deutsch nickte. Auf dem Weg durch den Hof sah Nechyba unzählige Verpflegswagen, die auf- und abgeladen wurden. Es herrschte rege Betriebsamkeit: Lebensmittel wurden hin und her geschafft, Pferde ein- und ausgespannt. Es dominierten die dunkelgrünen Waffenröcke der Verpflegsmannschaften. Vor Deutsch salutierten sowohl

Soldaten als auch Unteroffiziere und Offiziere. Nechyba wurde bewusst, dass sein Begleiter als Offizier der Feldgendarmerie sowie als Adjutant des Stabsoffiziers einen außerordentlichen Rang einnahm. Sie betraten einen Seitentrakt und stiegen hinauf in den zweiten Stock, dort ging es einen endlos scheinenden Gang entlang. Dieser führte um eine Ecke und dann sah Nechyba in der Ferne einen Feldgendarmen stehen. Er bewachte das Zimmer, in dem der Mord stattgefunden hatte.

Voll Neid musste Nechyba feststellen, dass der Ermordete ein wesentlich größeres Dienstzimmer hatte als er im Polizeigebäude.

»Wie heißt das Opfer?«

»Dubrocic. Zvonimir Dubrocic, Oberverpflegsverwalter 2. Klasse.«

»Was bedeutet das in normalen Armee-Dienstgraden?«

»Oberstleutnant ...«

»Ein hohes Vieh also. Ein einflussreicher Mann. Verwalter von Lebensmitteln und Getränken aller Art.«

»Sie sagen es, Herr Oberinspector.«

»Wo wurde er erhängt?«

Deutsch deutete auf ein Seil, das an einem Fuß des mächtigen Schreibtischs angebunden war. Nechyba ging dem Seil zum Fenster nach, wo das Ende verknotet am Fensterbrett lag. Er betrachtete ausführlich den Knoten und dachte daran, was Bronstein ihm von den anderen Morden erzählt hatte.

»Ein tadelloser Henkersknoten ... der wurde auch die beiden anderen Male verwendet. Das deutet auf denselben Täter hin.«

»Wird der denn nicht oft verwendet?«

»Aber wo! Selbstmörder basteln sich dilettantische Schlingen, die ganz anders ausschauen. So ein sauber und exakt geknüpfter Henkersknoten is a Rarität.«

»Das heißt, wir suchen denselben Täter?«

»Schau ma amal ... Wo ist denn der Tote gehangen?«

Deutsch öffnete das Fenster und zeigte auf die Mauer darunter.

»Ziemlich spektakulär hat das ausg'schaut. Der ist da vom zweiten Stock am Fenster gebaumelt, sodass man ihn vom ganzen Kasernenhof aus sehen konnte. Für viele Soldaten war das ein echter Schock.«

»Diese abschreckende Art der Hinrichtung wäre eine weitere Übereinstimmung mit den anderen Morden. Das schaut mir tatsächlich ganz nach dem ›Henker von Wien‹ aus.«

»Warum nennen Sie ihn so?«

»Weil er aufsehenerregende Hinrichtungen vollzieht und weil er den original Henkersknoten verwendet.«

Nechyba hatte genug gesehen. Deutsch lud ihn danach auf ein Glas Wein in das Offizierskasino ein. Dort informierte ihn Nechyba über das Notwendigste. Er verschwieg ihm aber seine Überlegungen zur ›Quelle‹ und zu einem möglichen Krieg am Wiener Schwarzmarkt.

II/6

DAS RHYTHMISCHE RUMPELN des Zuges verlangsamte
sich. Allmählich wurde es ein gleichmäßiges gemütli-
ches Dahinrollen. Leo Goldblatt hatte gerade von einem
Gefecht in Galizien geträumt und war froh, diesem grauenhaften Traum durch vorzeitiges Aufwachen entkommen zu sein. Er schlug die Augen auf, rückte mit einer
verschlafenen Bewegung seine verrutschte Brille zurecht
und sah, dass der Zug in den Wiener Nordbahnhof ein-
fuhr. Ein Lächeln huschte über seine Züge. »Schluss mit
Galizien«, murmelte er, streckte sich und gähnte herzhaft.
In seinem Abteil wachten nun auch die beiden anderen
Mitreisenden auf. Ein weißhaariger Oberst der Deutsch-
meister und ein schnauzbärtiger Hauptmann der Feldartil-
lerie, der Goldblatt ein wenig an seinen Freund Nechyba
erinnerte. Seine beiden Mitreisenden blinzelten verschlafen, und der Oberst brummte:

»Na endlich samma daham.«

Der Hauptmann grunzte etwas Unverständliches, und
Goldblatt als Rangniedrigster hielt einfach den Mund.
Er dachte gar nicht daran, den anderen seine Gedanken
auf die Nase zu binden. Sie kreisten um einen einzigen
Wunsch: Nie wieder an die Front zurück! Voll Tatendrang
stand Goldblatt auf, schlüpfte in den Offiziersmantel,
setzte seinen Tschako auf, nahm den Koffer vom Gepäck-
träger und salutierte gegenüber den beiden Mitreisenden:

»Servus, Herr Oberst! Servus, Herr Hauptmann! Ich
wünsch euch erholsame Tage in Wien.«

»Worauf du dich verlassen kannst!«, lachte der Oberst und klopfte Goldblatt auf die Schulter, bevor dieser das Zugabteil verließ. Zügig ging er vor zum Ausstieg, den er gerade erreichte, als der Zug mit einem heftigen Ruck in der Station anhielt. Er entriegelte die Tür und sprang dann leichtfüßig hinunter auf den Perron. Eine Welle von Glück durchströmte ihn. Endlich wieder in Wien! Zügigen Schrittes ging er durch das Menschengewühl, das zu einem Großteil aus Sanitätern, Rotkreuz-Schwestern und jungen Freiwilligen des Schüler-Hilfskorps bestand, die mit vielerlei Bahren und Rollwagerln ausgestattet waren. Sie alle strebten zu den hinteren Waggons des Zugs, in dem Verwundete beziehungsweise an Cholera, Typhus, Ruhr oder Tuberkulose Erkrankte von der Front in die Spitäler der Reichshaupt- und Residenzstadt transportiert wurden.[*] Er atmete tief durch und gewahrte dabei den Geruch von Lysol und Blut, der den Verwundetentransport umgab. Dankbar war er sich der Tatsache bewusst, ein enormer Glückspilz zu sein: Er kehrte völlig unversehrt von der Front zurück und hatte nach wie vor zwei gesunde Beine, die ihn trugen. Hunderte, die mit diesem Zug nach Wien gekommen waren, waren auf die Hilfe von anderen angewiesen, um den Zug überhaupt verlassen zu können: amputiert an Armen und Beinen, durchsiebt von Granatsplittern und Geschossen jeglicher Art oder solche, die im Inferno der Gefechte verrückt geworden waren.

Als er aus dem Nordbahnhof hinaustrat, sah er auf der Bahnhofsuhr, dass es noch sehr früh war: 20 Minuten

---

[*] Während des Ersten Weltkriegs kamen täglich bis zu 1.000 Verwundete und Kranke nach Wien.

nach sechs Uhr. Die Nordbahnstraße war noch ganz ruhig, und auch der Praterstern, auf den er zuschritt, war noch ein weiter, leerer Platz. Er überlegte kurz, ob er in der angrenzenden Praterstraße frühstücken sollte, fasste aber dann einen anderen Entschluss. Er stieg in eine Tramwaygarnitur der Linie 25 und fuhr mit ihr bis zum Ring. Dort stieg er in einen Ringwagen um und fuhr bis zur Stadiongasse. Das Reichsratsgebäude erstrahlte in der Morgensonne, und Goldblatt dachte mit einer gewissen Bitterkeit daran, dass hier seit über zweieinhalb Jahren die demokratisch gewählten Abgeordneten nicht mehr getagt hatten. Er spazierte die Stadiongasse entlang zur Josefstädter Straße, die er hinaufging. Kurz vor sieben Uhr hatte er schließlich sein Wohnhaus, es war das Eckhaus Piaristengasse-Lerchenfelder Straße, erreicht. Blut pochte in seinem Schädel, und sein Herzschlag raste, als er ein Stockwerk unter seiner Wohnung an einer Wohnungstür klingelte. Wie paralysiert stand er einige Minuten da. Dann machte sich Enttäuschung breit. Trotzdem klingelte er noch einmal. Diesmal heftiger und länger als zuvor. Plötzlich hörte er aus dem Inneren der Wohnung eine verärgerte Stimme:

»Wer stört so zeitig in der Früh?«

Seine Knie wurden weich und die Augen feucht. Er räusperte sich, brachte aber trotzdem keinen g'scheiten Ton heraus. Die Wohnungstür wurde aufgesperrt, und dann stand sie vor ihm: Judith von Zweytick. Mit zerrauftem Haar, verschlafenem Gesicht und müden Augen. Eine Schrecksekunde lang sah sie ihn verblüfft an, dann umarmte sie ihn so stürmisch, dass er fast – und sie mit ihm – umfiel.

»Leo! Leo … Leo …. endlich bist wieder da …«, murmelte sie und ließ eine Sturzflut von kleinen, zarten Küssen über seine Stirne, seine Nase und seine Wangen niedergehen, bevor sie ihn auf den Mund küsste. Goldblatt rannen die Tränen übers Gesicht, er konnte nicht anders. Seine Knie zitterten noch immer, als sie ihn bei der Hand nahm und hinein in ihre Wohnung zog. Knapp hinter der Tür entglitt ihm der Koffer, im langen Vorzimmer fielen Tschako und Militärmantel auf den Boden, und vor dem Schlafzimmer trug er am Oberkörper nur mehr ein Unterhemd, etwas unterhalb war bereits der Leibriemen seiner Soldatenhose geöffnet. Im Schlafzimmer verlor er dann Stiefel und Hose und in Judiths Bett seine ein Jahr dauernde Enthaltsamkeit.

Eine halbe Stunde später sprang Goldblatt aus der warmen Bettstatt auf und begann hektisch, seine Kleidungsstücke zusammenzusuchen.

»Ich muss mich um Viertel nach acht bei meiner neuen Dienststelle in der Mariahilfer Straße melden. Da darf ich auf keinen Fall zu spät kommen.«

Judith stand ebenfalls auf und verschwand in der Küche. Als Goldblatt frisch rasiert und komplett adjustiert die Küche betrat, glaubte er, einer Sinnestäuschung zu erliegen – es roch nämlich nach Bohnenkaffee! Als Judith ihn so verdattert herumschnüffeln sah, umarmte sie ihn lachend:

»Ich hab vor zwei Monaten am Schwarzmarkt zehn Deka Kaffeebohnen gekauft. Zu dieser Zeit bin ich vor Sehnsucht nach dir fast verrückt geworden. Damals hab ich mir geschworen: Wenn du jemals unversehrt aus dem ganzen Kriegsirrsinn zurückkommen solltest, dann koch ich dir als Willkommensgruß einen echten Bohnenkaffee!«

NECHYBA KAM AUSNAHMSWEISE einmal nicht grantig in der Früh ins Bureau. Lotte Landerl, seine Leib- und Magen-Greißlerin, hatte frisches Roggenbrot bekommen. Von dem hatte sie ihm zwei ordentliche Scheiben abgeschnitten und dick mit Butter bestrichen. Früher hätte Nechyba das Brot ohne Wursteinlage drinnen nicht akzeptiert, aber in diesen mageren Zeiten war ein dick bestrichenes Butterbrot eine wahre Delikatesse! Voll Vorfreude ließ sich Nechyba in seinen Bureau Sessel fallen und wickelte mit hektischen Bewegungen das Butterbrot aus dem Verpackungspapier aus. Genussvoll schnüffelte er an dem Brot und registrierte mit Wohlbehagen den würzig-herben Duft des Roggensauerteigs. Ja, so hatte Brot zu riechen. Das mit allerlei Ersatzstoffen gestreckte Kriegsbrot war damit nicht zu vergleichen. Freudig biss er in das zusammengeklappte Butterbrot und schloss beim Kauen den Mund. Plötzlich klopfte es. Der Oberinspector wurde aus seiner Geschmacksekstase gerissen. Hektisch kaute er die Reste des ersten Bissens fertig, verstaute das Butterbrot in der Schreibtischlade, schluckte hinunter und rief missmutig:

»Wer stört?«

Zaghaft wurde die Tür geöffnet und Pospischil lugte vorsichtig in das Oberinspectorenzimmer:

»Der ... der ... junge ... junge Polizeiagent ... der Bronstein stört, Herr Oberinspector.«

»Was is? Lassen S' ihn herein!«

Pospischil trat zur Seite, Bronstein schlich ins Zimmer

und Pospischil schloss leise die Tür hinter ihm. Bronstein blieb in der Mitte des Zimmers stehen und machte einen Buckel wie ein gerade zuvor verprügelter Hund.

»Welche Laus is Ihm denn über die Leber gelaufen, Bronstein?«

»Herr Oberinspector, gestern Nachmittag, wie ich den Oberverschieber Lorenz Lehner zu Ihnen führen wollte, ist der am Gang plötzlich rabiat geworden und hat zum schreien und um sich schlagen angefangen ...«

»Na, Sie werden ihn doch gebändigt haben, den Pfeifenstierer.«

»Leider nein.«

»Was heißt leider nein? Hat er Sie niedergeschlagen und is davong'rennt?«

»Nein! Er is mir auskommen und durchs Fenster in den Hof oweg'sprungen.«

»Was? Der Halawachel* hat Selbstmord verübt? Auf was hinauf?«

»Ich weiß es net. Plötzlich, im zweiten Stock, is er völlig rabiat geworden, hat sich losgerissen, is zum Fenster hin und hat sich hinuntergestürzt.«

Nechyba war sprachlos. Er stierte vor sich auf den Schreibtisch und war maßlos angefressen. Ein Zeuge, der die ›Quelle‹ persönlich kannte, beging plötzlich Selbstmord. Was hatte den so verstört oder erschreckt? Er seufzte tief.

»Passen S' auf, Bronstein: Seine beiden Kumpane wurden ja auch eing'naht**. Bei denen mach ma es jetzt umgekehrt. Die lass ma nicht zu uns kommen, die besuchen

---

* Schlingel, unzuverlässiger Mensch
** Eingesperrt

120

Sie im Landesgericht. Quetschen Sie die beiden Kerle aus. Nach allen Regeln der Kunst. Einen nach dem anderen. Ich möchte eine möglichst genaue Beschreibung der ›Quelle‹ bekommen. Ich möchte wissen, wie der Kerl ausschaut. Haben S' mich verstanden, Bronstein?«

»Jawohl, Herr Oberinspector!«

»Und noch was, Bronstein. Wenn S' draußen den Pospischil sehen, sagen S' ihm, er soll mir schleunigst mein Vormittagsbier bringen. Auf den Schock, dass der Lehner tot is, brauch ich einen kräftigen Schluck.«

Zehn Minuten später trank Nechyba das Bier und verspeiste mit großem Genuss sein Butterbrot. All das geschah mit geschlossenen Augen. Und da Nechyba am besten nachdenken konnte, wenn er dabei etwas aß oder trank, hatte er auch diesmal eine Idee. Nachdem Pospischil den Schreibtisch des Oberinspectors abgeräumt und von den Resten des Gabelfrühstücks gesäubert hatte, stöberte er in den Aktenbergen herum, die sich auf seinem Schreibtisch türmten. Schließlich fand er den gesuchten Akt: den über den Fleischraub in Wien-Margareten. Konzentriert blätterte er ihn durch und brummte dann:

»Diesen Michael Wimmer, diesen Fleischselcher in Margareten, den schau ich mir jetzt einmal genauer an.«

»Heast, der Blade drängt sich vor!«, hörte Joseph Maria Nechyba einen Halbwüchsigen maulen, als er an der nicht allzu langen Schlange vorbei die Fleischselcherei Wimmer betreten wollte. Da er den ganzen Tag über einen gewissen Grant mit sich herumgeschleppt hatte, kam ihm der Lausbub gerade recht. Blitzschnell drehte er sich um, machte ein paar Schritte auf ihn zu, und ehe der Lauser noch ausweichen konnte, hatte er vom Oberinspector eine Ohrfeige kassiert, dass ihm der Schädel wackelte. Nechyba zückte seine Kokarde:

»K.k. Polizeiagenteninstitut. Das war eine Amtsehrenbeleidigung, dafür sollt i di einsperren, du Rotzpipn!«

Die Leute in der Schlange und die Passanten reagierten feindselig. Einige riefen Unfreundlichkeiten, andere starrten ihn nur böse an. Das brachte Nechyba so richtig in Rage:

»Schleicht's euch, ihr Schießbudenfiguren. Aus ist's, aus und vorbei. Ich drah jetzt dem Wimmer die Bude zu. Stellt's euch woanders an!«

Entrüstete Schreie und böse Blicke.

»Das können Sie nicht machen!«

»Willkür ist des!«

»Die Obrigkeit macht uns dauernd nur am Schädel!«

Nechyba steckte zwei Finger in den Mund und machte einen langen Pfiff. Tatsächlich erschien einige Augenblicke später aus einer Nebengasse ein Sicherheitswachmann. Nechyba winkte ihn zu sich und zückte seine Kokarde: »Herr Kollege, die Leute da wollen einen Aufruhr machen! Unterbinden Sie das!«

»Jawohl, Herr Inspector!«, antwortete dieser zackig, dann drehte er sich zu der aufgebrachten Menge um und sagte in besänftigendem Tonfall:

»Herrschaften, beruhigt's euch. Wenn ich meine Trillerpfeife einsetz, sind binnen ein paar Minuten genug Sicherheitskräfte hier, dass ma euch Herr werden. Also geht's heim, weil sonst übernachtet's im Polizeiarrest!«

Nechyba, der die Menge grantig beobachtete, nickte

bestätigend. Murrend und enttäuscht zerstreuten sich die Leute. Nechyba bedankte sich bei dem uniformierten Kollegen und betrat die Fleischselcherei. Ein fetter Fleischermeister und ein junger Lehrbub bedienten zwei der zahlreichen Kunden, die sich im Lokal befanden. Nechyba drängelte sich durch die Leute zur Theke vor und sagte zu dem Fleischermeister:

»Sie sind der Michael Wimmer, net wahr?«

»Ja. Wo brennt's?«

Nechyba zückte neuerlich seine Kokarde:

»Mir brennen ein paar Fragen auf der Zunge. Deshalb werden Sie jetzt das Geschäft zusperren und mir Rede und Antwort stehen.«

»Sie! Herr! Das is Geschäftsstörung. Auch wenn Sie ein Kiberer sind, können S' Ihnen net alles erlauben.«

»Das is mir wurscht. Aus, Schluss jetzt! Gnä' Frau, Sie zahlen jetzt und dann baba!«

Eine dicke rothaarige Frau ereiferte sich:

»Also so eine Unverschämtheit! Mein Mann kennt wen im Ministerium, da werd ich Sie anzeigen!«

»Jaja … zeigen S' mich an. Am besten beim Salzamt*.«

»Jetzt wird er a no frech!«, keifte eine ältere Frau. Doch es half alles nichts, Nechyba stamperte** die Frauen und ein Kind aus Wimmers Laden hinaus und hängte dann das ›Geschlossen‹-Schild an die Eingangstür.

»So, Herr Wimmer, jetzt können wir uns unter vier beziehungsweise sechs Augen unterhalten. Weil der Lehrbua kann ruhig dableiben.«

---

* Da es dieses Amt zu Nechybas Zeit nicht mehr gab, weist diese Redewendung auf die Absurdität und Sinnlosigkeit einer Beschwerde / Anzeige hin.
** Verscheuchen

»Was … was … wollen Sie von mir?«

»Ich möchte alles über Ihre Schwarzmarktgeschäfte wissen.«

»Ich bin ein ehrlicher Mann. Ich mach nix schwarz.«

»Das sagen sie alle. Die Hamsterer, Wucherer und Schwarzhändler.«

»Hörn S', beleidigen Sie mich nicht!«

»Beleidigen Sie lieber net meine Intelligenz! Woher hatten Sie das Warenlager im Wert von über 1.000 Kronen? Ich red von den Sachen, die man Ihnen g'stohlen hat.«

»Man muss ja a bisserl vorsorgen …«

»Sie haben gehamstert! Sie wissen genau, dass das verboten is. Also woher haben S' das g'habt?«

»Ich weiß net, was Sie meinen.«

Nechyba, der unmittelbar neben Wimmer stand, packte dessen linke Hand, drückte sie auf ein hölzernes Schneidbrett, griff sich das nächste Fleischermesser und setzte es an Wimmers kleinem Finger an. Der schrie vor Schreck auf, konnte jedoch seine Hand nicht aus Nechybas eisernem Griff befreien. Der Oberinspector erhöhte den Druck auf das Messer und flüsterte:

»Wimmer, wennst mir net sagst, woher du das Fleisch hast, hast gleich einen Finger weniger.«

Dem Fleischselcher standen die Schweißperlen auf der Stirn:

»I hab's von einem Ungarn …. i kenn ihn nur unter seinem Spitznamen Lajos Bácsi. Der holt alle zwei Wochen Fleisch und Wurstwaren aus Ungarn rauf. Die verkauft er dann bei uns. Aber … aber jetzt will sich ein anderer in das G'schäft einedrängen. Der war das wahrscheinlich auch, der mir die Ware g'stohlen hat.«

»Wie kommst denn darauf?«

»Na, weil ich seit dem Einbruch nix mehr vom Lajos Bácsi g'hört hab. Aber vorgestern, vorgestern is ein junges Fräulein bei mir im Geschäft g'wesen und hat mir ein Brieferl überreicht.«

»Was stand drinnen?«

»Dass der Lajos Bácsi angeblich aus dem G'schäft draußen is. Und dass er nun mein neuer Lieferanten is.«

»Wie heißt er, der neue Schleichhändler?«

»Ganz komisch is des. Der hat keinen richtigen Namen, der nennt sich nur die ›Quelle‹.«

II / 8

NECHYBA SASS DAHEIM am Küchentisch und wartete auf
seine Frau. Das Gewand hatte er bereits ausgezogen und
gegen seinen ausgebeulten Schlafrock getauscht. Seine
Füße steckten in bequemen Hausschlapfen und das
schlechte Gewissen steckte ganz tief in ihm drinnen. Jetzt,
wo er da im Halbdunkel der Küche saß und nachdachte,
genierte er sich für sein heutiges Benehmen. Warum hatte
er nur dem Lausbuben eine Ohrfeige verpasst? Das war
wirklich eine völlig übertriebene Reaktion auf dessen vor-
lautes Geschwätz gewesen. Wahrscheinlich hatte sich der
Bub schon lange genug in der Kälte die Beine in den Bauch
gestanden und war deshalb so aggressiv. Nein, die Ohrfeige war nicht notwendig gewesen. Und auch sein gereiz-
tes Verhalten den anderen Menschen gegenüber tat ihm
leid. So benahm man sich einfach nicht. Und schon gar
nicht als Oberinspector!

Nechyba kratzte sich seine graue Bürstenfrisur
und brummte: »Heut war i wieder einmal a richtiger
Ungustl* …«

Was ihm allerdings nicht leidtat, war der Umgang mit
dem Fleischselcher. Zu sich selbst sagte er: »Der hätte
sonst nie ausgepackt …«

Mühsam stand er auf und schlurfte zur Küchenkredenz.
Er nahm eine halb volle Flasche mit Trebernem sowie ein
Stamperl heraus, setzte sich und schenkte ein. Das erste
Stamperl brannte wie Feuer. Das zweite, das er nun lang-

---

* Unangenehmer Mensch

samer trank, rann dann wie Öl hinunter. Eine wohlige
Wärme machte sich in seinem immer hungrigen Magen
breit. Der Schnaps ließ ihn die Geschehnisse des heuti-
gen Tages in einem milderen Licht erscheinen. Wer weiß,
wozu es gut war? Die Ohrfeige lehrte den Buben vielleicht, in Zukunft die Gosch'n zu halten. Eine Tugend, die
er beim Militär durchaus brauchen wird können. Gelangweilt nahm er die Zeitung zur Hand und blätterte lustlos darin. Er sah die üblichen Nachrichten mit Meldun-
gen über Sieg oder die erfolgreiche Abwehr der Feinde an
dieser oder jener Front, plötzlich aber blieb sein müder
Blick an folgender Nachricht hängen:

Zur Verlegung des Naschmarktes.

*Der Magistrat erläßt folgende Kundmachung: Der auf der
Fläche vor dem Freihaus bestehende Naschmarkt im 4.
Bezirk wird in der Zeit von 16. bis 26. November 1916 auf
den zwischen der Rechten und Linken Wienzeile einerseits und dem Getreidemarkt und der Steggasse andererseits neu errichteten Marktplatz verlegt. Für die Uebersiedlung der Marktparteien wird angeordnet:*
*Die Marktparteien des Groß- und Kleinmarktes mit
Ausnahme der im Punkt 2 aufgezählten haben in der Zeit
von 16. November bis einschließlich 23. November auf
den neuen Marktplatz zu übersiedeln.*
*Die Marktparteien nachfolgender Gewerbe: Fleisch-
hauer, Selchwarenverschleißer, Wildbret- und Geflügel-
händler und Fischhändler haben in der Zeit vom 20. bis
einschließlich 26. November auf den neuen Marktplatz
zu übersiedeln.*

*Die Stand- und Lagerplätze des alten Naschmarktes
haben die bisherigen Marktparteien zu räumen, und zwar
die im Punkt 1 aufgezählten in der Zeit von 20. bis 26.
November, die in Punkt 2 aufgezählten in der Zeit von 27.
bis 30. November. In der Zeit von 16. bis 26. November
kann nach Maßgabe der Uebersiedlung der Parteien ein
Verkauf auf beiden Marktplätzen stattfinden. Die Zuwei-
sung der Verkaufsplätze auf dem neuen Marktplatz erfolgt
durch das Marktamt.*

*Mit 26. November 1916 wird der bisher auf dem Platze
vor dem Freihause abgehaltene Markt aufgelassen. Vom
27. November 1916 an ist der Verkauf der Marktwaren auf
allen Stand- und Lagerplätzen des aufgelassenen Markt-
platzes verboten.*

*Für den neuen Markt gelten die Vorschriften der Markt-
ordnung für die k.k. Reichshaupt- und Residenzstadt Wien.*

Nechyba brummte: »Jetzt ist der alte Naschmarkt auch
Geschichte«, und klappte erbost die Zeitung zu. Alles
ändert sich, dachte er, und selten wird was besser. Versunken in trübe Gedanken döste er ein. Plötzlich ging die Tür
auf, Licht fiel vom Gang ins Halbdunkel, und seine Frau
stand vor ihm. Er blinzelte verschlafen und murmelte:

»Servus, Schatzi, na, wie war denn dein Tag?«

»Na, offensichtlich nicht so angenehm wie deiner. Bist
wieder einmal andudelt*?«

Mühsam stand er auf, half ihr aus dem Mantel und
murmelte:

»Aber geh! Ich hab mir gerade vorhin ein Stamperl
genehmigt. Weil das war heute ein harter Tag.«

---

* Betrunken

Sie schnüffelte kurz an ihm.

»Du riechst, wie wenn du in ein Schnapsfass gefallen wärst. Das waren mindestens fünf Stamperln, die du tschechert* hast.«

Er holte ihre Hauspatschen.

»Schatzi, i schwör's, es waren nur zwei. Dann bin i eingenickt. Weißt, i hab einen schweren Tag g'habt.«

Er umarmte sie liebevoll und gab ihr ein Busserl. Sie tätschelte seinen Bauch:

»Hast einen Hunger, gell?«

»I hab fast nur mehr Hunger. Man kriegt ja nix mehr Anständiges zum Essen.«

»Da schau, was i mitgebracht hab: zwölf Eier!«

»Machst mir eine Eierspeis?«

Aurelia schüttelte den Kopf.

»Du hast unlängst zwei Kilo Mehl heimbracht. Das hat dir die Landerl ja auf die Seite gelegt. Da können wir doch Eiernockerln machen. Das geht schnell und schmeckt viel besser.«

»Eiernockerl! Das ist eine Königsidee!«

Nechyba fachte die Glut im Herd neu an und legte etwas Kohle nach, holte in einer Kasserolle Wasser von der Bassena* und stellte sie dann auf die rasch warm werdende Herdplatte. Dann begann er, Eier aufzuschlagen und deren Eiklar und Dotter in eine Schüssel zu geben. Aurelia rührte inzwischen den Nockerlteig. Als das Wasser kochte, rieb sie den zähflüssigen Teig über ein Nockerlbrett in das Wasser, wo sich zart-flaumige Nockerln bildeten. Nechyba zerließ inzwischen in einer gusseisernen Pfanne etwas Schmalz. Dann schleppte er die Kasse-

* Gebechert

rolle zur Bassena am Gang und seihte dort vorsichtig die Nockerln ab. Mit vollem Sieb und leerer Kasserolle kam er in die Küche zurück, wo Aurelia das Sieb nahm und die Nockerln ins zischend heiße Schmalz gleiten ließ. Darüber schüttete sie die versprudelten Eier, verrührte alles, würzte herzhaft mit Salz und Pfeffer und stellte dann die Pfanne auf einen Untersatz auf den Tisch. Nechyba hatte inzwischen zwei Gabeln geholt. Nun saß das Ehepaar Seite an Seite und aß mit Genuss. Als die Pfanne bis auf die letzten Brösel leer war, lehnte sich Nechyba zurück und stöhnte:

»Ah! Endlich bin ich wieder einmal satt.«

»Das verdanken wir dem Moosbichler.«

»Unserem Fleischhauer?«

»Ja! Weil der heute frische Eier gehabt hat. Da hab ich gleich welche für uns mitgekauft.«

»Woher hat denn der die Eier?«

»Na, von seiner Quelle. Die ihn und uns unlängst auch mit Erdäpfeln versorgt hat. Du, ich hab sie übrigens heute g'sehn, die ›Quelle‹.«

Nechyba fuhr auf. Aufgeregt fragte er:

»Und wie hat s' ausg'schaut?«

»Na, so wie man sich eine Quelle vorstellt: jung und frisch.«

»Wie meinst denn das?«

»Na, dem Moosbichler seine Quelle is ein junges Mädl, das anscheinend ganz hervorragende Beziehungen zu irgendwelchen Bauern am Land hat.«

»Ein junges Mädl, sagst du? So, so …«

II/9

»Lajos, Lajos, alter Freund …«

Der Mann, der dies sagte, hatte die Hände hinter dem Rücken verschränkt und wanderte, ohne an die Schlachtbänke anzustreifen, um einen am Boden liegenden gefesselten Mann herum. Boden und Wände der Halle waren weiß verfliest, der Atem des Mannes bildete weiße Fahnen in dem kalten Raum.

»Wenn ich mich so zurückerinnere … Vor eineinhalb Jahren bist du zu mir gekommen und hast mich gebeten, dir zu helfen.«

Er lachte leise, schüttelte versonnen den Kopf und setzte seine Wanderung rund um den Gefesselten fort.

»Damals hatte ich keine Ahnung von dem Geschäft. Nie hätt ich mir träumen lassen, dass man sich mit Lebensmitteln und auch mit anderen Sachen, wie zum Beispiel Tabak, eine goldene Nas'n verdienen kann. Das, mein lieber Lajos Bácsi, hast du mir beigebracht. Leider, und ich möchte dir versichern, dass ich es wirklich bedauere, hab ich herausgefunden, dass ich der bessere Geschäftsmann von uns beiden bin und dass ich mich deshalb von dir trennen muss. Ich hab dir vor einem Monat den Rat gegeben, mir nicht in die Quere zu kommen. Aber: Leider, leider hast du diesen wohlgemeinten Ratschlag in den Wind geschlagen. Und so kam es, wie es kommen musste. Ich jagte dich, überwältigte dich, und nun liegst du hier zu meinen Füßen. Hilflos und stumm. Ja, der Knebel war notwendig, weil ich ein weiches Herz habe. Vielleicht hättest du mich jetzt noch überredet, dich laufen zu lassen. Das wäre natürlich ein unverzeihlicher Fehler. Und wer Fehler macht, wird ein Opfer dieser Fehler. Also muss ich mich deiner entledigen, alter Freund. Und da du mir in den letzten Monaten eine Menge Schwierigkeiten bereitet hast, werde ich mich deiner so entledigen, dass es dir im wahrsten Sinne des Wortes unter die Haut gehen wird, bevor du das Zeitliche segnen wirst. Adieu, alter Freund!«

Er ging zum Tor, das sich am Kopfende der Halle befand, und öffnete es. Dann klatschte er mehrmals in die Hände. Ein Pferdefuhrwerk rollte bedächtig vom Hof in die Schlachthalle der Wurstfabrik, die sich am Gelände des Schlachthofs von St. Marx befand. Auf dem Bock des Fuhrwerks saßen der Komplize des Mannes sowie ein Kutscher. Er deutete mit einer Kopfbewegung auf den am Boden liegenden Mann. Der Komplize sprang vom Bock und hob den Gefesselten auf die Ladefläche des Fuhrwerks. Auch der Kutscher war abgestiegen und wollte helfen. Doch er wurde von ihm angefahren:

»Geh auf den Bock zurück! Wir brauchen deine Hilfe da hinten nicht!«

»Sehr wohl, Euer Gnaden …«, murmelte der Kutscher und kletterte auf den Kutschbock zurück. Danach starrte er stur geradeaus. Er war bemüht, den Eindruck zu machen, dass ihn alles, was hinten auf der Ladefläche geschah, nicht kümmerte.

Leise sagte der Anführer zu seinem Helfer: »Gib mir den Strick, Stanschitz!«

Nun knüpfte er mit Bedacht einen Henkersknoten, den er dem Lajos Bácsi um den Hals legte. Der versuchte verzweifelt, sich zu wehren und mit dem Kopf auszuweichen, aber es nützte ihm nichts. Vorsichtig wurde die Schlinge um seinen Hals gelegt und zugezogen. Aber nur so weit, dass der Ungar noch atmen konnte. Dann sprang der Henker von der Ladefläche und sagte zu Stanschitz: »Ihr fahrt jetzt zur Kronprinz-Rudolf-Brücke*. Dort werft ihr ihn, aber nur wenn niemand hinter euch fährt, auf die Fahrbahn runter und schleift ihn am Seil nach. Am Ende der Brücke schneidest du das Seil durch und lasst ihn mitten auf der Brücke liegen. Ihr fahrt dann hinauf zur Kaiser-Franz-Joseph-Brücke**. Dort kommt ihr über die Donau zurück. Ist das klar? Dass ihr mir ja nicht umdreht und sofort zurückfahrt. Da könnte euch jemand aufhalten!«

---

* Heute: Reichsbrücke
** Floridsdorfer Brücke

BESCHWINGT UND GUT gelaunt betrat Nechyba sein Dienstzimmer. Schließlich hatte die Greißlerin Lotte Landerl ihm heute in der Früh ein Wurstsemmerl verkauft. Das war so wie in der guten alten Zeit, damals, vor diesem verdammten Krieg.

»Himmelherrgott noch einmal! Was is denn da los?«, fluchte er, und seine gute Laune war dahin. Da lümmelte doch tatsächlich ein Kerl im Besuchersessel und schnarchte, dass die Wände wackelten. Auf Nechybas lautstarken Fluch riss es den Eindringling, er sprang auf, und Nechyba schaute in das verschlafene Gesicht Bronsteins.

»Wollen S' bei mir einziehen, Bronstein? Soll ich Sie adoptieren?«

»Ent… entschuldigen, Herr Oberinspector. Ich hab Nachtdienst g'habt und warte seit sieben Uhr auf Sie.«

»Ich komm nie vor acht Uhr … Was is denn los? Wo brennt's denn?«

»Der Henker hat wieder zugeschlagen.«

»Net schon wieder!«

»Wie gesagt, ich hab Nachtdienst gehabt. Um drei Uhr in der Früh hamma die Nachricht bekommen, dass ein erdrosselter Mann mitten auf der Kronprinz-Rudolf-Brücke liegt. Ich hab das zuständige Kommissariat gebeten, alles abzusperren und zu warten, bis ich dort bin.«

»Wieso auf der Brücke? Die Leiche müsste doch von der Brücke hinuntergebaumelt sein.«

»Das hab ich auch zuerst geglaubt. Aber dann hab ich mir die Leiche ang'schaut. Schön war das net.«

»Welche Leich' is schon schön? A schöne Leich'* gibt's höchstens am Zentralfriedhof.«

»Nein, das ist es nicht, was ich meine. Ich meine, dass die Leiche fürchterlich zugerichtet war.«

»Zugerichtet? Bisher hat der Henker seine Opfer immer nur aufg'hängt.«

»Diesmal hat er es zu Tode geschleift und dabei erdrosselt.«

»Wie, zu Tode geschleift?«

»Er hat das lebendige Opfer mit der Schlinge um den Hals an ein Fuhrwerk oder einen Fiaker angeknüpft und dann wie einen Anhänger über die Brücke geschleift.«

»Na, pfui Teufel!«

»Ich sag ja, es war ka schöne Leich' …«

Eine Viertelstunde später war Nechyba bei Schober im Bureau. Er schilderte die Hinrichtung, die letzte Nacht stattgefunden hatte, und formulierte folgende Bitte:

»Herr Doktor, Sie arbeiten doch im Rahmen der Spionageabwehr eng mit dem Armee-Oberkommando zusammen. Könnten Sie da bitte durchsetzen, dass über diesen Fall die Militärzensur verhängt wird?«

»Wieso wollen S' das geheim halten, Nechyba?«

»Aus zwei Gründen: Erstens hat der Henker von Wien in diesem Fall ein besonders abschreckendes Exempel statuiert. Wenn die Presse groß darüber berichtet, spielen wir ihm und seinen Absichten in die Hände. Das heißt, dass er beim nächsten Mal sich eine noch grauslichere

---

* So sagt man in Wien zu einem prunkvollen Begräbnis

Hinrichtung einfallen lässt, um seine Konkurrenten zu erschrecken. Das möchte ich unter allen Umständen verhindern. Zweitens haben der Bronstein und ich jetzt eine Reihe von Anhaltspunkten, die uns zu ihm führen könnten. Ich möchte nicht durch hysterische Pressemeldungen die Pferde scheu machen, sodass er sich am Ende vielleicht gar zurückzieht. Nur wenn er weiterhin den Schleichhandel in Wien kontrolliert, haben wir die Chance, ihn zu schnappen.«

»Und was für eine Begründung soll es für die Zensur geben?«

»Seit wann brauch ma für Zensur a Begründung?«

Schober lächelte matt:

»So hab ich's nicht gemeint. Ich meinte: Was soll ich dem Armee-Oberkommando erzählen?«

»Na, dass das auch ein militärischer Fall ist. Und dass ja auch der Oberofficier Deutsch ermittelt. Und dass das deshalb die Öffentlichkeit nix angeht.«

»Das klingt plausibel. Übrigens, wie kommen S' denn mit dem Deutsch aus?«

»Wollen S' meine ehrliche Meinung hören?«

Schober nickte.

»Ich mag ihn nicht besonders.«

MARIE WAR STOLZ und glücklich. Zwar sprach ihre Mutter fast nichts mehr mit ihr, aber dafür bot ihr Anatol Zuneigung und Geborgenheit. Was sie aber am meisten freute, war die Tatsache, dass er ihr vertraute. Sie durfte sein ganzes Neugeschäft betreuen. Vom ersten Kontakt, der immer in Form eines Briefes erfolgte, über die erste Bestellung hin zu den laufenden Bestellungen. Besondere Freude machte ihr, wenn sie ihren Kunden – ja, sie betrachtete diesen grobschlächtigen Haufen von Fleischhauern und Fleischselchern tatsächlich als Kunden – außer den üblichen Fleischwaren auch Sonderangebote machen konnte. Dabei handelte es sich um Erdäpfel oder Eier oder – aber daran arbeitete Anatol noch – um Heizmaterial. Letzteres hatte er ihr unlängst in einer Champagnerlaune im Separee verraten. Tja, das Separee ... Sie liebte es mittlerweile. Nicht nur, weil man hier ganz ungeniert die größten Köstlichkeiten verspeisen konnte, sondern weil sie sich auch an den regelmäßigen intimen Kontakt mit Anatol gewöhnt hatte. Manchmal, wenn draußen ein eisiger Wind pfiff, sehnte sie sich danach, in Anatols kräftige Arme zu flüchten und ihr Gesicht in seiner behaarten Brust zu vergraben. Marie liebte aber auch den Luxus wie zum Beispiel Gänsestopfleber auf getoastetem Brioche und dazu picksüßen Tokaj. Oder Kaviar mit frischem Zitronensaft beträufelt und dazu echten Champagner. Diesen Unterschied hatte sie schon gelernt: Österreichischer, deutscher oder italienischer Schaumwein schmeckte billig. Das einzig glückselig machende Getränk war echter fein perlender, wunderbar herb und fruchtig schmeckender Champagner. Eine Rarität in diesen Tagen, da man sich mit Frankreich, dem Erzeugerland, im Kriegszustand befand. Aber es gab ja zum Glück luxuriöse Etablissements in der Innenstadt, die noch rechtzeitig vor Kriegsausbruch große Mengen an Champagner in ihren weitläufigen Kellern eingelagert hatten. Nun, im Spätherbst 1916, gingen auch diese Vorräte allmählich zu Ende und ließen die Preise für Champagner in astronomische Höhen klettern. Anatol war das wurscht. Wenn ihm nach einem Mulatschak* war, dann ließ er die Korken knallen. Und dann flossen Wein und Champagner; nicht selten auch über Maries intimste Körperregionen.

»Weißt du, Marie, Geld an sich hat ja keinen Wert. Geld ist ein Haufen bedrucktes Papier und geprägtes Metall. Den Wert des Geldes bilden sich die Leute ein. Das ist alles nur Fantasie!«

So rechtfertigte Anatol seinen leichtsinnigen Umgang mit Geld. Und ganz unrecht hatte er ja nicht. Marie, die in den letzten Wochen nicht nur körperlich zur Frau geworden war, registrierte mit Besorgnis, wie das Geld von Monat zu Monat weniger wert wurde. Ihre arme Frau Mutter litt besonders darunter. Wenn Marie sie nicht großzügig mit Lebensmitteln unterstützt hätte, wäre die fleißige Schaffnerin des Öfteren abends hungrig ins Bett gegangen. So wenig war das Geld, das sie bei der Tramway verdiente, mittlerweile wert. Und wenn Marie an die elendslangen Schlangen vor den Lebensmittelgeschäften oder vor den Kohlehandlungen dachte, schämte sie sich ein bisschen. Doch das Verblüffende an einem luxuriösen Leben war,

* ausgelassene Feier

dass man sich sehr schnell daran gewöhnte. Bei Marie war dies nach knapp zwei Monaten der Fall. Sie genoss es auch, dass sie in der Regel nicht mehr mit der Tramway fahren musste. Meist stellte ihr Anatol den Herrn Benischek samt Fiaker zur Verfügung. Mit ihm fuhr sie dann zu den verschiedenen Kunden, machte ihnen Spezialangebote und nahm ganz generell Bestellungen auf. Anatol war begeistert. Wenn sie ihn abends im Extrazimmer des ›Café Ritter‹ traf und ihm die lange Liste von Bestellungen vorlegte, pfiff er des Öfteren anerkennend durch die Zähne. Selbst so schwierige Kunden wie den Herrn Karminsky hatte sie mit ihrem Charme eingewickelt. Heute war sie wieder einmal bei ihm in der Zirkusgasse gewesen und hatte ihm zusätzlich zu der Fleischbestellung fünf Kilo feinsten türkischen Tabak verkauft. Den hatte sie nur so auf Verdacht mitgenommen, aus dem 2er Warenlager, das Anatol im 16. Wiener Gemeindebezirk ganz in der Nähe des ›Café Ritter‹ in zwei Viaduktbögen der Stadtbahn Vorortelinie betrieb. 2er Warenlager deshalb, weil hier nur die nicht verderblichen Waren zwischengelagert wurden. Alles Verderbliche wie Fleisch, Butter, Wurst etc. lagerte Anatol in der Kühlhalle einer Fleischfabrik in St. Marx. Er war, wie er einmal im Separee Marie leicht beschwipst verraten hatte, an dieser Fabrik beteiligt und belieferte von dort den Schwarzmarkt. Da sich das 2er Warenlager ganz in der Nähe ihrer Wohnadresse, der Wichtelgasse, befand, verabredete sich Marie mit August Benischek meist dort. Das 2er Lager wurde vom Kriegsinvaliden Emmerich Munkács, einem Bären von einem Mann, sowie von seinem nicht minder kräftigen Gehilfen Bunzerl bewacht. Emmerich fehlte ein Bein, dem Bunzerl fehlte es an Verstand, weshalb er bei der

Musterung durchgefallen war. Die Diagnose der Militär-ärzte lautete: vollkommen blöde. Munkács' fehlendes Bein war durch eine von einem Orthopäden angefertigte Holz-prothese ersetzt worden, eine Wohltat, die er Anatol ver-dankte. Ein weiterer Beweis für Marie, dass dieser von ihr bewunderte Mann im Grunde ein weiches, mitfühlendes Herz besaß. Emmerich wusste, dass das gnädige Fräulein absolut freie Hand beim Zugriff auf das Warenlager hatte. Und so konnte Marie einmal etliche Säcke Erdäpfeln, ein anderes Mal Dutzende Eier oder wie heute mehrere Kilo-gramm Tabak mitnehmen. Emmerich wusste, dass sie alles genau mit seinem Arbeitgeber, den er nur unter dem Gau-nernamen ›Quelle‹ kannte, abrechnete. Selten brachte sie etwas von der mitgenommenen Ware zurück, doch heute war es wieder einmal der Fall. Marie retournierte drei Kilo-gramm Tabak dem 2er Lager. Und gerade als der Bunzerl die Tabakpakete aus dem Fiaker nahm, murmelte Emme-rich dem Benischek zu:

»Es ist Ihnen wer gefolgt – Ihnen und dem Fräu'n Marie. Ein zweiter Fiaker.«

Benischek drehte sich langsam in die mittels einer Kopf-bewegung angedeutete Richtung. Und tatsächlich stand dort an der Ecke zur Arnethgasse ein weiterer Fiaker. Ungewöhnlich für diese Gegend und diese Tages- bezie-hungsweise Nachtzeit. Schließlich war es schon nach zehn Uhr abends. Marie erschrak.

»Ist das Polizei? Werden wir verhaftet?«

Benischek und Munkács schüttelten synchron die Köpfe. Benischek murmelte:

»Das is einer von den Kunden. Des Gfrast will wis-sen, wo mir unser Warenlager ham. Wahrscheinlich will er's ausräumen. Gemma, happ eine* in Fiaker, den kauf ma uns.«

Munkács schob den Bunzerl in die Kutsche und schloss die Tür. Benischek war wie der Blitz am Kutschbock oben und der Fiaker fuhr los. Marie blieb ratlos und alleine vor dem sperrangelweit offen stehenden Warenlager zurück. Angst kroch ihr den Rücken hinauf, sie schauderte. Wenn jetzt eine Gruppe von Lausbuben daherkommen würde, könnte sie die nicht an der Plünderung des Lagers hindern. In ihrer Panik schloss sie als Erstes die beiden Flügeltüren, dann begann sie, von außen den Rollladen herunterzuziehen. Als dies etwa zu einem Dreiviertel geschehen war, hörte sie vorne bei der Arnethgasse einen unterdrückten Schrei. Mit Entsetzen sah sie, wie ein kleiner, zierlicher Mann unter dem Bunzerl begraben wurde. Der gut und gerne 130 Kilogramm wiegende Kerl hatte den Mann angesprungen und umgerissen. Nun lag er auf ihm. Das Messer, das der Mann gezückt hatte, schlitterte ins Rinnsal der Arnethgasse. Weiters sah sie Benischek heftig mit seinem Fiakerkollegen diskutieren. Schließlich bekam dieser einige Geldscheine in die Hand gedrückt, worauf er grußlos mit seinem Fiaker davonfuhr. Emmerich Munkács und der Bunzerl packten den Kerl und schleppten ihn zum 2er Lager. Der Fiaker Benischeks folgte langsam. Marie schob den Rollladen wieder hinauf, der kleine Kerl wurde von den beiden riesigen Männern in die Lageräumlichkeiten hineingestoßen, und Munkács brummte:

»Fräu'n Marie, fahrn S' bittschön zur ›Quelle‹ und richten S' ihm aus, wir ham da einen Spion im 2er Lager.«

---

* Einsteigen, hineinspringen

II/12

DER ›GUADE‹ WAR nervös. Mit den Fingern der rechten Hand trommelte er auf den Kaffeehaustisch. Ein
unangenehmes, enervierendes Geräusch. Er machte sich
mächtig Sorgen. Schließlich müsste der ›Schnelle Karl‹
längst zurück sein. Es war ja schon einiges nach Mitternacht. Wo trieb sich der Karl herum? Er, der ›Guade‹,
hatte ihm doch einen ganz klaren Auftrag gegeben.
Er sollte den Fiaker mit dem frechen Mensch, das die
Bestellungen für die ›Quelle‹ aufnahm, verfolgen. Mit
einem anderen Fiaker. Dafür hatte der ›Guade‹ ihm
ausreichend Geld gegeben. Sinn der Aktion war, der
›Quelle‹ auf die Spur zu kommen und, wenn möglich,
ihr das Handwerk zu legen. Dass der Karl jetzt nicht und
nicht daherkam, beunruhigte Karminsky sehr. Was war,
wenn die Leute der ›Quelle‹ den Karl geschnappt hatten? Dann würde es für ihn, Karminsky, verdammt eng
werden. Er spürte förmlich schon die Schlinge, die sich
um seinen Hals zusammenzog. In diesem Fall müsste
er sofort weg. Am besten in die polnische Heimat seiner Eltern. Ein unerfreulicher Gedanke, der ihn noch
nervöser machte.

»Oida, könntest du bittschön mit der Tromme-
lei aufhören?«, quetschte der Friseur Schurl zwischen
zusammengebissenen Zähnen hervor. So durfte mit dem
›Guadn‹ normalerweise niemand reden. Die einzige Ausnahme bildeten seine Hawerer* aus der Jugendzeit, mit

---

* Kumpane

denen er in der sogenannten Praterplatte* sein kriminelles Unwesen getrieben hatte. Der ›Guade‹ sah ihn geistesabwesend an und antwortete:

»Is schon guat, Schurl. I hör schon auf. Wer is eigentlich dran jetzt?«

»Immer der, der fragt!«, antwortete ein Oberstleutnant des 84er Infanterieregiments, der sich gerade auf Heimaturlaub befand. Ihn hatte der ›Guadn‹ zuerst mit seinem Ban, der Putzi, verkuppelt und ihn danach ins ›Café Nord‹ auf eine Kartenpartie mitgenommen. In diesem Kaffeehaus, das eigentlich ein Tschecherl** war, wurde Stoß gespielt. Und wie es bei solchen Stoß-Partien üblich war, ließen der ›Guade‹ und seine Leute den Fremden zuerst kräftig gewinnen. Wenn dieser sich in einen Spielrausch hineingesteigert hatte, wurde er dann gnadenlos ausgenommen. Diese Phase hatten der ›Guade‹ und seine Mitspieler gerade abgeschlossen. Derzeit spielten sie um die goldene Taschenuhr des Herrn Oberstleutnant. Geld, Ehering sowie eine goldene Tabatiere hatten sie dem Offizier bereits abgenommen. Der ›Guade‹ spielte aus, und kurze Zeit später war der Oberstleutnant auch seine Taschenuhr los. Er schnaufte ärgerlich:

»Sag, Karminsky, hab ich Kredit bei dir?«

Der ›Guade‹ lehnte sich zurück, strich sich bedächtig über den Bauch und antwortete nach einer kurzen Pause in väterlichem Tonfall:

»Grundsätzlich schon. Aber für heut Abend ist's genug. Mir zumindest reicht es. Weißt, die große Kunst beim Spielen ist, aufzuhören, wenn's am spannendsten ist.«

---

* Platte ist der Altwiener Ausdruck für Bande
** Schäbiges Vorstadtcafé

»Heißt das, du gibt's mir keinen Kredit? Das ist ja unerhört!«

»Komm, reg dich net auf. Wenn i Schluss sag, dann is Schluss.«

»Ich wünsche Revanche!«

»Aber gern. Morgen treff ma uns um viertel zehn auf d' Nacht wieder hier. Und dann bekommst deine Revanche.«

Damit stand der ›Guade‹ auf. Seinem Beispiel folgten der Friseur Schurl, Leszek der Bär und der Rote Fritzl; der Oberstleutnant blieb verdattert am Spieltisch sitzen und stammelte:

»Aber, meine Herren, meine Herren …«

Doch Karminsky und seine Gefolgschaft verließen, allseits eine gute Nacht wünschend, das ›Café Nord‹. Draußen spazierten sie in Richtung Praterstraße. Plötzlich blieb Karminsky stehen und fragte:

»Habt's ihr irgendwas vom Schnellen Karl gehört?«

Stummes Kopfschütteln. Karminsky erstarrte. Er fixierte ihre müden Gesichter und befahl:

»Leszek, du kümmerst dich um meinen Fleischerladen. Die Ware beziehst du legal vom Markt und alles Weitere von der ›Quelle‹. Schurl, du passt auf meine Baner auf, und Fritzl, du kümmerst dich weiterhin um die Stoßpartien im ›Café Nord‹.«

»Aber warum, Szigmund?«

»Weil ich für einige Zeit verreisen werde. Wenn ich z'ruck komm, möcht' ich, dass alles in bester Ordnung ist. Also: Ich empfehle mich jetzt, meine Herren. Wünsche allseits eine gute Nacht.«

Damit drehte sich der ›Guade‹ auf dem Absatz um und verschwand eiligen Schrittes in Richtung Zirkusgasse.

II/13

Am Nachmittag, nach einem mäßig begeisternden Mittagsmahl im ›Rebhuhn‹, machte sich Nechyba auf den Weg in die Gerichtsmedizin. Er ging die Berggasse hinauf, an Doktor Freuds Ordination vorbei, zur Währinger Straße. Der Doktor Freud könnte auch wieder einmal im ›Landtmann‹ zum Tarockspielen erscheinen, ärgerte sich Nechyba. Der rumorende Magen lenkte jedoch bald wieder seine Gedanken auf das Mittagessen. Der Kohlrübenstrudel war eine Zumutung gewesen. Nicht, dass er schlecht geschmeckt hätte, aber das, was Nechyba daran wirklich ausgezeichnet gemundet hatte, war äußerst sparsam eingesetzt worden: der Käse und das Selchfleisch. Das Innere des Strudels hatte aus Kohlrüben, Erbsen und Bröseln bestanden. So weit, so gut. Aber dass außen drauf außer etwas heißem zerlassenem Schmalz sich nur kleine Stücke von Geselchtem und wenig geriebenem Käse befunden hatten, empfand er als Pflanzerei. Als er sich darüber beim Kellner beschwerte, hatte dieser beleidigt geantwortet:

»Sie sind beiläufig der zehnte Gast heute, der das beanstandet. Aber ich versichere Ihnen: Keiner hat mehr Fleisch oder Kas auf seinen nebbichen Strudel bekommen. Fleisch und Kas sind Mangelware. Unser Koch hat sogar g'meint: Das sind Delikatessen! Und Delikatessen werden nur in Dekagramm verabreicht. So schaut's aus.«

Dieser Krieg war eine Katastrophe. Abgesehen von den Hunderttausenden Toten und Verwundeten hungerten und froren die Menschen. Nechyba hatte im Laufe dieses vermaledeiten Jahres einige Kilogramm abgenommen. Die einstmals eng sitzende Hose seines schwarzen Anzugs schlotterte jetzt um das, was von seinem ehemals stattlichen Bauch übrig geblieben war. Um die Hose nicht zu verlieren, musste er nun Hosenträger benutzen. Er hasste es! Missmutig stapfte er die Währinger Straße entlang. Der Himmel war bedeckt, doch es war nicht wirklich kalt. In Gedanken versunken rannte er Ecke Sensengasse in einen Kriegsinvaliden hinein. Der gehbehinderte, sich auf eine Holzkrücke stützende Mann stolperte und strauchelte. Nechyba konnte ihm im letzten Moment noch unter die Arme greifen und einen Sturz verhindern. Empört schnauzte ihn der Invalide an:

»Sie! Herr! Sie, passen S' gefälligst auf! Sind S' froh, dass Sie zwei gesunde Beine haben. Sie damischer Depp, Sie!«

»'tschuldigung. Es tut mir leid«, murmelte Nechyba und eilte in die Sensengasse davon.

»Ja, rennen S' nur davon! Mit Ihren zwei gesunden Haxen. Sie rücksichtsloser Tunichtgut!«, hörte Nechyba den Mann hinterherschimpfen. Bei dem Ausdruck ›Tunichtgut‹ zuckte er zusammen. Das hatte noch niemand zu ihm gesagt. Tunichtgut! Wo er doch Polizist mit Leib und Seele war und sich immer auf Seite der Guten gefühlt hatte. Tunichtgut – das schmerzte. Nechyba seufzte und dachte, der Krieg macht uns alle kaputt. Die einen werden zu Krüppeln geschossen und die anderen werden im Kopf ganz blöd vor Hunger und tausend Sorgen. Grußlos marschierte er hinein ins Gerichtsmedizinische Institut. Niemand hielt ihn auf, da man ihn hier ja kannte. Doktor Haberda begrüßte Nechyba, nachdem er auf dessen Klopfen »Herein!« gerufen hatte, mit einiger Ironie:

»Ah! Der Herr Oberinspector beehrt uns nur mehr, wenn wir eine ganz besonders schöne Leiche haben. Ich nehme an, Sie kommen wegen dem zu Tode Geschleiften.«

Nechyba nickte grinsend und replizierte:

»Zu Tode geschleift … so etwas sieht man nicht alle Tage. So ein Gustostückerl darf man sich nicht entgehen lassen.«

»Na, bei dem wird Ihnen der Gusto schon noch vergehen.«

»Der vergeht mir sowieso immer mehr, je länger der Krieg dauert.«

Haberda betrachtete den Oberinspector kritisch und sagte dann anerkennend.

»Kompliment, Nechyba. Sie haben ja ordentlich abgenommen. Sie schaun ja um Jahre jünger aus!«

»Ich fühl mich aber nicht so.«

»Ihr Herz und Ihr Kreislauf werden es Ihnen danken.«

»Das is mir wurscht. Ich hätt lieber a ordentliches Papperl.«

»Das hätt ma alle gerne. Aber das spielt's leider im Moment nicht. Kommen S', Nechyba, gemma! Die Leich', die ich Ihnen heute servier, die ist was ganz Besonderes. So was haben S' noch nie gesehen. Haben S' eh net zu viel zu Mittag gegessen?«

»Das sowieso net. Aber den Tag werden Sie sicher nicht erleben, an dem ich mich vor einer Leich' anspeib.«

»Das werden wir ja gleich sehen …«

Die beiden Herren gelangten in den gekachelten Sezierraum, wo Dr. Haberda einem Pathologiegehilfen befahl:

»Gehen S', Herr Franz, zeigen S' uns den Gatschigen.«

Der Gehilfe grinste und schob einen Rollwagen mit einer zugedeckten Leiche vor die beiden Herren. Mit einem theatralischen Ruck riss er das Leichentuch herunter, Nechyba schluckte. Das Gesicht des Toten war blutiger Gatsch*. Eine breiige Masse, in der man nur ahnen konnte, wo einst Augen, Nase und Mund waren. Darunter wies der Hals massive Strangulationsspuren auf. Der Körper des Toten war übersät mit blauen Flecken, Blutergüssen und Abschürfungen.

»Na? Ist er nicht hübsch, unser Gatschiger?«

Nechyba schluckte neuerlich. Er wendete sich ab und presste hervor:

»Konnten Sie ihn schon identifizieren?«

Dr. Haberda und der Gehilfe brachen in schallendes Gelächter aus.

»Nechyba, Sie sind ein Spaßvogel. Wie wollen Sie so ein Gatschgesicht denn identifizieren?«

»Na, vielleicht über die Kleidung oder irgendwelche persönlichen Wertgegenstände?«

»Herr Franz, bringen S' die Kleider!«

Dr. Haberda führte Nechyba zu einem leeren Seziertisch, der Gehilfe leerte darauf einen Sack aus. Der Inhalt bestand aus blutigen Kleiderfetzen und dem gelockerten Henkersknoten samt einem abgeschnittenen Stück Seil.

»Wir haben den Knoten ganz vorsichtig abgenommen, damit Sie ihn sich genau anschaun können.«

»Danke. Das ist derselbe Henkersknoten wie bei den anderen. Damit haben wir den Beweis, dass das nun sein viertes Opfer ist.«

»Ich hab gedacht, sein drittes …«

---

* Matsch

»Eine Leiche gab's in der Stiftskaserne. Die hat das Militär nicht freigegeben.«

»Na, der ist ja recht fleißig, unser Henker.«

Nechyba ignorierte Haberdas Zynismus, denn er hatte bei der Kleidung des Toten etwas entdeckt. In den Resten dessen, was einmal das Gilet* eines Anzugs gewesen war, glitzerte es. Mit spitzen Fingern griff er zwischen die Falten des mit Blut getränkten Stoffes und zog eine goldene Uhrkette sowie eine zerquetschte goldene Uhr heraus.

»Herr Franz, da haben S' ja was übersehen. Das sollt net passieren!«

»'tschuldigen. Aber bei der Sauerei ...«

»Wo kann ich mir die Hände waschen und den Prader säubern?«

»Bittschön, Herr Inspector, wenn S' mir folgen wollen«, buckelte der Gehilfe. Er führte Nechyba zu einer großen Wanne und drehte an einem Wasserhahn:

»I drah Ihnen des koide Wosser auf. Wäu nur mitm koidn Wosser geht des Bluad owe. Nochher können S' daun mitm woaman Wossa und da Saf nochspün!**«

Nechyba reinigte zuerst die Reste der goldenen Taschenuhr und danach seine Finger. Die goldene Uhrkette ließ er links liegen. Genau betrachtete er jedoch das zerstörte Zifferblatt, schließlich konnte er dort, wo einmal der Name des Uhrmachers gestanden hatte, das Wort ›Budapest‹ entziffern.

---

* Weste
** Ich drehe Ihnen das kalte Wasser auf. Weil nur mit kaltem Wasser geht das Blut herunter. Nachher können Sie dann mit dem warmen Wasser und der Seife nachspülen.

Nach dem unerfreulichen Besuch in der Pathologie ging der Oberinspector nicht in sein Bureau zurück, sondern, einer alten Gewohnheit folgend, ins Café Weimar. Hier hatte er Glück. Der Cafetier war höchstpersönlich anwesend. Er erkannte Nechyba, begrüßte ihn herzlich, und als Nechyba ihm zuraunte: »I hab einen Hunger …«, nickte der Cafetier und führte ihn in eine abgeschiedene Ecke. Dem herbeigeeilten Ober befahl er:

»Der Herr Polizeirat braucht eine Stärkung. Bringen S' ihm eine Eierspeis* von drei Eiern!«

Nechyba grinste dankbar, bestellte einen G'spritzten und ließ sich dann ächzend auf die Sitzbank fallen. Nachdem er einige Zeit ins Narrenkastl gestarrt hatte, holte er sich vom Nebentisch die heutige Ausgabe der *Neuen Zeitung*. Sein müder Blick blieb auf der Überschrift des Leitartikels hängen:

Die Kriegssorgen der Hausfrau.

Durch die Straßen der Stadt humpelt ein Kriegsinvalide. Voll Teilnahme und mit einer gewissen scheuen Ehrfurcht blicken wir zu ihm auf. Wir fühlen: Dieser Mann hat Großes, Schweres für uns, für das Vaterland geleistet, und kaum werden wir imstande sein, den Zoll der Dankbarkeit nach der Größe seiner Opfer, die er für uns gebracht hat, abzustatten. – – –

An mir huscht eine Gestalt vorüber und verschwindet flüchtigen Schrittes in einer der Seitengassen. Eine Frau mit der Einkaufstasche ist es, die dem nächsten »Anstellplatze« zustrebt; eine alltägliche Erscheinung, die aber doch auch

---

* Rührei

unsere Teilnahme verdient, denn auch sie ist eine Heldin, eine Heldin des Hinterlandes. – – –

Vor mir liegt der Brief einer Hausfrau. Ein Sohn, ihr Stolz und ihre Hoffnung, steht im Felde, vier Kinder, darunter noch ein ganz kleines, hat sie noch zu Hause. Der Mann ist Beamter mit noch kleinerem Gehalt.

Kummer, Sorge, Angst und Entrüstung spricht aus jeder Zeile dieses Schreibens. In schlichten, einfachen Worten spricht sie sich den großen Kummer vom Herzen, und doch habe ich sie so gut, so deutlich verstanden. Es sind die Kriegssorgen der Hausfrau, die sie zur Darstellung bringt, und ihre Worte werden verständnisinnigen Widerhall finden in den Familien, dort, wo die Hausfrau, die Gattin, die Mutter den Nerven zerrüttenden, aufreibenden Kampf in »ihrem Schützengraben« zu führen hat.

Ich habe, so schreibt die Frau, die Erschwernisse, die das erste Kriegsjahr in meinen Haushalt brachte, als etwas Selbstverständliches hingenommen. Es ist eben Krieg, der solche Erscheinungen im Gefolge hat, und wir im Hinterland müssen durch geduldiges Ausharren unsere Söhne an der Front stützen und ermutigen. Aber mit der Länge des Krieges wuchsen unsere Lasten und Entbehrungen und mit ihnen meine Angst und mein Erstaunen. Da habe ich immer in den Zeitungen gelesen, fährt sie fort, daß wir vom Außenverkehr abgeschnitten seien, daß wir uns wie in einer Festung befinden und daß wir darum mit dem unser Auslangen finden müssen, was wir an Lebensmitteln in dieser Festung erzeugen können. Ja aber um Gottes Willen, ist denn das ein Grund, daß heute die Lebensmittelpreise eine solche ungeheuerliche Höhe aufweisen? Dieser Umstand ist vielmehr darnach angetan, das gerade Gegen-

teil zu bewirken. Könnten oder müßten wir unsere Bedürf-
nisse vom Ausland und Übersee decken, dann wären wir
den dortigen Leuten in die Hand gegeben und wir müßten die Preise zahlen, die sie uns diktieren. Dies ist aber
nur in verschwindendem Ausmaße der Fall. Wir erzeugen
also in der Festung selbst, und da wir in einem Notstand
uns befinden, ist es doch klar und selbstverständlich, daß
die vorhandenen Waren und Lebensmittel an die Bewoh-
ner dieser Festung gleichmäßig und zum Erzeugungspreis
verteilt werden.

Ich habe lange nicht an den sogenannten Kriegswucher
glauben können. Es schien mir unmöglich, daß es solche
Raubtiernaturen geben könne, die etwa die Kriegsnot, wo
ohnedies jeder sein vollgerütteltes Maß an Sorge, Kummer
und Entbehrungen zugeteilt bekommt, zu ihrem Vorteile
ausnützen könnten. Ich habe mich dann später durch die
Verhältnisse überzeugen lassen müssen. Diese Erkenntnis,
zusammengehalten mit der Tatsache, daß solche Schandmenschen ihr Handwerk in unserer Festung, in unserem
Vaterlande treiben können, hat mich mehr niedergedrückt,
hat mich mehr entmutigt als die Sorge um meinen Sohn,
als die Kümmernisse in meiner Familie.

   Ich will Ihre Leser nicht mit einer Schilderung belästi-
gen, wie ich mit den hundert Gulden Monatsgehalt mei-
nes Mannes uns sechs Personen, nebst der Unterstützung
des im Felde stehenden Sohnes, durchs Leben bringe. Es
ist dies zwar eine große Kunst, aber kein großes Geheim-
nis, und es gibt ja so viele Tausende Leidensgefährtin-
nen, die sich in der gleichen oder einer schlechteren Lage
befinden. Ich will nur sagen, daß ich neben dem Wucher

auf dem Lebensmittelmarkte nichts so empörend finde als die Ungleichheit in der Lebensmittelverteilung. Ich will nicht untersuchen, ob unter geregelten Verhältnissen auch bei knappen Lebensmitteln das Anstellen notwendig ist; Tatsache ist aber, daß ich fast die Hälfte des Tages dabei zubringen muß, will ich meine Familie nicht Hunger leiden lassen. Und dieses Anstellen ist eine harte, eine entsetzliche Prüfung, die der Krieg uns Hausfrauen auferlegt hat. Aber ich sehe, daß nicht alle Hausfrauen sich anstellen müssen. Die Frau Hofrätin R. und die Frau Dr. S. stellen sich nie an, auch ihre Dienstboten nicht, denn sie verfügen über genügend Vorräte und bekommen immer genügend Waren nachgeliefert. Diese Tatsache ist mir bekannt und ich ziehe den Schluß, daß es nicht allein in diesen beiden Familien so ist. Das aber wirkt erbitternd und aufreizend, denn es bringt uns in recht aufdringlicher Weise zum Bewußtsein, daß nicht so wie im Schützengraben im Kampf Schulter an Schulter jeder seinen Teil der Kriegslasten zu tragen hat, sondern daß im Hinterlande die Armen und Mittellosen dies allein besorgen müssen.

Nachdenklich ließ Nechyba die Zeitung sinken und starrte auf die verführerisch duftende Eierspeis, die ihm der Kellner vor einigen Augenblicken serviert hatte. Da sein Magen bedrohlich laut knurrte, griff er zur Gabel und schaufelte die flaumigen Eierfladen gierig in sich hinein. Ruckzuck waren sie verputzt. Dann trank er einen großen Schluck vom G'spritzten und ließ sich erleichtert zurück in die Lehne der Kaffeehausbank fallen. Zufrieden schloss er die Augen und genoss das Gefühl, angenehm gesättigt zu sein. Und während er in diesem meditativ entspannten

Zustand dasaß, blitzten zwei Worte des eben gelesenen Artikels, einer Flammenschrift gleich, durch sein Gehirn: Raubtiernaturen und Schandmenschen! Jawohl, da hatte diese einfache Frau in ihrem Leserbrief absolut recht. Es war eine Schande, dass solche Raubtiernaturen wie der Henker von Wien ihr Wucher- und Schleichhändlerhandwerk ungeniert in unserer Stadt betreiben konnten. Nein, das durfte so nicht weitergehen! Er würde Himmel und Hölle in Bewegung setzen, dass dieser Schandmensch endlich gefasst wurde.

II/14

»WIR HABEN IHN geschnappt.«

»Wen?«

»Den Henker!«

Mit diesen Worten und einem strahlenden Lächeln auf dem Gesicht spazierte Oberofficier Deutsch in Nechybas Bureau. Nechyba war gerade erst ins Bureau gekommen und noch etwas verschlafen. Er brummte:

»Nehmen S' doch bittschön Platz.«

Nechyba wunderte sich, wie man so früh am Morgen so viel Elan und gute Laune ausstrahlen konnte. Er blickte in das frische, faltenlose Gesicht Deutschs, bewunderte dessen perfekte Rasur sowie den tadellosen Sitz seiner Uniform. Unsicher rutschte er auf seinem Stuhl etwas nach hinten, sodass er aufrechter an seinem Schreibtisch saß.

»Sie haben also den Henker von Wien verhaftet?«

»Genauso ist es, mein lieber Herr Oberinspector!«

»Und Sie sind sicher, dass es der Richtige ist, den Sie da geschnappt haben?«

»Absolut sicher.«

Deutsch holte aus der Aktentasche, die er bei sich trug, zwei eng beschriebene Seiten hervor und legte sie vor Nechyba auf den Schreibtisch. Diesem sprangen der Briefkopf ›Armee-Oberkommando Wien‹ sowie der Stempel ›geheim‹ ins Auge, die diese Seiten trugen.

»Da! Das ist das Geständnis, das der Kerl unterschrieben hat. Lesen Sie es sich in Ruhe durch.«

Mit zitternden Händen nahm Nechyba das Schriftstück in die Hand und begann es zu lesen. Tatsächlich wurden hier alle Morde penibel beschrieben, er stutzte erst, als er die Unterschrift sah. Karol Szimansky? Den Namen kannte er doch. Aber woher? Unwillig schüttelte er den Kopf und ließ das Geständnis sinken.

»Wann kann ich den Kerl, den Szimansky, besuchen?«

»Jederzeit! Wann Sie wollen, mein lieber Herr Oberinspector.«

»Wo ist er denn derzeit? Im Militärgefängnis oder haben Sie ihn schon ans Landesgericht überstellt?«

Voll Bedauern verzog Deutsch das Gesicht und schüttelte den Kopf.

»Weder noch. Sie können ihn leider nur in der Leichenhalle besuchen. Er ist uns nämlich, als er das Geständnis da unterschrieben gehabt hat, in einem unbewachten Augenblick aus dem Fenster des Verhörraums gesprungen.«

»Was? Der Kerl is tot?«

»Ja, leider. Ein grober Fehler eines meiner Untergebenen. Wir untersuchen armeeintern gerade diesen Fall. Der Feldgendarm, der auf den Szimansky aufpassen hätte sollen, ist inhaftiert. Bei solchen groben Pflichtverletzungen kenn ich keinen Pardon. Der Kerl wird sich dafür verantworten müssen.«

Nechyba schüttelte den Kopf. Er konnte es nicht glauben. Da schnappte der Deutsch einen Kerl, der zugibt, der Henker von Wien zu sein, und dann bringt sich der selbst um. Er blickte Deutsch in die Augen, der seinem forschenden Blick mit einem besorgten Dackelblick begegnete. Nun waren ziemlich viele Falten auf dem glatt rasierten Gesicht.

»Es ist mir unendlich peinlich. So etwas darf nicht passieren. Es tut mir leid.«

Hilfe suchend blickten die braunen Augen des Oberofficiers Nechyba an. Der wendete sich von dem nun äußerst zerknirschten Deutsch ab und schämte sich, weil er vorher gerade laut werden wollte. Deutsch hatte recht. So etwas konnte auch einem Polizeiagenten passieren. Und dann fiel Nechyba der junge Bronstein ein, dem der inhaftierte Oberverschieber Lehner hier im Polizeigebäude aus dem Fenster gesprungen war. Solche Kurzschlusshandlungen waren kaum zu verhindern.

»Nechyba, ich bedauere es zutiefst, dass uns das passiert ist.«

»Ist schon gut. Hauptsache, der Kerl ist aus dem Verkehr gezogen. Wie haben Sie ihn denn gefunden?«

Deutsch seufzte tief und beugte sich dann vor:

»Darf ich Ihnen etwas vorschlagen?«

Nechyba nickte.

»Fahren wir in die Offciersmesse der Stiftskaserne auf eine Jause. Dort erzähl ich Ihnen dann alles haarklein.«

Nechyba war verblüfft. Dann nickte er neuerlich. Und als er gemeinsam mit dem Oberofficier das Polizeigebäude verließ, dachte er sich: Eigentlich ist der Deutsch gar nicht so unsympathisch. Lädt mich in Zeiten wie diesen glatt auf eine Jause ein.

II/15

Leo Goldblatt war selig. Er fühlte sich wohl wie die Made im Speck, seitdem er in die k.u.k. Konsumanstalt für Gagisten der Armee im Feld abkommandiert worden war. Seine Aufgabe? Nun, er konnte es selbst kaum glauben. Er war als professioneller Wortkünstler und erfahrener Journalist hierher versetzt worden, um eine Denkschrift über diese Einrichtung zu verfassen. Anfangs dachte er, dass das alles ein Scherz sei, doch seinem Vorgesetzten in der Konsumanstalt, dem Oberleutnant Hans Rosé, war es todernst. Apropos Tod: Das Grauen des Todes hatte er in dem knappen Jahr, das er als Front-Berichterstatter verbracht hatte, oft genug beobachtet. Den Wahnsinn in den Schützengräben hatte er öfter, als ihm lieb war, miterleben müssen, obgleich nichts davon in seinen tatsächlich erschienenen Berichten von der Front vorkam. Die gewaltige Vernichtungsmaschine Krieg, die, einem riesigen Fleischwolf gleich, Männer jeglichen Alters verschlang und am anderen Ende als blutigen Brei wieder ausspie. Männer, denen Gedärme aus dem Bauch hingen, deren Brustkörbe aufgerissen waren, die blutige Stümpfe anstelle von Gliedmaßen hatten, deren Gesichter zerfetzt, von einer Kugel entstellt oder von Giftgas verätzt, deren Schädel eingeschlagen, von Schrapnellen verunstaltet oder einfach abgerissen worden waren. Oh ja, immer wieder hatte Goldblatt an der Front völlig intakte Soldaten gesehen, die irgendwo herumlagen, weil der Fleischwolf ihnen die Schädel abgerissen hatte. Ein Fleischwolf, eine

Wurstmaschine, ein Häcksler, der ununterbrochen frisches Hackfleisch erzeugte. Menschenbrät oder besser gesagt Menschenwurst. Wie Leo Goldblatt bei seinem Sinnieren über den Krieg auf den Ausdruck ›Wurst‹ gekommen war? Weil er den unverrückbaren Eindruck gewonnen hatte, dass es den leitenden Offizieren, Generälen und Feldmarschällen völlig wurscht war, ob 100, 1.000 oder 10.000 bei diesem Gefecht oder jener Schlacht verwurstet oder präziser formuliert abgeschlachtet wurden. Über all das hatte er natürlich nicht berichten dürfen. Dafür sorgte die Zensur. Was er in seiner Zeit als Kriegsberichterstatter geschrieben hatte, waren Jubelberichte. Sorgfältig gebürstet, gestriegelt und zurechtfrisiert von der Militärzensur. Tja, das konnte ihm nun alles wurscht sein. Von nun an würde er über Lebensmittel, deren Lagerung, Weine, Getränke, Konserven, Würste, Schinken, Brot, Mehl, Gewürze und jede Menge anderer köstlicher Sachen berichten. In Zeiten des allgemeinen Mangels fühlte sich Goldblatt wie im Paradies. Paradiesisch! So konnte man die Umstände im Konsummagazin durchaus beschreiben. Denn wenn auch rundum Mangel an allem herrschte, hier gab es alles im Überfluss. Schließlich war die Konsumanstalt für die Verpflegung und das leibliche Wohlbefinden der hohen und höchsten Offiziere der k.u.k. Armee verantwortlich.

Er spazierte von der Zentralverwaltung der Konsumanstalt, die sich knapp hinter dem Westbahnhof auf der äußeren Mariahilfer Straße befand, stadteinwärts bis zur Schottenfeldgasse. Dort besuchte er das Zentrallager der Konsumanstalt. Oberleutnant Rosé hatte ihn dazu eingeteilt, solange er noch nicht an dem Projekt der Broschüre über die Konsumanstalt arbeitete, hier einmal am Tag vorbeizuschauen und nach dem Rechten zu sehen. Goldblatt hatte sich nun nach Absprache mit Rosé seine Tage so eingeteilt, dass er die Vormittage in der Zentralverwaltung in der Mariahilfer Straße und die Nachmittage im Zentrallager in der Schottenfeldgasse verbrachte. Das hatte vor allem den praktischen Grund, dass er im Zentrallager immer mittagessen konnte. Und das war in Zeiten wie diesen ein wahres Glück. Erstens waren alle Lebensmittel vorrätig. Und zweitens kochte hier ein junger Gefreiter, der auch im Zivilleben Koch gelernt hatte. Und so war es auch diesmal: Nach einer wunderbaren Grießnockerlsuppe wurde dem Herrn Leutnant ein Wiener Schnitzel mit gemischtem Salat serviert. Zum Dessert gab es Apfelstrudel aus gezogenem Teig und dazu echten Bohnenkaffee. Zu Letzterem zündete sich Goldblatt ein Zigaretterl an und blies satt und zufrieden kleine Wölkchen gegen die Decke der Amtsstube. Er drückte die Zigarette aus, streckte sich und beschloss, ein kleines Nickerchen zu machen. Plötzlich hörte er laute Stimmen im Hof, und dann polterten Militärstiefel die Stiegen herauf zu seinem Zimmer. Es klopfte kurz, die Tür wurde aufgerissen und ein Oberofficier der Feldgendarmerie betrat den Raum. Goldblatt sprang auf und salutierte. Der Oberofficier dankte lässig und musterte Goldblatt mit einem amüsierten Lächeln.

»Ah, du bist der Neue!«

»Melde gehorsamst, Leutnant Leo Goldblatt.«

»Steh bequem, bei mir musst nicht salutieren. In Zukunft reicht es, wenn du mich mit einem freundlichen

›Grüß dich, Herr Oberofficier Deutsch‹ begrüßt. Zigaretterl?«

Grinsend nahm Leo Goldblatt die angebotene Zigarette aus der goldenen Tabatiere. Er gab dem Vorgesetzten und sich Feuer.

»Was führt dich zu mir ins Zentrallager?«

»Nun, wir haben gestern drei Waggonladungen Mehl
konfisziert. Ich bin jetzt mit fünf Fuhrwerken hier und
möchte, dass du mir den Empfang der Lebensmittel und
Getränke bestätigst. Außerdem sollten wir die Bestands-
listen durchgehen. Alles, was zu Ende zu gehen droht oder
fehlt, wirst du mir auflisten. Es kommt dann in den nächsten Tagen, spätestens aber in einer Woche. Das garan-
tiere ich.«

»Du bist also für unsere Versorgung zuständig?«

»So ist es. Ich bin derjenige, der vom Armeeoberkommando dafür bestimmt wurde, die reibungslose Versorgung der Konsumanstalt zu gewährleisten.«

Goldblatt wurde der Oberofficier Deutsch immer sympathischer. Er kramte in seiner Schreibtischlade und holte
einen Flachmann heraus. Darin befand sich polnischer
Wodka, den er in einem kleinen Ort nahe Breslau gegen
Zigaretten eingetauscht hatte. Er schenkte zwei Stamperln voll, reichte eines Deutsch, der es, ohne zu zögern,
annahm. Dann hob er seines, schlug die Hacken zusammen und sagte: »Auf gute Zusammenarbeit!«

II/16

BENISCHEK HASSTE ES, wenn in seinen sauber geputzten Fiaker die schmutzigen Erdäpfelsäcke eingeladen wurden. Trotzdem murrte er nur leise:

»Burschen, i bitt euch, passt's auf!«

Ungerührt ließ Bunzerl einen Zehnkilosack in den Fiaker fallen, dass es nur so staubte.

»Mit Gefühl! Schaut's, wie das staubt. Das muss i nachher alles wieder putzen.«

»Putzen musst nachher sowieso«, murrte Emmerich Munkács und ließ den nächsten Zehnkilosack in den Fiaker plumpsen. Benischek stieß einen leisen Fluch aus und stapfte davon. Marie, die die Szene still beobachtet hatte, lief ihm nach und hängte sich bei ihm ein.

»Lieber Herr Benischek, sind S' doch nicht so ein Grantscherm*. Was halten Sie davon, wenn ich Ihnen einen Stallburschen engagier, der nach jeder Fuhr Ihren Fiaker putzt?«

»Und wer bezahlt den?«

»Ich natürlich. Beziehungsweise der Anatol, die ›Quelle‹.«

»Das wird ihm net recht sein ...«

»Das wird ihm schon recht sein. Wenn ich ihm erzähl, dass Sie durch unser Zusatzgeschäft jetzt mehr Dreck und mehr Arbeit haben, wird er sicher zustimmen. Wissen Sie, er hat ein gutes Herz.«

»Wie kommen S' denn darauf, Fräulein Marie?«

---

* Grantiger Mensch

»Weil's wahr is. Wenn wir zu ihm halten und ihn unterstützen, lässt der Anatol keinen von uns verkommen.«

Benischek schob sich die Melone aus der Stirn und kratzte sich mit dem Zeigefinger am Haaransatz.

»Na, dann reden S' halt einmal mit ihm. Würd mich freu'n, wenn er Ja sagt.«

Inzwischen war der Fiaker mit Erdäpfelsäcken vollgeräumt worden. Lediglich rechts hinten war ein schmaler staubiger Sitzplatz für Marie frei gehalten worden. Marie winkte den dicken Bunzerl zu sich her, nahm ihn bei der Hand und sagte sanft:

»Geh, Bunzerl, mach mir an G'fallen. Hol von drinnen ein Wischtuch und einen Kübel, dann gehst zur Bassena, lasst Wasser hinein und dann kommst her damit. Dann tun wir mein' Sitzplatz a bisserl sauber machen.«

Der große, tumbe Kerl nickte lächelnd und eilte davon. Benischek und Munkács, die beide die Szene beobachtet hatten, grinsten. Sie steckten sich Zigaretten an und belauerten das Fräulein Marie mit scheelen Blicken.

»Meine Herren, was schaut's denn so? Seid's noch nie von einer Frau um einen Kübel Wasser geschickt worden?«

Nun musste Benischek lachen und klopfte die Hälse seiner beiden Stuten.

»Sie haben schon recht, Fräu'n Marie. Für meine Resi und für meine Rosa muss i ja a immer Wasser holen. So ist das mit die Weiberleut' …«

Resi und Rosa trabten brav durch die spätherbstliche Stadt, die Bäume waren kahl, das Tageslicht fahl und die Gesichter der Menschen vor Hunger und Entbehrung eingefallen und bleich. Ganz anders verhielt es sich mit Benischek und seinen Gäulen. Allen dreien sah man an, dass sie trotz der angespannten Versorgungslage genug zu essen hatten. Die ›Quelle‹ sorgte dafür, dass die Pferde immer genug Futter bekamen, und Benischek wurde für seine Fahrdienste sowieso erstklassig entlohnt. Diesbezüglich hatte Marie recht: Die ›Quelle‹ ließ ihre Leute nicht verkommen. Marie machte heute die Neubau-Mariahilf-Margareten-Tour. Nachdem sie vier Fleischhauer in Neubau besucht hatte, kam als Nächster Vinzenz Moosbichler in der unteren Gumpendorfer Straße an die Reihe.

Von Ferne sahen sie schon die Menschenschlange, die vor Moosbichlers Geschäft anstand. Die armen Menschen, dachte Marie und kuschelte sich in den neuen, mit Innenpelz gefütterten Mantel, den ihr Anatol vor Kurzem geschenkt hatte. Nun musste sie an ihre Mama denken, die dieses wunderbare Stück Kürschnerarbeit fassungslos angegriffen und mit der flachen Hand über den Pelz gestreichelt hatte. »Mein Gott! Kind …«, hatte sie gemurmelt und den Kopf geschüttelt. Ohne ein weiteres Wort zu sagen, war sie dann mit hängenden Schultern in ihr Schlafzimmer verschwunden, zu dem Marie, seit sie mit Anatol verkehrte, keinen Zutritt mehr hatte. Die Pferde hielten schnaubend, Benischek kletterte vom Kutschbock und öffnete Marie den Wagenschlag. Einer Dame gleich stolzierte sie vom Fiaker an der Schlange wartender Menschen vorbei ins Moosbichlersche Geschäft hinein. Nur nicht nach links oder rechts schauen und Haltung bewahren. Das waren Maries Vorsätze bei diesen und ähnlichen

Besuchen. Kaum hatte Moosbichler sie erblickt, begann sein sonst mürrisches Gesicht vor Freude zu strahlen.

»Meine Hochachtung, gnädiges Fräulein. Habe die Ehre! Welch ein Glanz in meiner ärmlichen Hütte!«

Zu seinem Lehrbuben gewandt, sagte er:

»Pepi, du packst der Kundin die Würsteln ein und kassierst. Dann bedienst du die nächste. Wenn's dich nicht auskennst oder wenn wer was will, was nicht vorrätig ist, kommst zu mir nach rückwärts und fragst noch einmal.«

»Wird gemacht, Meister!«

Moosbichler nickte und verschwand mit Marie hinter einem Vorhang. In dem dahinterliegenden Raum befan den sich ein Teil des Lagers sowie Moosbichlers Bureau. Er bot Marie einen Stuhl an und fragte:

»Was hat die ›Quelle‹ denn diesmal für mich? Brauchen könnt ich alles: vom fetten Schweinsbauch über Karbonadln* bis hin zu Lungenbratenstücken vom Rind und vom Schwein. Ja, und Schweinsstelzen, Schweinshälften, Speck – alles ist willkommen. Speck wär besonders wichtig. Im Moment mangelt es an allen Ecken und Enden der Stadt an Fett. Und was glauben S', Fräulein Marie, was ich mit so ein paar Kilo Bauchfilz machen könnt? Schmalz, viel Schmalz! Das würden mir die Leute aus der Hand reißen. Mein Gott wär das a G'schäft!«

Marie zückte ein Notizbuch sowie einen Bleistift und notierte:

Bestellung Moosbichler: Bauchfilz, Schweinehälften, Schweinsstelzen, Lungenbraten.

»Und? Bräuchten S' auch wieder Erdäpfeln?«

---

* Schweinskoteletten

»Na und ob!«

»Ich hätt draußen in der Kutsche zwei Zehnkilosäcke für Sie …«

»Na, nix wie her damit. Warten S', gemma beim Hinterausgang raus, ich trag's gleich selber eine.«

An der Kühl- sowie an der Selchkammer ging es vorbei in den Hof hinaus. Durch die Hofeinfahrt ging es zu einem hohen Tor, das Moosbichler aufsperrte. Selbstgefällig bemerkte er:

»Es geht nix über ein eigenes Haus. Wenn man selbst der Hausherr is, hat man alle Schlüssel und auch sonst immer alles im Griff.«

Der massige Mann in dem weißen, von etlichen Blutspritzern verunreinigten Arbeitsgewand stapfte auf den Fiaker zu. Benischek glitt neuerlich vom Kutschbock und öffnete den Wagenschlag. Moosbichler schaute gierig hinein, schnappte sich einen und dann einen zweiten Zehnkilosack. Schließlich beugte er sich vor zu Marie, die ob seines grässlichen Mundgeruchs zurückzuckte.

»Fräulein Marie, Sie haben da ja noch zwei Erdäpfelsäcke drinnen. Können S' mir die net a verkaufen?«

Marie schüttelte den Kopf.

»Das kommt überhaupt nicht infrage. Die habe ich für einen anderen Kunden vorgesehen. Stellen Sie sich vor, ich hätte Ihre zwei Säcke schon vorher verkauft. Wär Ihnen das recht gewesen?«

Wie ein bei einem Unfug ertappter Bub schüttelte Moosbichler beschämt den Kopf.

»Na also. Ihre Fleischbestellung kommt innerhalb der nächsten paar Tage. Für die Erdäpfeln bekomm ich 50 Heller das Kilo. Macht in Summe zehn Kronen.«

»Na serwas! Das is aber a g'schmalzener Preis. Laut Marktamt liegt der Höchstpreis bei 18 Heller.«

»Aber Herr Moosbichler! Sie wissen genauso gut wie ich, dass man zu den Marktamtspreisen in ganz Wien keine Erdäpfeln bekommt. Wer Erdäpfeln essen will, muss ordentlich aufzahlen. Sonst gibt's nix.«

»Ist schon gut, Fräulein Marie. Ich trag die Säcke rein und hol das Geld.«

Schnaufend und schwer tragend verschwand Moosbichler in der Toreinfahrt. Kurze Zeit später kam der Lehrbub heraus und drückte Marie zehn Kronen in die Hand. Die Leute, die angestellt waren, murrten. Eine Frau schrie:

»Der Moosbichler macht illegale G'schäfte! Und die Polizei schaut zu!«

Dieser Ausruf bezog sich auf einen Sicherheitswachmann, der auf der anderen Straßenseite stand und überwachte, dass es in der Menschenschlange zu keinem Aufruhr kam. Marie dachte sich: Nichts wie weg, und stieg in den Fiaker ein. Plötzlich wurde sie hart am Handgelenk gepackt:

»Fräulein, steigen S' aus! Die Polizei schaut nämlich nimmer zu. Die Polizei verhaftet Sie jetzt.«

Das sagte ein kräftiger junger Mann, der ganz in Schwarz gekleidet war und eine Melone aufhatte. Jössas!, durchzuckte es Maries Hirn. Ein Polizeiagent! Und als sie wimmernd »Hilfe! Was tun Sie mir? Lassen S' mich los!« rief, antwortete er unter dem Beifallsgemurmel der wartenden Menschen mit fester Stimme:

»Bronstein. K.k. Polizeiagenteninstitut. Ich verhafte Sie wegen Verdacht auf Schleichhandel und Preistreiberei!«

II/17

MIT WEICHEN KNIEN und klopfendem Herzen spazierte August Benischek von seinem Haus in der Albrechtskreithgasse 26 zum ›Café Ritter‹ in der Ottakringer Straße. Ihm war gar nicht wohl in seiner Haut. Wie würde die ›Quelle‹ auf die Nachricht von Maries Verhaftung reagieren? Benischek schwitzte. Mit feuchten Händen betrat er das ›Café Ritter‹ und steuerte direkt auf den Marqueur zu.

»Grüss Sie, Herr Hans. Sagen S', is die ›Quelle‹ da?«

Der Oberkellner schüttelte den Kopf.

»Sagen S' es mir bitte, wenn er da is? Ich setz mich inzwischen draußen hin. Ja, und zum Trinken bekomm ich einen Kaffee gespritzt*!«

»Einen Kaffee gespritzt bitte sehr, bitte gleich, mein Herr.«

Und damit verschwand der Oberkellner in den hinteren Räumen des Kaffeehauses. Benischek saß da und grübelte. Der Kaffee wurde serviert und er machte lustlos einige Schlucke. Eigentlich hatte er auf Kaffee gar keinen Gusto. Er wollte endlich mit ihm, der ›Quelle‹, reden und ihm berichten, dass sein süßes Mädl, die Marie, verhaftet worden war. Tadellos hatte sie Haltung bewahrt, die Kleine. Sie hatte ihn, Benischek, nicht mit hineingeritten. Im Gegenteil, sie hatte den Kiberer getäuscht, indem sie laut sagte: »Den Fiaker muss ich aber noch bezahlen.« Das hatte der Kiberer ihr dann sogar gestattet, bevor er

---

* Kaffee mit einem Schuss Schnaps.

sie abführte. Solange Marie ihn nicht verpfiff, wusste kein Mensch, dass er an den Verbrechen der ›Quelle‹ beteiligt war. Allerdings hatte er nie jemanden umgebracht, das hatte die ›Quelle‹ immer selbst erledigt. Aber er war oft dabei gewesen. Der Transporteur, ohne den viele dieser Taten nicht so leicht möglich gewesen wären. Ja, er wusste fast alles, was die ›Quelle‹ in den letzten Jahren getan hatte. Und dieses Wissen bereitete ihm Angst. Was war, wenn die ›Quelle‹ die Nerven verlieren und ihn kaltblütig mau-kas machen* würde? Er hatte ein verdammt flaues Gefühl im Magen. Sollte er nicht lieber schleunigst das Kaffee-haus verlassen? Und sich irgendwo verstecken? Er hatte Verwandtschaft in Budweis sowie eine alte Tante in Böh-men, sie wohnte in der Nähe von Iglau. Dort würde die ›Quelle‹ ihn nur schwer finden …

»Mein Herr, derjenige, den Sie zu sprechen wünsch-ten, ist mittlerweile eingetroffen. Er erwartet Sie im Extra-stüberl.«

Mit weichen Knien erhob sich Benischek und folgte dem Marqueur ins Extrastüberl.

»Benischek! Was für eine Überraschung! Was führt Sie in mein Stammcafé?«

»Ich bitte um Entschuldigung, dass ich störe …«

»Unsinn, Benischek. Sie stören mich nicht. Kommen S', setzen S' Ihnen zu mir her. Sagen S', warum sind S' denn so blass? Herr Hans, einen doppelten Cognac, bes-ser gesagt Weinbrand, für den Benischek!«

»Einen deutschen Weinbrand, bitte sehr, bitte gleich, Exzellenz.«

»Also, Benischek, was ist los?«

---

* Umbringen

»Das Fräulein … das Fräulein Marie ist verhaftet worden.«

»Was? Das ist aber jetzt net wahr!«

»Doch. Leider. Heute Nachmittag auf der Gumpendorfer Straße, vorm Geschäft vom Moosbichler.«

Die Augen der ›Quelle‹ verengten sich zu Schlitzen. Konzentriert hörte er sich Benischeks Bericht an. Als dieser still war, holte er tief Luft, schnaufte laut und murmelte:

»Jetzt brauch ich auch einen doppelten Cognac …«

Nachdenklich klappte die ›Quelle‹ ihr goldenes Zigarettenetui auf, zog vorsichtig eine Zigarette heraus und ließ sich bereitwillig von dem diensteifrigen Benischek Feuer geben. Als der zweite doppelte Weinbrand serviert worden war, Benischek hatte seinen zuvor nicht angerührt, hob die ›Quelle‹ das Glas, prostete Benischek zu und sagte mit verschleiertem Blick:

»Es ist Zeit, Frontbegradigungen vorzunehmen …«

Benischek stürzte seinen Weinbrand hinunter und bekam einen Hustenanfall. Sein Gegenüber bemerkte dies gar nicht. Er sah vielmehr in die Ferne, wo die kunstvoll von ihm geformten Rauchkringel dahinzogen. Schließlich drückte er die Zigarette aus, sah Benischek in die Augen und sagte mit bestimmter Stimme:

»Gemmas an. Wir fahren jetzt sofort ins 2er Lager und lösen es auf. Damit die Kiberer dort nix mehr finden, wenn s' die Marie weichgeklopft haben.«

Der viertelstündige Fußmarsch in die Albrechtskreithgasse verlief schweigend. Benischek sperrte das breite Tor auf und sie gingen in den Stall zu Resi und Rosi. Die beiden Rösser begrüßten sie schnaubend. Der Stallbursche kroch mit verschlafenem Gesicht aus dem Strohhaufen, der sich im hinteren Teil des Stalls befand. Benischek befahl ihm, die Pferde einzuspannen. Inzwischen bat er die ›Quelle‹ in sein Wohnhaus, wo er ihm und sich ein Stamperl Obstler einschenkte. Die Männer kippten es schweigend hinunter, Benischek bekam diesmal keinen Hustenanfall.

»War die Marie einmal hier bei Ihnen?«

»Na. Nie. Wir ham uns immer im 2er Lager getroffen.«

»Haben S' ihr erzählt, dass Sie hier daheim sind?«

»Na. Wir ham nix Privates miteinander geredet.«

»Gut. Dann werden wir die Bestände des 2er Lagers hierherschatten.«

Benischek nickte und sagte:

»Alsdann, fahr ma!«

Er schwang sich auf den Kutschbock, die ›Quelle‹ stieg hinten in den Fiaker ein. Innerhalb von fünf Minuten waren sie beim 2er Lager angelangt. Munkács saß auf einer Holzkiste vor dem halb offenen Rollbalken und kommandierte den Bunzerl herum. Dieser musste den Platz vor dem Lager fegen. Er tat dies mit einem äußerst ang'fressenen Gesichtsausdruck. Munkács sprang auf und begrüßte untertänig seinen Herrn. Zögernd trat auch Bunzerl auf die ›Quelle‹ zu. Der begrüßte den geistig zurückgebliebenen Lackel ausnehmend freundlich, klopfte ihm auf die Schulter und fragte:

»Na, Bunzerl, wie hammas?«

»Eh guat, Meister, dankschön der Nachfrag', eh guat.«

»Komm, mach den Rollbalken auf, du musst mir drinnen was helfen. Munkács, du gibst den Pferden Wasser. Weil wir heut Nacht noch einiges vorhaben.«

»Jo, Meister, mach ma!«

Benischek wunderte sich, dass die ›Quelle‹ Munkács mit der Versorgung der Pferde beauftragte. Da er nichts zu tun hatte, schlenderte er in das 2er Lager hinein. Dort sah er die ›Quelle‹ dicht neben dem Bunzerl stehen und auf ihn einreden. Benischek sah, wie er dem Burschen eine Axt in die Hand gab.

»Damit schlagst ihn dann nieder, wenn er mit mir hereingekommen ist. Der schafft dir nix mehr an. Dann bist du der, der das Lager leitet.«

Benischek sah Bunzerl ergeben nicken, die ›Quelle‹ rief Munkács herein und schaffte es, dass dieser mit dem Rücken zu Bunzerl stand. Unvermittelt drehte er sich um und gab Bunzerl einen Wink. Dieser holte, ohne zu zögern, aus und ließ die Axt auf Munkács Schädel niedersausen. Es krachten Schädelknochen, Blut und Knochensplitter spritzten. Munkács fiel wie vom Blitz getroffen um. Wie in Trance holte Bunzerl neuerlich aus und ließ die Axt nun in Munkács Brustkorb krachen. Neuerlich spritzte Blut. Als Bunzerl ein drittes Mal zuschlagen wollte, fiel die ›Quelle‹ ihm in den Arm.

»Aus! Schluss! Es reicht. Der schafft dir nix mehr an.«

Bunzerl grinste, wischte sich mit dem Unterarm ein paar Blutspritzer vom Gesicht und stammelte:

»Aus … aus is! Nix mehr anschaffen.«

Die ›Quelle‹ nickte und sagte zu Benischek und Bunzerl:

»So, meine Herren, jetzt schaff ma alles, was sich da im Lager befindet, hinaus in den Fiaker. Viel hamma eh nicht da.«

Während Benischek und Bunzerl etliche Säcke Erdäpfeln, einige Ballen Tabak, unzählige Weinflaschen sowie zehn Kisten mit Fleischkonserven, die aus den Beständen der k.u.k. Armee stammten, hinausschleppten, untersuchte die ›Quelle‹ Munkács Taschen. Beim Hinaustragen einer Kiste Fleischkonserven sah Benischek aus den Augenwinkeln, wie die ›Quelle‹ neben dem Geldbörsel und der Taschenuhr auch das Springmesser des Toten einsteckte. Als schließlich alles im Fiaker verstaut war, legte die ›Quelle‹ den Arm um Bunzerls Schulter und führt ihn hinein ins Lager direkt zu Munkács' Leiche. Dort zückte er ein Springmesser und stach es dem behinderten Buben mehrmals in Bauch und Brust. Als dieser leblos zusammensackte, drückte die ›Quelle‹ dem toten Munkács das blutige Messer in die Finger. Ähnliches vollführte er mit der Axt, die er dem tot daliegenden Bunzerl in die Hände legte. Danach ging er zur Bassena und wusch sich seelenruhig Hände und Gesicht. Mit einem feuchten Taschentuch putzte er die Knochensplitter und so gut es ging auch die Blutspritzer von seinem teuren Mantel weg. Dann ließ er den Rollbalken herunter und sperrte ab. Die Schlüssel warf er ins nächste Kanalgitter. Zu Benischek, der all dem völlig regungslos zugesehen hatte, sagte er:

»Gern hab ich's nicht getan, aber es musste sein. Weil wenn die Marie das 2er Lager verrät, darf's hier keinen geben, der dann weiterplaudert. Das ist auch zu Ihrem Schutz, Benischek.«

Benischek musste einen dicken Knödel im Hals runterwürgen, bevor er mit zittriger Stimme antworten konnte:

»I weiß. Wir ham gar keine andere Wahl.«

»So ist es, Benischek. Und jetzt fahr ma zu Ihnen heim. Ab sofort ist unser 2er Lager bei Ihnen im Haus.«

II/18

»Nechyba, stell dir vor! Dem Moosbichler seine Quelle haben s' verhaftet!«

Nechyba ließ den Löffel sinken, mit dem er gerade die ausgehöhlten Kohlrüben füllte. Verblüfft sah er seine vor Aufregung mit den Armen flatternde Frau an.

»Geh! Wer hat wen verhaftet?«

»Na, einer von deinen Männern hat das Mädel verhaftet, das den Moosbichler mit den guten Erdäpfeln und den Eiern und dem Fleisch versorgt hat.«

»Wer soll das gewesen sein?«

»A junger. Großer. Kräftiger.«

Nechyba fuhr fort, die ausgehöhlten Kohlrüben zu füllen. Nach einigen Augenblicken des Nachdenkens murmelte er:

»Das könnte der Bronstein gewesen sein.«

»Und das hast nicht verhindern können?«

»Was heißt da verhindern? Endlich hat er das Mensch, das für die ›Quelle‹ arbeitet, geschnappt. Jetzt werden ma hoffentlich bald wissen, wer diese ominöse ›Quelle‹ ist.«

»Aber ohne die ›Quelle‹ werden wir keine Erdäpfeln und keine Eier und nix mehr bekommen …«

»Ja, i weiß …«

Missmutig gab er die letzte Kohlrübe in die ausgefettete Pfanne. Aurelia trat neben ihn und schmiegte sich an ihn.

»Womit hast denn die Kohlrüben gefüllt?«

»Ich hab das, was ich aus den weich gekochten Kohlrüben ausgeschabt hab, klein gehackt und mit fein geschnittenen Zwieberln in ein bisserl Butter abgebraten. Dann hab ich gekochten Reis dazugegeben und das Ganze mit Salz, Pfeffer und Majoran gewürzt. Damit's nach was schmeckt. Früher hätt ich für die Fülle ein Faschiertes* genommen, aber das kriegt man ja heutzutage kaum mehr ...«

Nechyba setzte auf jede Kohlrübe das zuvor abgeschnittene obere Ende drauf und schob dann die Pfanne ins vorgeheizte Rohr.

»Hast die Blätter von den Kohlrüben noch?«

»Dort auf der Seite liegen s'!«

»Damit mach uns noch a g'schmackige Sauce.«

»A Sauce?«

»Komm, tu die Blätter hacken! Die kochen wir weich und vermischen sie mit einer leichten Einbrenn**, die wir pfeffern und salzen. Das pürieren wir dann. Mit diesem Püree garnieren wir die fertig gebratenen Kohlrüben.«

Nechyba, der bereits die Blätter fein hackte, grinste und dachte bei sich, gelernt ist gelernt. Meine Frau ist wirklich eine geniale Köchin.

Nachdem die Nechybas gegessen hatten, kam das Gespräch wieder auf die ›Quelle‹. Aurelia schilderte Nechyba die Geschehnisse vor der Fleischhauerei Moosbichler, die sie wiederum von der Gerti brühwarm erzählt bekommen hatte, die für das Abendessen noch etwas Speck geholt hatte. Eine Delikatesse, die in fettarmen Zeiten wie diesen unerschwinglich teuer war. Moosbichler bot dank der ›Quelle‹ Speck zum Wahnsinnspreis von 15 Kronen pro Kilogramm an. Gerti, die als Dienstmädel der Schmer-

---

* Hackfleisch
** Mehlschwitze

das gewohnt war, sich nicht in der Schlange anzustellen, war einfach in das Fleischergeschäft hineingegangen. Dort hatte nur der Lehrbub die Kundschaft bedient. Als der die Gerti gesehen hatte, ließ er die andere Kundschaft einfach warten. Weil, auf die dralle Gerti hatte der Lausbub ein Auge geworfen. Er hatte ihr umgehend ein Stück Speck abgeschnitten, in Papier eingepackt und das Geld kassiert. Als Gerti dann das Fleischhauergeschäft verlassen hatte, war sie unmittelbar Zeugin der Verhaftung des jungen, eleganten Mädels gewesen. Natürlich hatte sie das alles brühwarm der Frau Aurelia erzählt. Und seitdem machte diese sich Sorgen. Wer würde in Zukunft den Moosbichler mit Schwarzmarktware beliefern?

»Sag, Nechyba, glaubst, dass der Moosbichler angezeigt wird?«

»Das weiß i net.«

»Na, wegen Hamstern oder Preistreiberei oder Schwarzhandel.«

»Na, wegen Hamstern könnte es schon sein. Das andere können s' ihm schwer nachweisen.«

»Geh, kannst für den Moosbichler nicht ein gutes Wort einlegen?«

»A gutes Wort hilft da nix. Ich könnt nur schau'n, dass es gegen ihn net zu einer Anzeige kommt.«

»Also redest du mit dem Bronstein?«

»Na, der is wurscht. Mit dem Untersuchungsrichter muss i reden.«

»Geht das?«

»An sich is das net korrekt. Aber ich werd's versuchen …«

II/19

»ARMEE-OBERKOMMANDO WIEN, SPRECHE ich mit Ober-inspector Nechyba?«

»Jawohl.«

»Ich verbinde Sie mit Oberofficier Deutsch.«

»Nechyba, ich begrüße Sie! Wie geht's Ihnen denn, mein Lieber?«

»Danke der Nachfrage. Es geht so.«

»Ich wollt Sie nur informieren, dass ich die ganzen Akten bezuglich des Henkers von Wien dem Staatsanwalt über-geben habe. Der hat jetzt das Untersuchungsergebnis von dem einen Opfer bei uns in der Stiftskaserne sowie die Ver-nehmungsprotokolle und das Geständnis des Henkers.«

»Und die Leich'? Wo is die jetzt?«

»Die hab ich auf Wunsch der Staatsanwaltschaft auf's Gerichtsmedizinische Institut in der Sensengasse über-stellen lassen.«

»Na, dann hat eh alles seine Ordnung.«

»Sie sagen es, mein lieber Nechyba, Sie sagen es. Ich wollte Sie nur über den aktuellen Stand informieren und ankündigen, dass der Staatsanwalt auch Ihre Akten zu dem Fall anfordern wird. Damit er alle Informationen hat.«

»Ja, eh klar. Ich lass gleich den Bronstein das zusam-menstellen und rüberschicken.«

»Wie schaut's denn zeitmäßig bei Ihnen aus, Nechyba? Haben Sie Lust auf ein frühes Mittagessen im Officiers-kasino in der Stiftskaserne? Ich lade Sie ein.«

Nechyba lief das Wasser im Mund zusammen, denn das

letzte gemeinsame Essen im Officierskasino war fabelhaft gewesen. Vor allem wurde dort an nichts gespart. Von der elendiglichen Kriegsküche war zumindest innerhalb der Mauern der Stiftskaserne nichts zu bemerken. Kein Wunder, schließlich saß dort ja auch die Ökonomische Verwaltung der Armee.

»Sehr gerne, Herr Oberofficier. Ich würde jetzt gleich aufbrechen und mit einem Ringwagen rüber fahren. Etwa um halb zwölf wäre ich dann beim Haupteingang der Stiftskaserne.«

»Na wunderbar. Einer meiner Leute wird Sie dort abholen. Habe die Ehre, grüße Sie.«

Das Mittagessen in der Stiftskaserne war ein Festmahl gewesen. Nechyba hatte seit Langem wieder einmal einen Zwiebelrostbraten gegessen. Davor hatte es eine Graupensuppe und danach Powidltatschkerln* gegeben. Mit vollem Bauch und äußerst zufrieden verabschiedete er sich von Deutsch mit den Worten:

»Mein lieber Oberofficier Deutsch, Sie sind ein hervorragender Gastgeber. Ich bedanke mich bei Ihnen für alles und ganz besonders auch für die gute Zusammenarbeit. Wenn Sie wirklich den Henker von Wien erwischt haben, gratulier' ich Ihnen von ganzem Herzen.«

»Sie sind nicht überzeugt, dass der Kerl die Wahrheit g'sagt hat?«

Nechyba wiegte den Kopf und antwortete dann diplomatisch:

»Wissen Sie, es ist ein Problem, wenn man Verdächtige beim Verhör sehr unter Druck setzt. Da gestehen sie oft

---

* Teigtaschen aus Kartoffelteig mit Powidl gefüllt

Sachen, mit denen sie in Wahrheit gar nix zu tun haben. Das hab ich in meiner langen Laufbahn schon öfters erlebt. Und dann diese Verzweiflungstat: Warum ist er aus dem Fenster gesprungen, wenn er vorher eh alles gestanden und sich von der Seele geredet hat?«

»Das hat mich ja auch so überrascht. Und auch den Feldgendarm, der auf ihn aufgepasst hat.«

»Na ja, aber wenn jetzt die schreckliche Mordserie in Wien wirklich zu Ende ist, dann spricht alles dafür, dass Sie doch den Richtigen geschnappt haben. Nix für ungut. Ich bedanke mich nochmals für das exzellente Essen. Adieu, Herr Oberofficier.«

»Adieu, Herr Oberinspector.«

Nechyba wanderte zufrieden und glücklich die Stiftgasse hinunter bis zur Burggasse. Und diese dann weiter zur 2er Linie. Wie es der Zufall wollte, kam gerade ein H2 daher, mit dem er in die Alserstraße bis zur Kreuzung mit der Spitalgasse fuhr. Dann spazierte er entlang des Allgemeinen Krankenhauses zur Sensengasse vor. Zum Glück war Dr. Haberda anwesend und hatte für Nechybas Besuch auch Zeit. Er war überhaupt nicht verblüfft, als er Nechyba sah:

»Na, das hab ich mir doch gedacht, dass Sie den Kerl sehen wollen.«

»Was für einen Kerl meinen S' denn?«

»Na den, der die anderen aufg'hängt hat?«

Nun musste Nechyba grinsen. Der Pathologe hatte offensichtlich eine recht gute Menschenkenntnis. Die beiden Männer gingen in den Obduktionsraum, wo ihm der Gehilfe Franz, den Nechyba schon vom Zermatschten her kannte, nun den Leichenwagen mit den sterblichen Überresten des Henkers vorführte. Als er das weiße Tuch von der Leiche zog, hielt der Oberinspector die Luft an. Das Gesicht kannte er! Und jetzt fiel ihm auch wieder ein, woher er diesen Karol Szimansky kannte. Das war doch einer der Buckln* vom ›Guadn‹. Und der sollte der Henker von Wien sein? Nechyba schüttelte den Kopf.

»Was ist? G'fallt Ihnen die Leich' net, Herr Oberinspector?«

»Die g'fallt mir ganz und gar net. Was hat die denn für Flecken am ganzen Körper?«

»Das sind Blutergüsse. Den armen Kerl muss jemand fürchterlich g'schwartelt** haben, bevor er aus dem Fenster gesprungen ist. Franz, dreh ihn einmal um!«

Der Gehilfe tat, wie ihm geheißen, und Nechyba sah, dass der Rücken des Toten mit Striemen übersät war.

»Was heißt, g'schwartelt ... den hat ja einer richtig ausgepeitscht.«

»Ja, aber net mit einer Peitsche, sondern mit etwas Dickerem. Ich würde sagen, mit einem Leibriemen, so wie er von unserem Militär verwendet wird. Die Leiche haben wir übrigens von der Feldgendarmerie angeliefert bekommen.«

Nechyba war irritiert. Er bedankte sich bei Haberda und verließ das Gerichtsmedizinische Institut. Langsam ging er die Sensengasse und dann die Währinger Straße vor. Schließlich bog er in die Kolingasse ein und spazierte den Berg hinunter zum Polizeigebäude. Irgendet-

---

* Handlanger
** Verprügelt

was passte da überhaupt nicht zusammen. Nechyba fasste einen Entschluss: Er musste dringend mit dem ›Guadn‹ reden.

II/19

SCHRECKLICH! DIESER OBERKIBERER! Ein Berg von
einem Mann mit dem Gesicht einer Bulldogge. Sein
kurzes graues Haar stand drahtig wie bei einer Wildsau
zu Berge. In seinem fleischigen, aufgedunsenen Gesicht
lauerten zwei kleine, wache Augen, die Marie misstrauisch beobachteten. Dem Blick dieser Augen, die einge-
bettet zwischen dicken Backen, einer gewaltigen Nase
und buschigen graublonden Augenbrauen waren, konnte
Marie nicht standhalten. Deshalb irrten ihre Blicke kreuz
und quer durch das kahle Zimmer, in dem es nichts außer
zwei Tischen und drei Stühlen gab. Ein Tisch war klein
und stand in einer Ecke des Zimmers. Dort saß ein Polizist, der alles in Eilschrift mitschrieb, was hier gesagt
wurde. An dem anderen, wesentlich größeren Tisch, der
in der Mitte des Raumes stand, saß Marie. Ihr gegenüber
dieser Oberinspector mit dem unaussprechlichen Namen,
Newerkla, Nekwitschka, Nesida oder so ähnlich. Aus seinem Mund, über dem ein graublonder aufgezwirbelter
Schnurrbart wucherte, dröhnte eine tiefe Stimme. Marie
hatte Angst. Und deshalb verkroch sie sich in ihr Inners-
tes, schlang die Arme um ihren Oberkörper und duckte
den Kopf. Nein, sie wollte diesen Kiberer nicht mehr
sehen. Sie wollte überhaupt hinaus aus diesem Raum.
Hinaus! Es war so eng und so bedrohlich hier. Plötzlich erzitterte der Tisch. Der fürchterliche Nekwitschka
hatte sich über den halben Tisch gebeugt und brüllte sie
aus kurzer Distanz an:

»Wannst jetzt net sofort die Papp'n* aufmachst und redest, lass ich dich in das Loch zurückführen, aus dem ich dich gerade herausgeholt hab. Also leg nieder**! Wer is die ›Quelle‹?«

Eine Schwade von säuerlichem, nach Bier stinkendem Mundgeruch war mit Nechybas Gebrüll über Marie hereingebrochen. Sie senkte noch weiter den Kopf, hielt den Atem an, schloss ganz fest die Augen und dachte: Oh bitte, bitte! Lass mich zurück in die Zelle bringen. In das dunkle, stinkende Loch, wo eine Landstreicherin und eine Hure auf mich warten. Auch wenn die eine wie die Pest stinkt und die andere mich dauernd befingert und ausgreift, so ist mir das allemal lieber, als hier in diesem Schreckenskammerl zu sitzen.

Doch es geschah nichts. Sie hörte den bladen Kiberer schnaufen und nach einiger Zeit aufstehen und gemeinsam mit dem anderen Polizisten den Raum verlassen.

Nach einer ziemlich langen Zeitspanne wurde die Tür wieder geöffnet, sie hörte, dass zwei Menschen eintraten. Nach wie vor hatte sie den Kopf gesenkt, die Arme um ihren Oberkörper geschlungen und die Augen geschlossen. Wieder nahm jemand ihr gegenüber Platz. Aber das war diesmal nicht ein Bier- und Altmännergeruch, der sich von diesem Jemand ausbreitete. Marie roch nur eine dezente Tabakaura. Vorsichtig blinzelnd, öffnete sie die Augen und riskierte einen Blick. Vor Erleichterung hätte sie am liebsten aufgeschrien. Ihr gegenüber saß der junge Polizeiagent, der sie verhaftet hatte. Im Vergleich zu dem

---

* Mund
** Also gestehe!

Oberkiberer war er ein Muster an Höflichkeit und Korrektheit. Sicherheitshalber blieb sie aber in ihrer Schneckenhaus-Haltung. Man wusste ja nicht, was da kommen würde.

»Fräulein Marie? Marie Oberholzer?«

Marie schreckte auf und sah den jungen Kiberer verblüfft an. Woher kannte er ihren Namen? Seit ihrer Verhaftung hatte sie kein einziges Wort mit den Kiberern geredet.

»Woher kennen Sie meinen Namen?«

»Fräulein Marie, ich bitte Sie … glauben Sie, wir bei der Polizei sind auf der Nudelsupp'n daherg'schwommen?«

Marie verkroch sich wieder in sich selbst. Doch der junge Polizist ließ nicht locker:

»Schau'n Sie sich die Tür von dem Verhörzimmer einmal genau an. Sehen S' das Guckloch? Dort hat Ihre Frau Mutter vorhin reing'schaut und Sie identifiziert.«

Marie hob den Kopf und sah misstrauisch zur Tür hinüber. Tatsächlich befand sich in der Tür ein Guckloch. Scham überkam sie und ihr Gesicht wurde knallrot.

»Soll ich Ihre Frau Mutter hereinholen? Wollen S' vielleicht kurz unter vier Augen mit ihr reden?«

»Nein! Nur das nicht!«

»Na, schaun S', jetzt reden S' ja doch! Also ich hol jetzt Ihre Frau Mutter.«

Der junge Kiberer stand auf und wandte sich zur Tür. Wie von einer Feder getrieben, sprang Marie auf, stürzte sich auf ihn und hielt ihn zurück.

»Nicht meine Mutter reinlassen! Bitte, bitte nicht!«

»Ja, warum denn nicht?«

»Weil ich mich so genier.«

»Und warum genieren Sie sich?«

»Weil ich geglaubt hab, dass ich alles richtig mach und sie alles falsch. Aber in Wirklichkeit is umgekehrt ...«

»Was haben S' falsch g'macht?«

»Na, dass ich mich mit dem Anatol eing'lassen hab ...«

»Mit der ›Quelle‹?«

Marie nickte, Tränen rannen über ihre Wangen.

»Und war der Anatol nett zu Ihnen?«

Marie nickte schluchzend.

»Und Sie haben die Bestellungen für ihn aufgenommen?«

Neuerlich nickte sie.

»Und Lebensmittel haben S' für ihn auch verkauft?«

Marie nickte.

»Sind S' immer mit einem Fiaker g'fahren?«

Marie sah auf die Seite an die Wand.

»Wer hat den Fiaker zahlt? Anatol?«

Marie flüchtete zurück auf ihren Stuhl und schlang die Arme um sich.

»Dieser Anatol, hat der mit Ihnen was g'habt? A Gspusi?«

Marie sah ihn böse an, dann zischte sie:

»Der Anatol ist ein feiner Herr. Vom Scheitel bis zur Sohle. So ein Herr hat kein Gspusi.«

»Liebt er Sie?«

Marie nickte und murmelte:

»Und ich liebe ihn ...«

Danach verkroch sie sich wieder in sich. Sie schloss die Augen und hörte dem Polizeiagenten einfach nicht mehr zu. Stattdessen dachte sie an Anatol, wie er lachte und mit ihr im Separee feierte. An seine Liebkosungen, seine

Küsse und seinen unwiderstehlich männlichen Geruch. Sie dachte so intensiv an ihn, dass sie plötzlich das Gefühl hatte, er stünde neben ihr und legte ihr die Hand auf die Schulter. Solchermaßen mit ihm vereint, konnte ihr keiner der Polizisten mehr etwas anhaben.

II/20

NECHYBA WAR BEEINDRUCKT. Durch das Guckloch hatte er beobachtet, wie Bronstein die kleine Marie doch noch zum Sprechen gebracht hatte. Das mit der Mutter war ein genialer Schachzug gewesen. Tatsächlich war die Frau hier gewesen, hatte durch das Guckloch ihre Tochter identifiziert und war dann sehr traurig wieder gegangen. Ohne auch nur ein Wort zu sagen. Was Bronstein wohl gemacht hätte, wenn Marie ihre Mutter gerne gesehen hätte? Das fragte er nun auch seinen jungen Kollegen. Dieser antwortete ihm achselzuckend:

»Dann hätte ich mir was anderes einfallen lassen müssen.«

Allmählich wird der Bronstein ein richtig abgebrühter Kiberer, das gefällt mir, dachte sich Nechyba und brummte:

»Aus dem Mädl kriegen wir heut nix mehr raus. Die hat eh schon viel mehr g'sagt, als sie wollte. Wo is die eigentlich daheim?«

»In Ottakring.«

»So, so …«

»Hat das a Bedeutung? Ist das wichtig?«

»Sie wird 15. Sie geht noch in die Schule.«

»Also fast noch ein Kind. A Kind entfernt sich net sehr weit aus seinem Grätzl*. Die hat ihren Anatol sicher da draußen in Ottakring kennengelernt.«

»Da könnten S' schon recht haben.«

---

* (Stadt-)Viertel

»Deshalb würd mich auch der Fiaker interessieren, mit dem sie unterwegs war. Haben Sie sich seine Papiere zeigen lassen?«

»Leider nein. Ich war so auf die Verhaftung von dem Mensch konzentriert, dass ich net daran gedacht hab. Außerdem hat's ihn ja bezahlt.«

»Trotzdem könnte sie öfters mit ihm unterwegs gewesen sein.«

»Das ist richtig.«

»Also, Bronstein, nehmen Sie sich die Fiakerunternehmen, die draußt in Ottakring ansässig sind, einmal vor. An den Kutscher können Sie sich ja noch erinnern, wie der ausg'schaut hat?«

»Selbstverständlich.«

»Na gut, dann schaun S', dass Sie ihn finden. Vielleicht verrat uns der, wie oft und wohin er mit der Kleinen g'fahren is. Ich kümmer mich inzwischen um den ›Guadn‹.«

Im Fortgehen drehte sich Nechyba noch einmal um und rief quer über den Gang Bronstein nach:

»Und fertigen S' a Vernehmungsprotokoll an!«

»Jawohl, Herr Oberinspector.«

Nechybas Magen knurrte. Ein Blick auf seine Taschenuhr erklärte alles: Es war Viertel vor zwölf. Zeit fürs Mittagessen. »Beim ›Weißen Tiger‹ könnte ich wieder einmal reinschaun. Das Essen beim ›Rebhuhn‹ hängt mir eh schon beim Hals heraus«, murmelte er und machte sich sogleich auf den Weg. Er ging ein Stück den Donaukanal entlang und überquerte ihn bei der Stephaniebrücke*. Danach

---

* Heute: Salztorbrücke

ging er die Stephaniestraße* hinunter und bog rechts in die Kleine Sperlgasse ein. Er überquerte die Taborstraße und spazierte geradeaus weiter in die Schmelzgasse, wo sich besagtes Gasthaus befand. Von hier hatte er es nach dem Essen nur mehr einen Hupfer hinüber in die Zirkusgasse zum ›Guadn‹. Während des Spaziergangs ging ihm die Marie Oberholzer nicht aus dem Sinn. So ein junges Mädel und schon so verdorben. Der Name Marie erinnerte ihn an noch etwas … ja, richtig! Vor ein paar Tagen hatte ein Polizeiagent eine zwölfjährige Marie ausgeforscht, die monatelang jüngere Kinder systematisch betrogen hatte. Ihr Trick war, den Jüngeren zu versprechen, dass sie sich nicht in der Schlange anstellen müssten, um Lebensmittel zu erstehen. Sie, Marie, würde ihnen diese Lebensmittel ohne lange Warterei besorgen. Die Kleinen hatten Marie vertrauensvoll ihr Geld gegeben, worauf die auf Nimmerwiedersehen verschwand. Dies machte sie sehr geschickt, indem sie die Kinder zu einem Haus mit einem Lebensmittelgeschäft führte. Sie ließ sie davor warten und verschwand durch das in diesem Haus befindliche Durchhaus. Diese Marie stammte übrigens auch aus Ottakring so wie Marie Oberholzer. Nechyba grantelte ziemlich laut vor sich hin:

»Der Krieg verdirbt unsere Jugend von A bis Z. Es ist ein Wahnsinn und darüber hinaus eine wahre Schande. Die Jugend, die jetzt heranwächst, ist eine Jugend ohne Gott.«

Diesen Unmutsausbruch hörte im Vorübergehen der alte Wanderhändler Leib Abramovic. Er schüttelte den Kopf, blieb stehen und rief Nechyba nach:

---

* Heute: Hollandstraße

»Na, ist es denn ein Wunder? A Menschheit, die was Kanonen segnet, wird Granaten ernten.«

»Nehmen S' das Schwammerlomelette*«, empfahl der Ober im ›Weißen Tiger‹. »Das is ganz frisch, die Eier hat unser Kochlehrling heute beim Hauptmagazin in der Neubaugasse g'holt. Da waren die Bezugsbücher mit den schwarzen Nummern von 6.500 bis 10.000 dran. Und die Schwammerln hat der Vater von unserem Chef im Herbst im Wald selbst gebrockt und getrocknet. Ich sag nur: eine Delikatesse in Zeiten wie diesen.«

»Also gut, bringen S' mir das Schwammerlomelette. I hab an Hunger wie ein Bär.«

»Wollen der Herr vielleicht Petersilerdäpfeln dazu?«

»Was? Erdäpfeln gibt's auch? A doppelte Portion, bittschön. Und a großes Bier.«

»Große Portion Petersilerdäpfeln, großes Bier, Schwammerlomelette. Bitte sehr, bitte gleich, der Herr.«

Nechyba gratulierte sich dazu, dass er heute hierher essen gegangen war. Eine doppelte Portion Erdäpfel! So etwas hatte er schon lang nicht mehr bekommen. Zufrieden trank er von seinem Bier, auch wenn das nicht mehr so voll und süffig schmeckte wie seinerzeit, als noch Frieden war. Das Schwammerlomelette war tatsächlich eine Empfehlung wert. Eingeschlagen zwischen den beiden flaumigen Omelettehälften war eine Füllung aus Pilzen, Zwiebel und Petersilie, gewürzt mit viel schwarzem Pfeffer und einer Prise Muskatnuss. Und dazu ein Berg Erdäpfel! Nechyba verschlang die köstlichen Kalorien so gierig wie ein Alkoholiker, der nach Tagen Zwangsabstinenz

---

* Pilzomelette

endlich wieder ein Glas Rum bekommt. Erstmals seit längerer Zeit wieder voll gesättigt fragte er den Kellner nach einem Schnaps.

»Ein Schnapserl wollen S'? Na, da hätt ma einen Weinbrand, einen Barack und was ganz besonders Feines: einen selbst angesetzten Kräuterlikör. Den macht die Chefin persönlich.«

Nechyba folgte dieser Empfehlung und bereute es nicht. Der dunkelbraune Kräuterschnaps enthielt geschmacklich sowohl Nuss- als auch Kräuteraromen. Kalmus schmeckte Nechyba unter anderem heraus. Wunderbar!

Wunderbar waren dann auch die nur so aus ihm herausperlenden Verdauungsrülpser, die er auf dem kurzen Weg in die Zirkusgasse von sich gab. Er spazierte in das Zinshaus, das dem ›Guadn‹ gehörte, und klopfte mit der Faust lautstark an die Tür der Hausmeisterwohnung. Zu seiner Überraschung öffnete ihm nicht das Friederl oder die alte Agnesz, sondern eine der Huren. Und zwar Pauline Skocek, genannt Putzi.

»Herr Inspector?«

»Oberinspector, aber das is eh wurscht. Wo ist denn der Karminsky? Ich muss mit ihm reden.«

»Net da.«

»Was heißt net da? Komm, lass mich eine, das werden wir jetzt nicht hier zwischen Tür und Angel besprechen.«

Nechyba ging an Putzi vorbei in die geräumige Wohnküche, wo die Hella und die Franzi, die beiden anderen Baner des ›Guadn‹, knotzten*. Nachlässig gekleidet

---

* Lümmelnd herumsitzen

in Negligés beziehungsweise seidene Morgenmäntel, die mehr Fleisch zeigten als verhüllten. Franzi schaute ihn gelangweilt an und fragte:

»Kiberer, was willst?«

Statt eine Antwort zu geben, riss der Oberinspector den Stuhl um, auf dem Franzi schaukelte. Sie fiel mit dem Stuhl zu Boden und schrie:

»Hau di über die Häuser, du Grobian!«

Nechyba holte mit der Hand aus und drohte ihr mit einer Watschen*. Putzi fiel ihm in den Arm, schmiegte sich an ihn und schnurrte:

»Ist schon gut, Herr Oberinspector. Sie hat's ja net so g'meint.«

Franzi war aufgestanden, hob ihren Morgenrock ungeniert in die Höhe und massierte sich unter Tränen einen riesigen roten Fleck auf der Hüfte. Nechyba erschrak, wie dünn das Mädel war. Die Knochen standen ihr überall heraus, darüber spannte sich fahle Haut. Seine unbeherrschte Reaktion tat ihm leid. Er machte sich von Putzi los, die wie eine Klette an ihm hing, und wollte der Franzi begütigend die Hand auf die Schulter legen. Doch die zuckte zurück und sah ihn erschrocken an. Er zog augenblicklich seine Hand weg, nahm einen Stuhl, setzte sich nieder und seufzte:

»Franzi, es tuat ma leid.«

»Ja, von mir aus. Sie sind net der erste Mann in meinem Leben, der mir wehgetan hat. Und sicher a net der letzte.«

Hella umarmte Franzi, die sich schluchzend an sie schmiegte. Putzi holte einen weiteren Sessel zum Tisch, setzte sich neben den Oberinspector und fragte in sachlichem Ton:

---

* Ohrfeige

»Also, warum sind Sie hier?«

»Ich such den ›Guadn‹.«

»Der is weg.«

»Seit wann?«

»Weiß i net ... seit einer Woche ...«

»Und wohin is er?«

»Weiß i net ...«

»Aber der kann sich doch net einfach so päulisieren*.
Der hat ja a Menge Geschäfte laufen.«

»Die Geschäfte führen seine Buckeln** für ihn. Auf uns
passt der Friseur Schurl auf.«

»Na, und die Agnesz und das Friederl?«

»Die beiden hat er mitg'nommen.«

»Habt's was vom Schnellen Karl, vom Karol Szimansky, g'hört?«

»Nein. Der is a weg ...«

Nechyba brütete vor sich hin. Und dann fiel ihm ein,
was der ›Guade‹ unlängst im Kaffeehaus gesagt hatte:
‚Nechyba, ich hab das erste Mal in meinem Leben Angst.‘
Als der Oberinspector aufstand, um zu gehen, kam der
Friseur Schurl; wie immer schön frisiert und mit sorgsam
gestutztem Bart.

»Wo is der ›Guade‹?«

Der Friseur Schurl zuckte mit den Achseln:

»Na, weg is er. Wohin, weiß i net.«

»Seit wann?«

»Seit dem Abend, an dem der Karl net z'ruckkommen is.«

»Wieso is der Schnelle Karl net z'ruckkommen?«

---

* Verduften
** Handlanger

»Na, der Szigmund hat ihn beauftragt, der ›Quelle‹ nachzunasern*. Seit damals is er verschwunden.«

»Und das Verschwinden des Schnellen Karl hat den ›Guadn‹ beunruhigt?«

»I glaub schon. Weil seit damals is er a verschwunden.«

---

* Nachzuspionieren

II/21

Es WAR EIN düsterer Novembermorgen. Der Wecker hatte endlos geläutet, bis Aurelia endlich aufgestanden war und den Krawallmacher abstellte. Obwohl sie tief und fest geschlafen hatte, kam sie sich wie gerädert vor. Neidvoll blickte sie zurück ins Ehebett, wo der Nechyba tief schlief und laut schnarchte. Der hatte es gut. Der musste nicht um sechs Uhr morgens den Dienst antreten. Früher war er immer um acht im Bureau gewesen, nun, als Oberinspector, nahm er sich die Freiheit, erst um halb neun an seinem Arbeitsplatz zu erscheinen. Na ja, schließlich war er Staatsbeamter und sie nur ein Dienstbote. Da musste es ja Unterschiede geben, dachte sie sich, als sie mit dem Krug auf den Gang schlurfte und bei der Bassena Wasser für den Kaffee sowie für die Morgentoilette holte. Als sie um Viertel vor sechs das Haus verließ, schauderte es sie. Kalter Nieselregen fiel, Nebelschwaden gaben der Stadt ein fremdartiges Aussehen. Aurelia eilte vor auf die Linke Wienzeile und diese entlang bis zu dem prächtigen Gründerzeithaus, in dem die Familie des Hofrats Schmerda wohnte. Zwei Minuten vor sechs sperrte sie die Tür der hofrätlichen Wohnung auf und eilte durch das lange Vorzimmer in die Küche. Was sie hier sah, verursachte eine steile Zornesfalte zwischen ihren Brauen: Gerti, das Dienstmädel, war noch nicht aufgestanden. Der Herd war noch kalt, niemand hatte Feuer gemacht. Aurelia riss die Tür zum Dienstmädchenkammerl auf und sah Gerti zusammengerollt wie ein kleines Tier in ihrem

Bett liegen. Regelmäßige Schnarchgeräusche erklangen. Aurelias Zorn verebbte. Mein Gott, dachte sie sich, dem Mädel geht es wie mir. Es kommt heute einfach nicht aus dem Bett heraus. Sie räusperte sich laut, und Gerti schreckte aus ihrem Schlaf auf.

»Na? Ausgeschlafen?«

Damit drehte sich die Köchin um, ging zum Herd und entfachte dort das fast ausgegangene Feuer mit dünnen Holzspänen und reichlich Luftzufuhr zu neuem Leben.

»Frau Aurelia, ich komm schon. Lassen S' das Feuer, ich mach das schon!«

»Zieh dir zuerst Strümpfe und Hauspatschen an. Damit du dich nicht verkühlst. Dann kannst du das Wasser für den Morgenkaffee aufstellen. Und das Brot, die Reste, die wir noch haben, hauchdünn aufschneiden. Da streichst du dann dick Butter drauf. Butter haben wir ja im Moment genug.«

Aurelia legte inzwischen Holzscheite in das munter knisternde Feuer nach. Dann verrührte sie mehrere Eier sowie Salz und ein wenig Milch in einem Gefäß. Diese Masse ließ sie etwas ruhen. In zehn Minuten würde sie daraus eine Eierspeis für den Hofrat und seine Frau zubereiten.

Nachdem die Herrschaften gefrühstückt hatten, räumte Aurelia den Tisch ab und trug das Geschirr in die Küche. Gerti hatte inzwischen heißes Wasser in einen Bottich geleert und wusch dort das schmutzige Geschirr ab. Aurelia dachte angestrengt nach, was sie heute zu Mittag wohl ihrem Dienstgeber auf den Tisch stellen würde. Gestern hatte sie vom Fleischhauer Moosbichler außer 20 Eiern auch noch fünf Burenwürste bekommen. Dazu würde gut ein Kohlgemüse passen. Erdäpfeln als Beilage hatte Aurelia noch in der Vorratskammer. Kurz entschlossen zog sie sich ihre Arbeitsschürze aus, schlüpfte in den Wintermantel und sagte zu Gerti:

»Ich geh jetzt auf den Naschmarkt. Schäl inzwischen die Erdäpfel, schneid sie in Vierteln und lass sie in Salzwasser zart kochen. Aber nicht zu lange, hast g'hört?«

»Ja, Frau Aurelia!«

»Und dann wischt du wieder einmal den Boden in der ganzen Wohnung auf. Bis du damit fertig bist, bin ich eh schon wieder zurück. Pfiad di!«

Ein feuchter Wind, der ein paar Regentropfen vor sich hertrieb, sowie ein bleigrauer Himmel empfingen die Köchin, als sie aus dem Haus trat. Fröstelnd zog sie die Schultern hoch und lief knapp vor einer wild bimmelnden Tramway über die Linke Wienzeile. Eiligen Schrittes ging sie durch die Reihen von neu errichteten Ständen, die jetzt Ende des Jahres von Fratschlerinnen* beziehungsweise Händlern bezogen werden würden. Hier fiel es ihr erstmals auf: Menschen standen in Gruppen beisammen und diskutierten. Was war da los? Hatten die österreichisch-ungarischen Truppen einen entscheidenden Durchbruch an einer der zahlreichen Fronten geschafft? Oder waren sie auf heilloser Flucht vor dem Feind? Wie dem auch sei, es war ihr mittlerweile ziemlich egal. Sie musste ihre Arbeit machen, ganz gleich, was sich draußen in der Welt abspielte. Vor einem Gemüsestand, der als besonders teuer verschrien war, stand heute nicht die übliche Schlange von

---

* Marktweiber

Menschen. Es waren gerade zwei Kundinnen vor ihr. Die erste hörte sie zur Fratschlerin sagen:

»Na ja, alt war er halt schon …«

»Was heißt alt? Uralt war seine Majestät. Ein gesegnetes Alter hat er erreicht. Mit Gottes Gnade! Wenn der Herrgott net wü, hilft alles nix!«

»Ja, da hilft alles nix …«

»86 Jahre … ein gesegnetes Alter.«

Nun war Aurelias Neugierde geweckt:

»Von wem reden Sie da?«

Die beiden Frauen vor ihr drehten sich um und schauten sie ungläubig an. Die Fratschlerin ereiferte sich:

»Also, dass es Menschen gibt, die es no net wissen, das is ja unglaublich. Meine Dame, Sie hören jetzt von mir die Neuigkeit des Tages. Was sag ich? Die Neuigkeit der Saison! Des Jahres! Seine Majestät, unser über alles geliebter Kaiser, is gestern Abend g'storben. Der Herr habe ihn selig.«

Alle Frauen bekreuzigten sich, und so war auch Aurelia gezwungen, ein Kreuzzeichen zu machen. Sie war total verwirrt. Der Kaiser war tot? Ja, gab's das denn überhaupt? Seit ihrer Geburt hatte er das Land regiert. Eigentlich hatte sie ihn für unsterblich gehalten.

»Und is das auch wirklich wahr?«

»Wenn ich, die Josefine Newrkla, genannt die Naschmarkt-Pepi, Ihnen so eine hochpolitische Mitteilung mache, dann dürfen S' mir das schon glauben.«

»Mit dem Tod scherzt man nicht!«, wurde Aurelia von der vor ihr stehenden Dame belehrt. Eine dünne Gräte mit spitzer Nase und ebensolchem Zeigefinger, den sie mahnend in die Höhe reckte. Aurelia war fassungslos.

Regungslos wartete sie, bis die beiden Damen vor ihr ihre Einkäufe erledigt hatten.

»Und was darf's denn für Sie sein? Oder sind S' nur hergekommen, um die letzten Neuigkeiten zu erfahren?«

»Einen Kohl ... einen großen Kohl bräuchte ich.«

»Na, da haben S' aber Glück, meine Dame. Gestern war der Kohl aus. Heute ist wieder eine frische Lieferung gekommen. Schaun S', da hamma ein schönes Happel ... Darf's sonst noch was sein?«

Aurelia schüttelte den Kopf, zahlte widerspruchslos den recht geschmalzenen* Preis von 20 Hellern und ging dann wie in Trance weiter zur Greißlerin Landerl, deren Laden sich in der unteren Gumpendorfer Straße befand. Auch bei der Landerl hatte sich eine große Tratschrunde gebildet; Hausfrauen, Köchinnen und Dienstmädel aus der nächsten Umgebung. Aurelia kannte sie alle. Als sie eintrat, hielt Lotte Landerl gerade einen ihrer berüchtigten Monologe:

»... alt war unser seliger Kaiser. Viel zu alt und viel zu milde. Der Herr möge seiner Seele gnädig sein, so wie unser Kaiser viel zu gnädig mit unseren Feinden war. Weil, ich an seiner Stelle hätte gleich im Sommer 1914 die Katzelmacher** angegriffen. Gleich wie sie sich für neutral erklärt haben. Ha! So eine Frechheit! Zuerst sind s' mit uns verbündet und dann bei Kriegsbeginn plötzlich neutral. Na, denen hätt ich's gegeben. Mit einem Sturmangriff wäre ich vorgestoßen bis nach Rom und hätte den Viktor Emmanuel in den Allerwertesten getreten. Den welschen Verräter, diesen Hund. Ich hätt die Katzel-

---

* Teuer
** Italiener

macher erst gar nicht aufrüsten lassen. Ich hätt sie gleich ins Meer hineingetrieben. Jawohl, dasaufen hätt ich s' lassen. Die welschen Hund, die. Aber unser seliger Kaiser war zu gut. Viel zu gut. Hoffentlich ist es jetzt Schluss mit dem Gutsein. Jetzt haben wir einen neuen, jungen Kaiser. Der wird jetzt bald andere Saiten aufziehen, der wird uns jetzt die Wende in dem Krieg bringen. In ein paar Monaten werden wir es schon sehen. Und dann könnt ihr alle sagen: Die Landerl hat's schon vor einem halben Jahr prophezeit.«

Dankbares beifälliges Gemurmel erntete die Landerl für ihre Rede. Und da ihr im Moment nix mehr einfiel, bediente sie ihre Kunden weiter. Frau Aurelia kaufte nur ein Päckchen Kümmel und eilte dann in die Schmerda'sche Wohnung zurück. Sie sperrte die Tür auf und ging schnurstracks zum Schlafzimmer ihrer Herrschaft. Sie klopfte leise an und trat ein, als sie ein gehauchtes »Herein …« hörte. Die gnädige Frau lag, wie so oft in den letzten Monaten, mit einer schweren Migräne im Bett. Aurelia setzte sich auf einen Stuhl neben dem Bett. Sie nahm die kühle, federleichte Hand der gnädigen Frau in ihre derben Bauernhände und sagte mit zitternder Stimme:

»Unser … unser Kaiser, seine Majestät, is g'storben.«

»Aurelia, was sagen Sie da?«

»Gestern Abend kurz nach neun Uhr hat der Herrgott ihn zu sich geholt …«

Weiter konnte sie nicht sprechen, denn die Tränen schossen sturzbacharig aus ihr heraus und rannen über ihre Wangen. Aus ihrem Mund war nun ein lautes Schluchzen zu vernehmen. Dieser Gemütszustand übertrug sich augenblicklich auf die gnädige Frau. Und so saßen die beiden da und heulten wie kleine Mädchen, die soeben erfahren hatten, dass ihr über alles geliebter Herr Vater nie mehr zurück nach Hause kommen würde.

DEZEMBER

III/1

»Doktor Schober, ich begrüße Sie! Gehen S' auch schon heim?«

»Nechyba! Grüssie! Wissen S', heut war ein ruhiger Tag, da schau ich immer, dass ich ein bisserl früher gehen kann.«

»Haben S' Lust auf eine Runde Tarock im ›Café Landtmann‹? Sie haben mir ja unlängst erzählt, dass Sie Tarock spielen …«

»Na, das wär schon was … Aber haben S' nicht eh eine fixe Runde?«

»Leider nein. Ich treff dort einen alten Freund – den früheren Redakteur und jetzigen Leutnant Goldblatt. Mit Ihnen, ihm und mit dem Cafetier wär ma a fesche Tarockrunde.«

»Na, wenn das so ist, komm ich gerne mit!«

Als sie das ›Café Landtmann‹ betraten, war Nechyba kurz irritiert, denn der Platz der Sitzkassierin war leer. Fanny Kerl, die Frau des Cafetiers, die hier normalerweise thronte, war nicht da.

»Exzellenz, habe die Ehre! Der Doktor, ich mein, der Herr Leutnant, ist schon da!«

»Sagen S', Herr Fritz, was ist denn mit der Frau Fanny? Wo is die denn?«

Der Oberkellner verzog sein Gesicht:

»Ui! Das is sehr heikel. Der Chef möcht, dass darüber nicht gesprochen wird. Die gnädige Frau ist nämlich schon wieder krank …«

»Na, hoffentlich is das nichts Ernstes …«

»Aber wo! Verkühlt wird s' sein. Bei dem Sauwetter is das ja kein Wunder.«

Damit hatte der Oberkellner die beiden Herren zu Goldblatts Tisch geleitet. Hier stellte Nechyba die Herren einander vor:

»Goldblatt, das ist ein Kollege von mir, der Dr. Schober. Er leitet die politische Abteilung. Herr Doktor, das is mein alter Freund, der Redakteur und nunmehrige Leutnant Goldblatt.«

Man schüttelte einander die Hand, murmelte »Sehr erfreut« und nahm Platz.

»Ich hab den Dr. Schober mitgenommen, weil ich wieder einmal Lust auf eine Tarockpartie hab.«

»Eine vorzügliche Idee, Nechyba. Da werden wir gleich den Cafetier, den Herrn Kerl, herholen lassen.«

Nechyba bestellte einen Goldblatt, Schober eine Melange. Dann fragte Schober:

»Sie sind in Wien stationiert, Herr Leutnant?«

»Ja, Gott sei Dank! Seit letztem Monat. Davor war ich Kriegsberichterstatter an der Ostfront. Wenn ich nicht g'schaut hätt, dass ich wieder nach Wien zurückkomm, würde ich jetzt wahrscheinlich in irgendeinem Feldquartier in Rumänien sitzen …«

»Und wohin nach Wien sind S' versetzt worden?«

»In die Konsumanstalt für Gagisten der Armee im Felde.«

»Wohin?«

Goldblatt schmunzelte:

»Ja, das ist eine Institution, die weithin unbekannt ist. Wir sorgen für die Verpflegung der Offiziere. Wir haben im ganzen Reichsgebiet insgesamt 28 Niederlassungen.«

»Und wieso sind Sie als Kriegsberichterstatter dorthin versetzt worden?«

»Nun, der Oberleutnant Rosé will einen illustrierten Band über die Konsumanstalt anfertigen lassen. Dazu hat er einen jungen, sehr talentierten Zeichner, Schiele, glaub ich, heißt er, angefordert. Und weil's in so einer Publikation ja auch a bisserl einen Text geben muss, haben s' mich geholt. Schließlich bin ich im Zivilleben ein g'standener Redakteur. Im Jänner kommt der Schiele zu uns, dann gemmas an. Bis dahin helf ich in der Zentralverwaltung und im Zentrallager aus.«

Nechyba hörte den beiden still zu. Mit seinen Gedanken war er bei dem Ballawatsch* rund um den Henker von Wien. Die ganze Sache war höchst mysteriös. Für Nechyba sah es so aus, dass die ›Quelle‹ dem Oberofficier Deutsch und der Feldgendarmerie einen Mann des ›Guadn‹ als Henker von Wien untergeschoben hatte. Wie das genau geschehen konnte, war die Frage. Fraglich war auch, ob der der echte Henker von Wien und die ›Quelle‹ ein und dieselbe Person waren. Diese Person musste beste Verbindungen in die unterschiedlichsten Ministerien, zu Institutionen wie der Kriegsgetreideanstalt und zum Militär haben. Anders war in Zeiten des Mangels und der Knappheit an allen lebensnotwendigen Gütern der Warenfluss, der von der ›Quelle‹ ausging, nicht zu erklären. Was Nechyba besonders ärgerte, war die Tatsache, dass die beiden Personen aus dem Umfeld der ›Quelle‹, die Bronstein mittlerweile verhaften konnte, eisern schwiegen. Ja, neben Marie Oberholzer hatte der junge Polizeiagent auch den Fiakerkutscher aufgespürt, der das Mädel kutschiert hatte.

---

* Kuddelmuddel

Und als Polizeiagenten dessen Fuhrwerkerhaus durchsuchten, fanden sie nicht nur jede Menge erstklassiges Futter für die beiden Würschtln*, sondern auch ein großes Lager an gehamsterten Lebensmitteln sowie Tabak. Doch August Benischek, so hieß der Fiaker, schwieg eisern. Er verlor kein Wort darüber, woher er all die Waren hatte. Gedankenverloren spielte Nechybas rechte Hand mit der platt gedrückten goldenen Taschenuhr, die er in der Gerichtsmedizin der zergatschten Leiche abgenommen hatte. Eine Marotte, die ihm beim Nachdenken mittlerweile zur Gewohnheit geworden war.

»Herr Oberinspector, was haben S' denn da? Ist das a kaputte Taschenuhr?«

»So ist es, Herr Doktor.«

»Und was machen Sie damit?«, wollte Goldblatt wissen.

»Im Moment gar nix. Aber vielleicht ist dieser hiniche Prader der Schlüssel zur Lösung der Mordfälle rund um den Henker von Wien.«

Der Marqueur** kam und gab den drei Herren Bescheid, dass es noch ein Viertelstünderl dauern würde, bis der Cafetier erscheinen würde.

»Er hat mir aber g'sagt, dass er sich sehr freut, dass endlich wieder einmal a g'scheite Tarockrunde zustande gekommen ist.«

Worauf Schober schmunzelnd replizierte:

»Na, ob das was G'scheites wird, wird sich noch weisen …«

---

* Pferde
** Oberkellner

III/2

Es war die Hölle. Ihren Aufenthalt im Polizeigefangenenhaus hatte Marie schon als unerträglich empfunden. Die Enge der Zelle, die widerliche Nähe der Mitgefangenen, der oft bestialische Gestank und das grauenhafte Essen hatten ihr damals schon sehr zugesetzt. Vor allem das Essen! Es gab nur Eintopf, meistens aus Graupen oder Bohnen, die in ekelhaft pampigen oder auch wässrigen Saucen schwammen. Dazu gab es altes, oftmals schimmeliges Brot. Eine entsetzliche Verpflegung, die natürlich auch Auswirkungen auf den Verdauungstrakt der Gefangenen hatte. Selbst Marie, deren Mutter von klein auf darauf geachtet hatte, dass das Kind Darmwinde unterdrückte beziehungsweise ganz leise und diskret von sich gab, musste bei dieser Kost ununterbrochen furzen. Noch schlimmer hatte es die Landstreicherin in ihrer Zelle erwischt, die hatte fürchterlichen Durchfall. Über dem dreckigen Loch im Boden, das in der Zelle als Abort diente, musste sie sich in nahezu halbstündigen Abständen unter grauenhafter Geruchsentwicklung erleichtern. Luft! Frische Luft. Das war für Marie früher etwas absolut Selbstverständliches gewesen, und mit Wehmut erinnerte sie sich an den wunderbaren Herbsttag, an dem sie ihre Großmutter besucht und an dem sie Anatol kennengelernt hatte. In dem olfaktorischen Inferno, das sie in der Zelle im Polizeigefangenenhaus erlebt hatte, war ihr frische Luft wie ein luxuriöser Genuss vorgekommen. So wie ein Stück Gänseleberpastete auf getoastetem

Brioche oder eine Portion Kaviar, dargereicht auf einem zarten Hornlöffel. All das war aber noch erträglich gewesen im Vergleich zu dem, was sie nach ihrer Überstellung in das Wiener Landesgericht erlebte. Nun hauste sie in noch beengteren Verhältnissen mit fünf fremden Frauen zusammen. Da sie die Jüngste und Schwächste war, war sie in der Logik ihrer Zellengenossinnen der Putzfetzen für alle. Sie war das Allerletzte in der Häfenhierarchie[*]. Von früh bis spät wurde sie schikaniert und musste für die anderen alle möglichen Hilfsdienste leisten. Wenn dies nicht schnell und gut genug geschah, gab es Schläge. Nach einem Vormittag, an dem es dauernd Watsch'n geregnet, und einem Mittagessen, das aus einem ekelhaft säuerlich schmeckenden Graupeneintopf bestanden hatte, lag Marie auf ihrem Bett und heulte still in den schmutzigen Kopfpolster. Peinlich genau achtete sie darauf, dass keine ihrer Zellengenossinnen ihre Schwäche mitbekam. Einmal zu laut schluchzen, und es hätte sich kübelweise Häme und Spott über sie ergossen. Plötzlich wurde die Zellentür aufgesperrt, einer der Wächter rief:

»Marie Oberholzer! Raustreten!«

Wie ein Blitz fuhr dieser Befehl durch ihren Schädel. Mühsam raffte sie sich auf. Als sie aufstand, wischte sie sich ihr tränennasses Gesicht mit den Hemdsärmeln trocken. Das wurde sofort kommentiert:

»Mein Gott! Unsere Klane hat geblazt[**] …«

»Das is eh des Einzige, was kann: rearn[***]!«

»Stimmt. Sonst kann's eh nix. Sonst is sogar zum Scheiß'n zu deppert.«

---

[*] Gefängnishierarchie
[**] Weinen
[***] Weinen

»Na warte! Wenn s' z'ruckkommt, kanns s' glei des Häusl* putzen. Damit s' an Grund zum Plärren hat.«

Geduckt schlich Marie aus der Zelle und wurde in ein kleines, muffiges Zimmer gebracht, das von außen sorgsam versperrt wurde. Nach einigen Minuten des Wartens wurde wieder aufgesperrt und Marie traute ihren Augen nicht. Das konnte doch nicht sein! Herr Hans, der Marqueur des ›Café Ritter‹, stand vor ihr. Er machte ein ernstes, würdevolles Gesicht, deutete eine Verbeugung an und sagte:

»Fräulein Marie, wie geht es Ihnen?«

Gegen ihren Willen öffneten sich quasi automatisch die Schleusen ihrer Tränendrüsen und sie begann hemmungslos zu weinen. Väterlich umarmte sie der Oberkellner, wobei sie merkte, dass er ihr etwas in die Außentasche ihres Kleides steckte. Gleichzeitig vernahm sie, wie die Tür aufgerissen wurde. Sie hörte einen Wärter brüllen:

»Auseinander! Es zwa**!«

Sofort beendeten sie ihre kurze Umarmung, und Marie ließ sich auf einem Sessel nieder.

»Einmal noch und es ist Schluss mit der Besuchszeit! Ist das klar?«

»Selbstverständlich«, murmelte Herr Hans und nahm gegenüber von Marie Platz. Der Wärter nickte und stolzierte aus dem Zimmer hinaus, ließ aber die Tür sperrangelweit offen. Herr Hans räusperte sich und sagte in gedämpftem Tonfall:

»Er lasst Sie schön grüßen ...«

---

* WC
** Ihr zwei!

Marie wusste zuerst nicht, wer, doch dann begann sie zu strahlen:

»Geht's ihm gut? Haben s' ihn nicht auch …?«

Herr Hans schüttelte den Kopf und sagte beruhigend: »Bei uns im ›Café Ritter‹ ist so weit alles in Ordnung.«

»Na, Gott sei Dank!«

»Er macht sich aber Sorgen. Große Sorgen. Drum hat er mich hergeschickt.« Als er das sagte, deutete er auf die Außentaschen seines Mantels und sah dabei Marie starr in die Augen. Zuerst wusste sie nicht, was er meinte, doch dann huschte ein Lächeln über ihr Gesicht. Vorsichtig fingerte sie in die Außentasche ihres Kleides und spürte, dass sich nun ein Stück Papier dort drinnen befand. Ein Liebesbrieferl! Sie wurde plötzlich rot im Gesicht und lächelte Herrn Hans an. Dieser nickte und stand auf:

»Fräulein Marie, ich wünsch Ihnen alles Gute. Bleiben S' tapfer.«

Marie war ebenfalls aufgestanden und sagte mit leiser, zitternder Stimme:

»Sagen S' ihm bitte, dass ich ihn mehr liebe als mein Leben.«

Herr Hans nickte würdevoll, setzte sich seinen Hut auf und schritt aus der Zelle. Als der Wärter Marie aufforderte, aus der Zelle herauszutreten, krampfte sie sich zusammen.

»Was is denn? Was hast denn?«

»Durchfall! I muss sofort aufs Häusl!«

»Jessasna! Net, dass d' mir da das Besuchszimmer anscheißt … Komm! Schnell!«

Der Beamte packte Marie am Arm, zog sie aus dem Zimmer und zerrte sie im Laufschritt zur Etagentoilette. Als Marie die Toilettentür hinter sich verriegelt hatte, fingerte sie mit zitternden Fingern Anatols Nachricht aus der Tasche ihres Kleides. Sie faltete das Papier auf und fand weißes Pulver drinnen. Auf dem Papier befand sich in Anatols Handschrift folgende Nachricht:

Geliebte Marie!
Die einzige Möglichkeit, Dir in deiner schlimmen Situation zu helfen, ist dieses Pulver. Schluck es, und alles wird gut!
In Liebe Dein
Anatol

Marie strahlte. Mit feuchten Handen las sie mehrmals die Nachricht, leerte dann das Pulver auf ihre Zunge und schluckte es. Bevor sie das Stückerl Papier hinunterspülte, küsste sie es noch innig. Bereits auf dem Weg zur Zelle war ihr ganz komisch. Zurück in der Zelle, ließ sie sich einfach auf ihr Bett fallen und ignorierte die Pöbeleien ihrer Zellengenossinnen. Dann kamen die Bauchkrämpfe, die schließlich ihren ganzen Körper erfassten. Später wurde ihr ganz heiß und übel. Sie erbrach mehrmals, Blut tropfte aus ihrem Mund. Sie dachte nur an Anatol, den sie plötzlich ganz nahe, so nahe wie schon lange nicht mehr, bei sich spürte. Seinen unvergleichlich männlichen Duft, seine Ausstrahlung, die Wärme seines muskulösen Körpers. Marie lächelte. Einige Stunden später war sie tot.

III/3

NUR EINE TOTE Marie war eine gute Marie. Dieser Zynismus ging ihm durch den Kopf, als er abends in seiner kleinen Absteige in Ottakring das Gewand wechselte. Heute zog er seinen pechschwarzen dreiteiligen Anzug an, denn Schwarz schien ihm in Anbetracht des Ablebens von Marie die geeignete Farbe zu sein. Wohlgefällig betrachtete er sich in dem mannshohen Spiegel, der neben dem dreiteiligen altdeutschen Kleiderkasten stand. Nein, der Zynismus von vorhin gefiel ihm nicht. Er war einfach nicht wahr. In Wahrheit hatte er sich in die kleine, tüchtige Marie sogar ein klein wenig verliebt. Was einem Wunder gleichkam. Er, der seit seiner Pubertät Bordelle frequentierte und einem schnellen Fahrer mit einer Randsteinschwalbe* am Graben oder in der Kärntner Straße nie abgeneigt war, hatte sich in dieses unverdorbene, aufrichtige Wesen verliebt. Ein Kind, das er zur Frau und zur Partnerin seiner kriminellen Geschäfte gemacht hatte. Schade, wirklich schade! Diese Vermischung von Geschäft und Erotik hatte ihm sehr konveniert. Eine wirklich dumme Sache, dass sie sich von dem jungen Polizeiagenten verhaften hatte lassen! Eine ganze Nacht lang hatte er hin und her überlegt, wie er Marie aus dem Polizeigefangenenhaus befreien könnte. Leider kam er zu keiner Lösung. Wo immer er seine Kontakte hätte spielen lassen, hätte eine Spur zu ihm geführt. Das konnte er nicht riskieren. Und eine Befreiung mit Gewalt

---

* Einem Quickie mit einer Prostituierten

war zu riskant. Dazu hätte er mindestens zehn bewaffnete Männer sowie drei Personenkraftwagen samt Fahrer gebraucht. All das wäre durchaus zu organisieren gewesen, allein das Risiko war zu hoch. Wenn es im Polizeigebäude und im angeschlossenen Gefangenenhaus zu einem Schusswechsel gekommen wäre, hätte es Verletzte und Tote gegeben. Wenn einer der Verletzten verhaftet worden wäre und dann geplaudert hätte, wäre die gesamte Befreiung Maries sinnlos gewesen. Wiederum hätte alles zu ihm geführt und sein seit Jahren sorgfältig aufgebautes Doppelleben wäre ans grelle Licht der Öffentlichkeit gezerrt worden. Nein, das wollte er nicht riskieren. Also hatte er seiner Marie Arsenpulver geschickt, mit dem sie ihrem deprimierenden Leben hinter Gittern ein Ende setzen konnte. Ein Liebesakt, mit dem er sie erlöst hatte. Und auch ein notwendiger Akt, damit sie nicht doch irgendwann zu plaudern anfangen konnte.

Kurz nach acht Uhr abends betrat er das hintere Extrazimmer des ›Café Ritter‹. Wie er es vor zwei Jahren mit dem Cafetier vereinbart hatte, stand dieser Raum einzig und allein ihm und seiner Entourage zur Verfügung. Heute war er, so wie er es geplant hatte, hier allein. Er betätigte den Klingelzug, nahm dann eine der für ihn aufliegenden Tageszeitungen zur Hand und begann sie zu studieren. Nach einer kleinen Weile erschien Herr Hans, der Marqueur.

»Guten Abend, Exzellenz, was darf es denn sein?«

»Ich hab einen zarten Appetit …«

»Wollen S' Eier mit Speck oder mit Schinken? Oder ein Omelette?«

»Ein Omelette wäre keine schlechte Idee … Bringen S'
mir ein Schinken-Käse-Omelett.«

»Und zum Trinken?«

»Ein Flascherl weiß. Aber von dem Guten aus Gum-
poldskirchen. Sie wissen schon, Herr Hans …«

Dieser nickte dienstbeflissen und verließ den Raum,
die Türe leise hinter sich schließend. Dass nur der Marqueur in dem zweiten Extrazimmer servierte, war übrigens auch Teil der Vereinbarung zwischen der ›Quelle‹
und dem Cafetier. Herr Hans brachte die Weinflasche,
entkorkte sie und schenkte einen Schluck ein. Er kostete,
nickte, und Herr Hans schenkte nun das Glas voll. Danach
saß er allein da, trank ziemlich schnell das erste Glas aus,
schenkte sich ein weiteres ein und vergaß völlig aufs Zei-
tungslesen. Zu viele andere Dinge gingen ihm durch den
Kopf. Dass die Polizeiagenten auch den Benischek verhaftet und die Bestände seines 2er Lagers beschlagnahmt
hatten, ärgerte ihn. Er hätte die Sachen von Benischek weg
in ein anderes Lager bringen lassen sollen. Eine Nachläs-
sigkeit von ihm. Außerdem hätte er Benischek nahelegen
sollen, ein bisschen Urlaub am Land zu machen. Zum Beispiel bei dessen Verwandten in Budweis. Er hätte ihm ein
Packerl Geldscheine in die Hand drücken und sagen sollen:

»Benischek, schleich dich nach Budweis. Da hast a
Marie*, lass es dir gut gehen und trink das eine oder andere
Krügerl Budweiser auf mich. Im Neuen Jahr sehen wir uns
dann wieder. Bis dahin: au revoir, pfiat di, baba!«

Er nahm einen großen Schluck Wein und lächelte wehmütig. Ja, der Benischek. Der hatte ihm seit Beginn des
Krieges gute Dienste geleistet. Wenn der ein paar Wochen

* Geld

214

von der Bildfläche verschwunden wäre, hätten die Polizeiagenten die Suche nach ihm aufgegeben. Zu spät, zu spät ... Jetzt war der Benischek auch ein Risiko für ihn. Wenn der zu plaudern anfangen würde, wäre es aus mit der ›Quelle‹. Deshalb hatte er ihm den besten Winkeladvokaten der Stadt als Rechtsbeistand zukommen lassen: den Doktor Grünhut aus dem 3. Bezirk. Das war seit Jahrzehnten der Anwalt des ›Guadn‹, der diesem aus allen möglichen Arten von Schlamassel immer herausgeholfen hatte. Nun musste er neuerlich grinsen und einen Schluck Wein trinken. Der ›Guade‹ hatte tatsächlich Angst bekommen und sich aus dem Staub gemacht. Darauf war er stolz. Die Tür des Extrazimmers wurde geöffnet und der Marqueur servierte das Omelette.

»Herr Hans, bringen S' mir noch ein Flascherl Gumpoldskirchner und ein zweites Glas.«

»Ganz wie Sie wünschen, Exzellenz.«

Als die zweite Flasche serviert wurde, hatte er das Omelette bereits verspeist. Nun lud er den Herrn Hans ein, mit ihm ein Glas Wein zu trinken. Nur zögernd nahm der Marqueur dieses Angebot an.

»Wissen Sie, Herr Hans, es ist schön, dass wir jetzt schon so lange gut zusammenarbeiten. Ich schätze Ihre Loyalität. Ganz besonders schätze ich Ihre Bereitschaft, mir in außergewöhnlichen Situationen zur Seite zu stehen. Dass Sie die Marie besucht haben, vergess ich Ihnen nie.«

»Das arme Kind ...«, murmelte der Oberkellner und trank sein Glas auf einen Zug aus. Dann entschuldigte er sich, dass er draußen auch noch Gäste zu bedienen hätte, und verließ den Raum. Er trank allein weiter und sinnierte vor sich hin. Als die zweite Flasche leer war, läutete er neuerlich nach dem Marqueur. Dieser erschien prompt und brachte auch sehr flott die dritte Flasche Wein, die er bestellt hatte. Dazu reichte er ihm eine Liste, auf der all die Lebensmittel und Getränke aufgelistet waren, die er dem Kaffeehaus beschaffen sollte. Er überflog sie kurz, nickte und forderte dann den Marqueur auf:

»Kommen S', ein Glaserl können S' mit mir schon noch trinken!«

Tatsächlich tranken sie dann gemeinsam die dritte Flasche aus. Der Oberkellner, der normalerweise nie Alkohol trank, sprach nun schon etwas undeutlich:

»Exsche … Ex … schllenz, es ist Zeit … nach … nach Hause zu gehen. Es is schon … schon nach zwölf …«

Seufzend stand er auf, klopfte dem Oberkellner auf die Schulter und replizierte:

»Sie haben recht. Gemma raus an die frische Luft, ich begleite Sie noch ein Stückerl am Heimweg.«

Herr Hans half ihm in den Mantel mit Innenpelz, dann gingen sie gemeinsam in das Kaffeehaus vor. Es war leer. Herr Hans schlüpfte ebenfalls in einen dicken Wintermantel, setzte seinen Hut auf, drehte alle Lichter ab und sperrte das Kaffeehaus zu. Gemeinsam spazierten die beiden die menschenleere Ottakringer Straße stadtauswärts. Auf der Höhe der Neuottakringer Kirche begann er zu philosophieren:

»Wissen Sie, Herr Hans, Sie waren immer loyal zu mir. Das weiß ich sehr zu schätzen. Denn Loyalität hängt mit Vertrauen zusammen, und Vertrauen ist ein hohes Gut. Damit Sie mir aber auch weiterhin loyal verbunden bleiben …«, er ging nun ganz dicht neben dem beschwipsten Oberkellner, »… muss ich jetzt leider eine finale Maßnahme ergreifen.«

Bei diesen Worten holte er eine Pistole aus der Manteltasche, setzte deren Mündung dem Marqueur an die Schläfe. Der riss verdattert Augen und Mund auf. Dann krachte der Schuss, und die ›Quelle‹ sagte:

»Herr Hans, Sperrstund' is ...«

Da der Schuss direkt an der Schläfe angesetzt worden war, war er nicht sehr laut. Der Oberkellner glitt zu Boden. Er kniete sich neben ihn hin und drückte ihm die Pistole in die rechte Hand. Danach spazierte er schnellen Schrittes davon und murmelte:

»Tja, Wien war immer schon eine Stadt der Selbstmörder.«

III/4

»Grüssie, Nechyba, Kompliment, Herr Polizeirat.«

»Einen wunderschönen guten Abend, Herr Leutnant.«

»Habedieehre, Goldblatt!«, murmelte Nechyba und grinste. Er beobachtete mit Genugtuung, wie Goldblatt strahlte, als er Schober neuerlich zum Tarockieren ins ›Landtmann‹ mitbrachte. Goldblatt und Schober hatten sich auf Anhieb gut verstanden, und das Tarockieren war mit beiden eine Freude. Nur der Vierte im Bunde, der Cafetier Kerl, machte ihm Sorgen. Dessen Frau Fanny war noch immer nicht von ihrer Krankheit genesen. Ein Umstand, der Wilhelm Kerl ziemlich zusetzte. Er spielte deshalb etwas unkonzentriert, was für die Mitspieler manchmal ein bisserl ärgerlich war. Andererseits verlor Wilhelm Kerl durch seine Unkonzentriertheit sehr viele Spiele, sodass sich dieser Umstand für seine Mitspieler, da ja um Geld gespielt wurde, sehr positiv auswirkte. Nach etwa zwei Stunden intensiven Tarockierens gab der Cafetier mit dem Seufzer »Meine Herren, mir reicht's. Ich muss jetzt nach Haus zu meiner Fanny« das Spiel auf. Er beglich seine recht beachtlichen Spielschulden, verabschiedete sich und verschwand. Die übrigen drei Herren blickten ihm besorgt nach und Goldblatt murmelte:

»Wenn meine Judith so krank wär, wär ich wahrscheinlich auch ganz schön parterre …«

Nechyba spielte, wie er es so oft in letzter Zeit tat, mit der zerquetschten goldenen Uhr zwischen Daumen und

Zeigefinger. Schober, der ihn dabei beobachtete, konstatierte:

»Der zu Tode Geschleifte lässt Ihnen keine Ruhe, Nechyba. Net wahr?«

Der Oberinspector nickte:

»Die gatschige Leich' von dem werd ich mein Lebtag net vergessen.«

»A gatschige Leich' hab ich an der Front draußen nie gesehen«, murmelte Goldblatt, »aber sauber verunstaltete Leichen zuhauf. Das waren wirkliche Haufen. Feindesleichen beziehungsweise zerfetzte und verstümmelte Körperteile, die man nach der Eroberung einer feindlichen Linie haufenweise übereinandertürmte. Neben diesem Menschensalat wurde eine Grube ausgehoben, in der man dann den ganzen Leichenballawatsch verschwinden ließ. Ein bisserl Kalk und ein bisserl Erde drüber und schon war aufgeräumt. Da hab ich gesehen, was so ein Menschenleben wert ist: in Wahrheit gar nix.«

Goldblatt zündete sich eine Zigarette an und blies Rauchkringel in die Luft, denen er versonnen hinterdrein schaute. Schober replizierte:

»Menschensalat! Der Leutnant Goldblatt und seine fixe Idee, dass der Krieg ein riesiger Fleischwolf sei …«, der Polizeirat schüttelte den Kopf. »Andererseits, wenn man bedenkt, wie unglaublich hoch die Anzahl an Verwundeten ist, die täglich in Wiens Lazarette transportiert wird, dann kann man der Goldblatt'schen Metapher schon einiges abgewinnen.«

Nechyba räusperte sich und hielt die zerquetschte Uhr nun den anderen beiden Herren unter die Nase:

»Um noch einmal auf den Gatschigen zurückzukommen: Meine Frau hat gestern Abend, als sie mich wieder einmal mit dem Prader da herumspielen gesehen hat, eine interessante Idee gehabt. Sie hat sich nämlich erinnert, dass der eine Fleischer in der Margarethen Straße einen ungarischen Schleichhändler als Lieferanten hatte. Ich selbst hab das schon völlig vergessen gehabt, aber da … da, schaun S' einmal her: Steht da net ‚Budapest‘ auf der Uhr?«

Er reichte sie zuerst Goldblatt, der sie genauestens inspizierte und dann zustimmend nickend an Schober weitergab. Auch der untersuchte die Uhr genau und brummte schließlich:

»Da könnte Ihre Frau schon recht haben, dass die Uhr dem ungarischen Schleichhändler gehört hat. Einem Konkurrenten des Henkers. Dafür hat er ihn dann auf diese besonders schaurige Weise umgebracht. Eine Theorie, die es meiner Meinung nach wert ist, weiterverfolgt zu werden.«

Nechyba nahm den zerquetschten Chronometer wieder an sich, steckte ihn ein und sagte:

»Na, dann werde ich morgen dieser Theorie einmal auf den Grund gehen …«

III/5

DER MORGEN WAR grau und kalt. Nechyba stellte den Kragen seines Mantels auf und zog die Krempe der Melone tiefer ins Gesicht. Der Besuch in der Greißlerei Landerl gestaltete sich nicht sehr erfreulich.

»Guten Morgen, Frau Landerl!«

»Ich weiß net, was an diesem Morgen gut sein soll …«

»Ich hätt heut so einen Gusto auf ein Buttersemmerl und auf eine Knackwurst.«

»Ja, ich auch. Hab ich aber leider net. Der Brotwagen von Ankerbrot hat mir heute überhaupt kein Gebäck und nur sechs Laib Brot geliefert. Die hab ich alle halbiert und dann binnen weniger Augenblicke an die Leut', die in der Schlange g'standen sind, verkauft. Wenn S' den Leuten in ihre ausgehungerten G'sichter schau'n …«, die Greißlerin schüttelte traurig ihr Haupt, »Menschen, die endlich wieder einmal ein Brot für ihre Brotmarken haben wollen. Wenn ich diese vor Kälte schlotternden Gestalten, die sich die halbe Nacht lang ang'stellt haben, bei mir in der Früh in der Greißlerei hab, dann bring ich's net übers Herz, was auf die Seite zu legen. Dafür müsst ich noch einige mehr von denen hungrig wegschicken. Das kann i net. Ich hab mir heut nicht einmal selbst a Brot behalten.«

Nechyba war betroffen und stammelte:

»Ja, krieg ich heut gar nix fürs Gabelfrühstück?«

»A Stückerl altes Brot von vorgestern können S' haben. Das ist eigentlich meine eigene Ration für heut. Aber ich teil sie mit Ihnen, weil S' ja seit Jahrzehnten mein Kunde sind. Also, ich kann Ihnen a Scheib'n altes Brot geben, da streich ich jetzt a bisserl a Butter drauf ... weil Sie es sind ... Und a Knackwurst hab i auch net. Nur a fettige Dauerwurst, so a Art Braunschweiger haben s' mir unlängst geliefert. Da hab ich noch ein bisserl was davon. Da schneid ich Ihnen drei Rad'ln runter ... so, jetzt klapp ma das Brot zusammen, und das war's für heute. Warten S', wo hab ich a Papier? Das brauch i jetzt ja kaum mehr, außer für Ihr Gabelfrühstück ... So, da, da is ja das Papier. Bevor ich das Brot jetzt einpack – wollen S' vielleicht noch a Gurkerl dazu?«

Nechyba strahlte: »Ja, das wär fein. Das wär a G'schicht!«

Die Greißlerin lachte kurz auf und antwortete dann ernst:

»Vergessen Sie's, das war a Scherz.«

In seinem Bureau hatte sich Nechyba zum Gabelfrühstück, so wie an jedem Arbeitstag, von Pospischil das Bier bringen lassen. Er hatte Hunger und verzehrte das alte Stück Brot mit der Dauerwurst mit unglaublichem Appetit. Auch das Bier, obwohl es längst nicht mehr die Vorkriegsqualität hatte, schmeckte ihm heute besonders. Seufzend lehnte er sich schließlich in seinen Arbeitssessel zurück, während Pospischil abräumte. *Ein Friedensvorschlag* stand dick und fett als Überschrift auf dem Titelblatt der Neuen Zeitung. Der junge Kaiser Karl schien tatsächlich entschlossen zu sein, mit dem ganzen ›Menschensalat‹, wie Goldblatt den Krieg nannte, Schluss zu machen, dachte sich Nechyba. Er schloss die Augen und überlegte, was heute zu tun war. Gegen Mittag würde er das Bureau verlassen, hinüber in den 5. Bezirk spazieren und sich den Fleischhauer, diesen Michael Wimmer, noch einmal vorknöpfen. Plötzlich klopfte es laut. Nechyba schreckte aus seinem nachdenklichen Dösen auf und brummte:

»Wer stört?«

»'tschuldigung …«

»Ist schon gut, Fraczyk. Was gibt's?«

Inspector Fraczyk, der nun Nechybas ehemalige Polizeiagentengruppe führte, betrat das Bureau und nahm, nach einem entsprechenden Wink Nechybas, auf dem Besuchersessel Platz.

»Herr Oberinspector, wir haben letzte Nacht einen entscheidenden Erfolg verbuchen können.«

»Einen Erfolg?«

»Ja, im Kampf gegen den Schleichhandel und den Schwarzmarkt.«

»Haben S' die ›Quelle‹ endlich verhaftet?«

»Das, bitte, nein. Aber einen Teil der Quellen, aus denen sich die ›Quelle‹ offenbar speist.«

»Gehen S' jetzt unter die Dichter, Fraczyk? Reden S' Klartext!«

»Na, der Bronstein ist im Zuge seiner Ermittlungen einer Bande von Dieben auf die Spur gekommen, die mit hoher Wahrscheinlichkeit auch die ›Quelle‹ mit Lebensmitteln versorgen.«

»Und wo haben s' das Zeug g'stohlen?«

»Dort, wo's am leichtesten geht: aus Güterwaggons. Wir haben die Kerle jetzt 14 Tag überwacht. Zuerst waren es nur zwei Personen, die wir beobachtet haben. Schlussendlich haben wir aber dann eine Bande von insgesamt neun Personen verhaftet – alles Eisenbahnbedienstete.«

Nechyba pfiff anerkennend durch die Zähne.

»Die Gfraster haben Frachtwaggons aufgebrochen und Käse, Selchwaren, Sardinen, Branntwein, Wein sowie Tabak und Lederwaren gestohlen. Die Sachen haben s' dann unter anderem an die ›Quelle‹ weiterverkauft. Besonders frech war der Diebstahl von Zigaretten im Wert von 8.000 Kronen und von Käse im Wert 1.500 Kronen. Insgesamt dürfte die Schadenssumme bei über 15.000 Kronen liegen.«

Nechyba schüttelte nur den Kopf und dachte bei sich: Dieser Scheißkrieg macht sogar aus ehemals anständigen Bahnbediensteten gemeine Diebe. Es war höchste Zeit, endlich den Krieg zu beenden und Frieden zu schließen. Diese Überlegungen behielt er aber für sich und fragte stattdessen:

»Und? Gibt es einen Kopf der Bande?«

»Das werden die Verhöre heute und morgen noch zeigen. Vorläufig hamma die neun Pülcher ins Landesgericht eingeliefert.«

Nechyba seufzte:

»Schaun S', ob Sie in den Vernehmungen irgendwelche Hinweise auf die Identität der ›Quelle‹ bekommen. Das hat absolute Priorität. Ansonsten gratulier ich Ihnen zu dem fetten Fang. Lassen S' den Bronstein einen Bericht schreiben. Der schreibt sehr ordentliche Berichte. Ich bin wirklich froh, dass der wieder bei uns ist.«

Fraczyk nickte und stand auf.

»Das seh ich auch so … Habe die Ehre, Herr Oberinspector!«

Nechyba sah zum Fenster hinaus und traute seinen Augen nicht. Tatsächlich hatten einige Sonnenstrahlen die dicke

Nebeldecke aufgerissen. Nun konnte den Oberinspector nichts mehr im Bureau halten. Er schlüpfte in seinen Mantel, setzte die Melone auf und stürmte hinaus ins Freie. Die frische Luft am Ring umhüllte ihn wie eine warme Decke. Es musste deutlich über zehn Grad haben! Nechyba knöpfte sich den Mantel auf und spazierte den Ring entlang. Vorbei an Rathaus, Burgtheater und Reichsratsgebäude. Zwischen den beiden großen Museen flanierte er am Denkmal der Kaiserin Maria Theresia vorüber und dann weiter zur Mariahilfer Straße. Er stieg die Rahlstiege hinab und ging am ›Café Sperl‹ vorbei zur Köstlergasse. Durch sie führte ihn sein Weg zum nun endlich fertiggestellten neuen Naschmarkt, am neuen Marktamtsgebäude mit dem Türmchen und der Uhr vorbei in die Kettenbrückengasse. Im Wiental wehte ein frühlingshaftes Lüftchen, das einen vergessen ließ, dass man bereits den 13. Dezember schrieb. Voll Vorfreude auf ein gutes Essen betrat Joseph Maria Nechyba das Gasthaus ›Zur Goldenen Glocke‹. Die erste Frustration erfuhr er, als der freundliche Kellner ihn darauf hinwies, dass heute ein fleischloser Tag und die Speisekarte dementsprechend schmal war.

»Jössas na! Heut ist ja Mittwoch[*]!«, murmelte Nechyba und dankte im Geiste seiner Greißlerin. Die pfiff auf alle Verordnungen und verkaufte ihren Kunden das, was sie für richtig hielt. Nechyba überflog das handgeschriebene Blatt Papier, das als Speisekarte diente. Zur Auswahl standen:

Brennnesselspinat mit Spiegeleiern und Salzerdäpfeln, Gemüsegulasch, Karottengulasch, gefüllter Kohlkopf, Spinatschnitzel im Rohr gebraten und mit Ei fein überbacken, Pochierter Karpfen in Wurzelwerk mit Salzerdäpfeln.

---

[*] Montag, Mittwoch und Freitag waren fleischlose Tage.

Eigentlich wollte Nechyba nichts von alldem essen, doch sein Magen knurrte zornig. Und so entschied er sich schlussendlich für den Karpfen. Als er diesen bestellen wollte, pries der Kellner ihm die Empfehlung des Küchenchefs an: gebratene Blutwurst mit Salzerdäpfeln und Sauerkraut. Nechyba glaubte einen Moment, sich verhört zu haben, doch dann grinste er. Blut- und Leberwürste waren ja ausgenommen! Sie durften, falls vorhanden, an fleischlosen Tagen verkauft werden. Freudigen Herzens bestellte er sich dieses Schmankerl und dazu ein Krügel Bier. Dieses trank er vorsichtig und mit Maß. Auch hier hatte die Verordnungswut der Ministerialbürokratie zugeschlagen: Seit Herbst dieses Jahres durfte jedem Gast in den Beisln, Wirtshäusern und Restaurants der Stadt nur mehr ein Bier verkauft werden. Wer ein weiteres trinken wollte, musste die Gaststätte wechseln. Nechyba seufzte und wünschte sich nichts sehnlicher, als dass das Friedensangebot der Mittelmächte von den Mächten der Entente angenommen würde. Vielleicht gab es zu Weihnachten schon einen Waffenstillstand? Wer wusste das schon …

Die Blutwurst war ein großes, schönes Stück mit knusprig gebratener Haut. Auch Sauerkraut und Erdäpfel gab es ausreichend dazu. So konnte Nechyba endlich wieder einmal seinen Mordshunger stillen. Zu seiner großen Freude wurde ihm vom Ober auch noch ein süßer Gaumenkitzel zum Drüberstreuen angeboten: ein herrlicher Zwetschkenröster, bei dem man die Aromen von Rum, Nelken und Zimtstangen wohltuend herausschmecken konnte. Satt und zufrieden verließ der Oberinspector die Goldene Glocke und spazierte die endlos lange Schönbrunner Straße stadtauswärts. Bei der Kreuzung mit der Reinprechtsdorfer Straße bog er in diese ab und bummelte sie entlang bis zur Nummer 43. Leider hatte der Fleischselcher Wimmer jetzt zu Mittag geschlossen. Nechyba setzte sich in ein Tschecherl, wo er einen grauenhaften Kaffee trank und die Zeitungen studierte. Auf wirklich allen Titelblättern fand er einen Aufmacher, der sich auf das Friedensangebot bezog. So schrieb zum Beispiel die Arbeiter Zeitung:

Angebot von Friedensverhandlungen.

Mit einer Feierlichkeit, die der geschichtlichen Bedeutung der Tatsache entspricht, ist heute von den Regierungen der vier Staaten des Bundes der Mittelmächte den Gegnern der Vorschlag unterbreitet worden, alsbald in Friedensverhandlungen einzutreten. Wir wissen nicht, welche Aufnahme der Vorschlag finden und ob der Aktion, die heute begonnen wurde, ein unmittelbarer Erfolg beschieden sein wird; wir hegen auch gewisse Zweifel daran, ob der Schritt in allem und jedem in der Form geschieht, die die größte Wahrscheinlichkeit für das Gelingen bietet; dennoch kann sich das Gemüt der Tatsache nicht entziehen, daß zum ersten Mal in diesem langen und entsetzlichen Kriege die Möglichkeit des Friedens am Horizont aufdämmert. Kann sich die Hoffnung hervortrauen, daß die furchtbare Zeit des Leidens, der schmerzensreichen Bitternisse nun endlich geschlossen werden soll, daß die Menschheit, die von der Erniedrigung und Freveltat dieses Krieges zermalmt wird, nun aufatmen kann, da ihr die Erlösung aus Schmach und Unrecht winkt?

227

Weiter las Nechyba nicht, da ihn ein tiefer Schlaf von all diesen Gedanken und Überlegungen erlöste.

Als er aufwachte, griff er als Erstes zur Taschenuhr. Verschlafen und auch verdattert bemerkte er, dass es bereits knapp vor fünf Uhr nachmittags war. Er blinzelte um sich und erinnerte sich dann, dass er sich ja in einem Tschecherl in der Reinprechtsdorfer Straße befand.

»Wollen der Herr vielleicht ein Schalerl Kaffee zum Munterwerden?«

Nechyba erinnerte sich an das grauenhafte G'schloder aus Kaffeeersatzstoffen, das er vor seinem Einschlafen getrunken hatte, und grantelte den alten Ober mit dem speckigen Gilet und dem ungepflegten Äußeren an:

»Wollen S', dass i wieder einschlafe auf Ihren Kaffee?«

»Na ja, so schlecht is er a wieder net. Kriegsqualität halt.«

»Hörn S' ma auf mit der Kriegsqualität! Was ich jetzt bräuchte, wär ein Stamperl Schnaps in Vorkriegsqualität.«

»Damit kann ich dienen.«

»Was? Was is das für einer?«

»Ein ang'setzter. Ein Enzian. Von der Chefin ihrer Mutter aus der Steiermark. Der is aber gallbitter. Drum hamma ja überhaupt noch einen. Den trink ma normalerweise nur für die G'sundheit.«

»Ah so? Für die G'sundheit? Na, dann bringen S' mir einen Doppelten!«

Das speckwestige Individuum servierte Nechyba den Schnaps, und der Oberinspector stürzte die Hälfte hinunter. Es schüttelte ihn fürchterlich und er brummte:

»Wunderbar!« Nun kippte er den Rest hinterher, zahlte und verließ das kleine Kaffeehaus. Eiligen Schrittes ging er zur Fleischerei Wimmer, vor deren Tür sich schon wieder eine Schlange gebildet hatte. Ungerührt ging er an den Wartenden vorbei hinein ins Geschäft. Als Michael Wimmer ihn sah, wurde er blass. Nechyba schmetterte ihm ein joviales »Grüssie!« entgegen und bat den Fleischhauer um ein kurzes Gespräch unter vier Augen. Der nickte, bediente einen Kunden fertig und bat dann Nechyba, ihm ins Hinterzimmer der Fleischerei zu folgen.

»Und? Setzen Sie mir heut wieder das Messer an?«

»Aber geh! Vergessen S' das bitte. Es tut mir auch ausgesprochen leid, dass ich mich letztes Mal so hinreißen hab lassen.«

»Ist in Ordnung. Wie kann ich helfen?«

»Sie haben mir letztes Mal doch erzählt, dass Sie einen ungarischen Lieferanten namens Lajos Bácsi haben …«

»*Gehabt* habe!«

»Haben S' ihn nimmer?«

»Nein. Jahrelang hamma zusammengearbeitet, schon vorm Krieg. Damals hat mir der Lajos Bácsi die besonders fetten und g'schmackigen Schweindln aus dem Bakonyi Wald, die Mangalizas, geliefert. Im Krieg war's dann normale Ware. Was er halt in Ungarn so bekommen hat.«

»Und jetzt werden S' von der ›Quelle‹ beliefert, net wahr?«

Michael Wimmer schaute verlegen auf den gekachelten Fußboden.

»Herr Wimmer! Dass Sie am Schwarzmarkt einkaufen, is mir wurscht! Mir geht's um die ›Quelle‹.«

»Wieso?«

»Na, weil der etliche Leut' umgebracht hat. Jeder, der seinen Schwarzmarktgeschäften im Wege steht, wird liquidiert.«

Der Fleischhauer schluckte heftig und starrte weiter auf den Boden. Nechyba zog die zerquetschte goldene Uhr hervor und hielt sie ihm hin:

»Kennen S' die?«

Vorsichtig nahm Wimmer den kaputten Prader und schaute ihn lange nachdenklich an.

»Ja, die kenn ich. Das ist die Uhr vom Lajos Bácsi.«

»Sind Sie sich sicher?«

»Absolut sicher. Die stammt von einem Juwelier in der Váci Utca. Da … da, schaun S' her! Da kann man noch ›Budapest‹ entziffern.«

III/6

»Fiaker!«

Nach seinem Brüller steckte Nechyba zwei Finger in den Mund und stieß einen gellenden Pfiff aus. Das Fiakerpferd, es handelte sich bei diesem Fiaker um einen Einspänner, wieherte laut und schlug aus. Der Kutscher zog die Zügeln an, schrie »Brrrrr!«, und der Wagen hielt an.

»Sind S' narrisch? Sie hätten um ein Haar mein Pferd scheu g'macht.«

»Tut mir leid. Aber i brauch dringend einen Fiaker.«

»Na, dann steigen S' ein.«

Nechyba kletterte in den offenen Verschlag und kommandierte:

»Zuerst fahr ma die Reinprechtsdorfer Straße rauf und halten vor der Nummer 36. Dort wart ma auf ein Fuhrwerk, das bei der Nummer 40 abladen wird. Wenn das weiterfahrt, folgen wir dem.«

»Bis wohin?«

»Waß i net.«

»Ah so? Na, mir soll's recht sein.«

Wie Wimmer ihm gesagt hatte, hielt kurz nach sechs Uhr tatsächlich ein Fuhrwerk vor der Fleischerei. Ein Kerl kletterte herunter und ging in den Laden. Kurze Zeit später öffnete dieser Kerl das breite Einfahrtstor neben der Fleischerei, und das Fuhrwerk fuhr in den Hof. Nechyba grinste. Natürlich riskierte Wimmer es nicht, Fleisch, das er schwarz verkaufen wollte, vor Hunderten hungriger Augen auf der offenen Straße abladen zu lassen. Die Leute in der Schlange hätten wahrscheinlich durchgedreht und sein Geschäft gestürmt. Deshalb ließ er die fünf Schweinehälften, die ihm die ›Quelle‹ lieferte, ganz diskret über den Innenhof und den Hintereingang in sein Geschäft bringen. Es war mittlerweile vollkommen dunkel und auch wieder kühl geworden. Nechyba bat den Kutscher, das Faltdach des Fiakers zu schließen. Dabei begann dieser zu plaudern.

»Sie sind ein Polizeiagent, net wahr?«

»Ist das so offensichtlich?«

»Na ja … schwarzer Anzug, schwarzer Mantel, Melone … so stellt man sich halt einen Polizeiagenten vor. Außerdem scheinen Sie ja das Fleischhauerg'schäft und das Fuhrwerk, das gerade reing'fahren ist, unter Beobachtung zu haben.«

»Das ist richtig. Diesem Fuhrwerk werden wir übrigens, wenn es aus dem Hof wieder rauskommt, folgen.«

»Also, i bin ja jetzt schon beiläufig 30 Jahr Fiaker, aber im Auftrag eines Polizeiagenten hab i noch nie jemanden verfolgt. Das is aufregend.«

»Na, wenn Sie meinen …«

Damit hatte Nechyba den redefreudigen Fiaker zum Verstummen gebracht. Der kletterte zurück auf seinen Kutschbock, und der Oberinspector beobachtete durch das Fenster des Fiakercoupés die Wimmer'sche Fleischerei. Michael Wimmer war erschüttert gewesen, als Nechyba ihm geschildert hatte, wie und wo er die zerquetschte Uhr gefunden hatte. Dann hatte Wimmer ihn informiert, dass er kurz nach sechs Uhr abends eine Lieferung der ›Quelle‹ erwartete. Darauf hatte Nechyba sich auf die Suche nach einem freien Fiaker begeben, was hier heraußen in der Vorstadt gar kein so leichtes Unterfangen gewesen war.

Nach geschätzten zehn Minuten kam das Fuhrwerk aus dem Wimmer'schen Hof wieder heraus und fuhr die Reinprechtsdorfer Straße stadtauswärts. In einigem Abstand folgte der Fiaker, und Nechyba registrierte die feuchte Spur, die das Fuhrwerk vor ihnen auf der Straße hinterließ. Das sind die schmelzenden Eisblöcke, auf denen das Fleisch gelagert war, dachte sich der Oberinspector und fragte sich, wohin die Fahrt wohl gehen würde. Am Ende der Reinprechtsdorfer Straße bog das Fuhrwerk nach links auf den Gürtel ein, den es nun entlangfuhr. Nachdem sie am Südbahnhof und am Belvedere vorbeigefahren waren, dämmerte es Nechyba, wohin die Fahrt ging. »Das schaut mir ganz so aus, wie wenn ma nach St. Marx fahren täten«, murmelte er in seinen aufgezwirbelten Schnurrbart. Tatsächlich fuhr das Fuhrwerk eine Viertelstunde später durch das mächtige Tor des städtischen Schlachthofs. Rechtzeitig vor dem Tor ließ Nechyba den Fiaker anhalten. Er zahlte ihm die Fahrt und ging dann dem Fuhrwerk nach. Es hielt kurz vor dem Firmengebäude von Mereditsch & Löw, ein Tor wurde geöffnet und das Gefährt verschwand im Inneren. Nechyba sah neben dem Tor den beleuchteten Haupteingang, doch der interessierte ihn nicht. Er ging um das Gebäude herum und fand tatsächlich einen Hintereingang, der nicht verschlossen war. Durch enge Gänge, in denen es nach Blut und Fleisch roch, gelangte er zu einer großen Halle, in der drei Fuhrwerke und ein Fiaker standen. Zwei der Fuhrwerke fuhren im nächsten Augenblick wieder hinaus. Nechyba hörte, wie eine Stimme, die ihm bekannt vorkam, ihnen nachrief:

»Bis morgen, meine Herren! Die Lade- und Auslieferungspläne bekommen Sie wie immer in der Früh im Bureau.«

Nechyba sah, wie die halb geschmolzenen Eisblöcke unter den mehrere Zentimeter dicken Decken hervorgeholt und zurück in die Eiskammer getragen wurden. Die Decken selbst wurden zum Trocknen an großflächigen Gestellen aufgehängt. Inzwischen waren die Pferde des Gespanns von einem jungen Burschen mit einem Kübel getränkt worden. Dann gab er den beiden Rössern aus einem Sack jeweils eine Handvoll Hafer. Die verfüttern hier Hafer an die Würschteln, dachte sich Nechyba. Draußen essen die Menschen Brot, dem Kastanien und weiß der Teufel sonst noch was beigemengt war, und hier drinnen bei den Schwarzhändlern wird kostbarer Hafer verfüttert. Wut kam in ihm hoch, doch er beherrschte sich. Flotten Schrittes trat er den Rückzug an, verließ das Gebäude von Mereditsch & Löw sowie das Gelände des Schlachthofes. Zügig marschierte er zur Schlachthausgasse vor. An der Kreuzung Baumgasse-Schlachthausgasse befand sich ein Eckbeisl, das er von früher kannte[*]. Er bestellte sich ein Krügel Bier und bat dann den Wirt, ob er telefonieren dürfe.

»Kennen ma uns von früher?«, fragte dieser misstrauisch, doch Nechyba verneinte.

»Wenn ma uns net kennen, warum soll ich Sie dann telefonieren lassen?«

»Deswegen!«, knurrte der Oberinspector und hielt dem Wirt seine Polizeiagentenkokarde unter die Nase. Der zuckte mit der Achsel und führte ihn hinter die Theke in ein Eck, wo der Telefonapparat stand.

---

* Siehe: Todeswalzer

»Aber fassen Sie sich kurz! Das Telefonieren is teuer.«
Nechyba ignorierte den Wirt und wählte die Nummer
des Polizeigebäudes. Nachdem es ziemlich lang geläutet
hatte, meldete sich die Torwache.

»Oberinspector Nechyba hier. Wer ist der Wachkommandant?«

»Einen Augenblick …«

»Löschnak hier«, meldete sich schließlich der Kom-
mandant, der deutlich den Mund voll hatte.

»Ich stör Sie nur ungern beim Essen, Löschnak. Aber
es ist dringend. Wer hat heut im Polizeiagenteninstitut
Nachtdienst?«

»Ui! Die sind alle grad wegg'fahren.«

»Wieso?«

»In Felixdorf ist die Munitionsfabrik explodiert. Man
munkelt von einem Anschlag, von Sabotage.«

»Um Gottes willen! Trotzdem brauch ich einen Mannschaftswagen mit zwölf Mann. Und zwar im Schlachthof
St. Marx, beim Gebäude von Mereditsch & Löw.«

»Augenblick … ich notiere … Schlachthof St. Marx …
Mereditsch & Löw …«

»Haben S' alles?«

»Jawohl, Herr Oberinspector! Mereditsch & Löw …«
Nechyba legte auf und ärgerte sich über den essenden
Wachekommandanten. Er ging an die Theke zurück und
trank in zwei Zügen sein Bier aus. Merkwürdigerweise
knurrte sein Magen nicht. Der schmatzende Kerl hatte kei-
nerlei Hungerreaktion bei ihm ausgelöst. Wahrscheinlich,
weil er zu nervös war. Er spürte, dass er der ›Quelle‹ endlich auf die Schliche gekommen war. Jetzt musste er diesen
Verbrecher nur mehr verhaften. Nechyba zahlte für das

Bier und das Telefonat und ging gemächlichen Schrittes zurück zum Schlachthof. Vor dem gewaltigen Tor wartete er dann fast eine halbe Stunde. Er wurde immer nervöser und grantiger. Er mahnte sich zur Geduld und murmelte:

»Die werden noch eine Zeit lang brauchen, bis sie da sind.«

Nach weiteren fünf Minuten riss ihm der Geduldsfaden.

»Mir reicht's! Ich steh da nicht mehr länger herum. Ich hab ihnen eh g'sagt, wo sie hin müssen. Die werden schon nachkommen …«

Mit diesen Worten auf den Lippen stapfte er los – hinein ins nächtliche Areal des städtischen Schlachthofs.

III/7

Wo ist er, der Nechyba?

Dachte sich Aurelia, als sie an diesem Mittwochabend die Wohnungstür aufsperrte und die große Wohnküche dahinter dunkel und leer vorfand. Normalerweise war er doch immer vor ihr zu Hause. Oft hatte er sogar schon etwas gekocht, wenn sie heimgekommen war. Nein, so was! Der Nechyba war noch nicht da! Seufzend schlüpfte sie in ihre Hausschlapfen, fachte die Glut im Herd neu an und stellte Wasser auf. Aus alten Brotresten, die sie im Schmerda'schen Haushalt gesammelt hatte, begann sie nun, eine Brotsuppe zu kochen. Da es zurzeit kaum Speisefett zu kaufen gab – Butter, Schmalz und Speiseöl waren absolute Mangelware –, beschloss Aurelia, die Suppe ohne Fett und angeröstete Zwiebeln zu machen. Während sie die Brotstücke klein schnitt und nach und nach in den Suppentopf warf, dachte sie nach, ob der Nechyba ihr irgendetwas gesagt hatte. Hatte er Nachtschicht? Nein! Wollte er mit Goldblatt tarockieren? Auch nicht? Also was war dann los? Sie bröselte getrocknetes Liebstöckel und getrockneten Majoran in die Suppe und gab geschnittene Zwiebel, Karotten und gelbe Rüben dazu. Sellerie und Petersilwurzeln hatte sie leider auf dem Markt heute keine bekommen. Wo, zum Kuckuck, steckte der Nechyba? Jetzt war schon gut eine halbe Stunde vergangen, und er war noch immer nicht da. Um diese Zeit, um halb neun Uhr abends, nahmen sie normalerweise ihr Abendessen zu sich. Dass der Nechyba zum Abendessen nicht daheim war, das bereitete ihr Sorge. Es wird ihm doch um Gottes willen nichts passiert sein!

Eine Viertelstunde später, die Brotsuppe war mittlerweile fertig, hielt Aurelia das Warten nicht mehr aus. Sie hatte wahnsinnige Angst um ihren Gatten, der, seit er zum Oberinspector befördert worden war, immer pünktlich nach Hause kam. Das, so pflegte er zu sagen, war ein Privileg, das er sich als leitender Beamter leisten konnte. Es war zehn Minuten vor neun Uhr, als Aurelia in ihren Mantel und die Straßenschuhe schlüpfte und völlig aufgelöst zum ›Café Sperl‹ eilte. Adolf Kratochwilla, der Cafetier, erkannte sie und sagte höflich:

»Gnädige Frau, Ihr Herr Gemahl ist nicht bei uns. Falls Sie ihn suchen sollten …«

»Freilich such ich ihn. Und ich mach mir Riesensorgen. Weil er net heimgekommen ist.«

»Na, vielleicht ist er in einem anderen Kaffeehaus picken geblieben …«

»Außer ins ›Sperl‹ geht er sonst nur ins ›Landtmann‹.«

»Wollen Sie vielleicht dort anrufen und nach ihm fragen?«

»Na, wenn das ginge, wär das sehr nett.«

Kratochwilla führte Aurelia Nechyba hinter die Küche in sein Bureaukammerl. Dort blätterte er im Telefonbuch und wählte dann die Nummer des ›Café Landtmann‹. Als es am anderen Ende der Leitung tutete, übergab er den Hörer an Aurelia.

»›Café Landtmann‹, guten Abend!«

»Hier … hier spricht Aurelia Nechyba. Ich wollt nur fragen, ob mein Mann, der Oberinspector Nechyba, bei Ihnen ist.«

»Ah! Der Oberinspector! Bedaure, gnä' Frau, der war heute den ganzen Abend nicht hier. Ich hab nur den Leutnant Goldblatt und den Polizeirat Schober als Gäste hier.«

Aurelia schluckte und sagte dann:

»Dürfte ich … dürfte ich kurz den Polizeirat Schober sprechen?«

»Selbstverständlich! Ich hol ihn sofort.«

Aurelia schien es eine Ewigkeit zu dauern, bis sich eine angenehme Männerstimme mit einem ihr sehr sympathischen oberösterreichischen Zungenschlag meldete:

»Schober …«

»Nechyba, Aurelia Nechyba hier. Ich bin die Frau vom Oberinspector …«

»Guten Abend, gnädige Frau. Wie kann ich Ihnen helfen?«

»Mein Mann … mein Mann ist heute Abend nicht heimgekommen. Wissen Sie vielleicht, ob es einen Notfall gegeben hat und er dienstlich unterwegs ist? Weil … ich mach mir solche Sorgen um ihn …«

»Ich verstehe. Von wo rufen Sie an?«

»Vom ›Café Sperl‹.«

»Bleiben Sie bitte dort. Ich ruf jetzt im Polizeigebäude an und erkundige mich, ob irgendjemand weiß, wo der Oberinspector steckt. Ich melde mich wieder.«

»Dankschön«, murmelte Aurelia, doch Schober hatte schon aufgehängt. Aurelia war weiß im Gesicht. Kratochwilla schob ihr seinen Bureausessel hin und bat sie, sich zu setzen. Dann rief er einen Kellner und bestellte zwei Schnäpse.

Mit zitternder Hand nippte Aurelia an ihrem Schnaps und wartete.

III/8

»Polizeirat Schober hier. Ist dort die Torwache des Polizeigebäudes? Gut, sehr gut! Verbinden Sie mich bitte ins k.k. Polizeiagenteninstitut.«

Ungeduldig trommelten Schobers Finger auf das Telefonbuch, das vor dem Telefonapparat lag. Nach circa zwanzigmaligem Läuten hob endlich jemand ab:

»Polizeiagenteninstitut, Paul, guten Abend.«

»Hier spricht Schober. Polizeirat Schober. Ich such den Oberinspector Nechyba.«

»Ui, den hab ich heut den ganzen Tag über nicht gesehen.«

»Und? Wer könnte ihn gesehen haben? Können S' mich weiterverbinden?«

»Ich fürchte, nicht. Wir haben gerade einen Großeinsatz. In Felixdorf ist die Pulverfabrik explodiert. Unzählige Gebäude wurden zerstört, es gibt Tote und Verletzte. Die Agenten der Nachtschicht sind unter der Leitung von Inspector Fraczyk nach Felixdorf rausgefahren. Sie müssen vor Ort untersuchen, ob's eine Sabotage oder ein Terroranschlag war. Ich bin der Einzige, der hier die Stellung hält. Aber ich verbinde Sie hinunter zur Torwache, vielleicht kann Ihnen dort wer weiterhelfen.«

Noch bevor Schober etwas erwidern konnte, hatte ihn der Polizeiagent Paul schon weiterverbunden. Die Torwache meldete sich prompt.

»Ja, hier ist nochmals Polizeirat Schober. Ich suche dringend den Oberinspector Nechyba!«

»Nechyba … Nechyba … der ist kurz vor Mittag hier rausgegangen. Hat aber nicht gesagt, wo er hingeht.«

»Sonst wissen Sie nix über ihn?«

»Ein Momenterl bittschön …«, Schober hörte, wie die Sprachmuschel abgedeckt wurde und wie dahinter zwei Stimmen miteinander diskutierten.

»Ja, hier ist Löschnak. Der Oberinspector hat vor circa einer dreiviertel Stunde angerufen und um Verstärkung gebeten. Er befindet sich im Schlachthof St. Marx, bei der Firma Mereditsch & Löw. Mit dem Großeinsatz in Felixdorf ist das aber ein bisserl untergegangen …«

»Es ist also noch niemand nach St. Marx gefahren?«

»Nein, Herr Polizeirat.«

»Verbinden Sie mich mit dem Zentralinspector!«

Kurzes Knacksen in der Leitung, dann meldete sich eine müde Stimme:

»Pamer …«

Schober schilderte dem Zentralinspector die Sachlage. Der war mit einem Schlag hellwach. Er ordnete an, dass ein motorisierter Mannschaftswagen mit zwölf Sicherheitswachleuten nach St. Marx losfuhr, gleichzeitig schickte er einen Personenkraftwagen zum ›Café Landtmann‹, wo Schober einsteigen würde, denn Schober hatte im Einverständnis mit Pamer das Kommando bei dieser nächtlichen Polizeiaktion übernommen.

III/9

»Wissen Sie, Nechyba, eigentlich würde ich wahnsinnig gerne meinen schönen Henkersknoten um Ihren fetten Hals legen. Aber leider, leider geht das nicht. Der Henker von Wien ist ja gefasst und schon seit einiger Zeit tot.«

Der in einen grauen Flanellanzug gekleidete Oberofficier Ernst Anatol Deutsch lächelte zynisch, während er mit äußerster Akribie einen extrem dilettantischen Knoten knüpfte.

»Wie Sie vor einiger Zeit richtigerweise erwähnt haben, verwenden die allermeisten Selbstmörder dilettantische Knoten, um sich aufzuknüpfen. Diese grundlegende polizeiliche Erkenntnis wollen wir natürlich nicht widerlegen. Ganz im Gegenteil! Dieser verpfuschte Knopf um Ihren Hals wird die Theorie, dass Sie Selbstmord begangen haben, massiv untermauern.«

Mit diesen Worten legte er dem Oberinspector den Strick um den Hals.

»Nechyba, was machen S' denn für ein G'sicht? Warum sterben S' nicht mit einem Lächeln auf den Lippen? Ich sag Ihnen aus Erfahrungen: Mit einem Lächeln geht alles viel leichter. Ich glaub, auch das Sterben …«

Nechyba begann vor Angst zu schwitzen. Fieberhaft überlegte er, was er tun könne, um dem drohenden Tod durch Erhängen zu entrinnen. Der Strick um seinen Hals kratzte. Sein Schädel dröhnte. Es fiel ihm nichts ein.

Deutsch wandte sich einem seiner beiden Gehilfen zu:

»Stanschitz, komm her! Gib mir Papier und einen Bleistift. Denn der Herr Oberinspector wird jetzt, so wie jeder g'scheite Selbstmörder, einen Abschiedsbrief an seine Liebsten verfassen. Meinen Informationen nach haben Sie ja keine Kinder, Nechyba. Nur eine Frau, die Sie angeblich sehr lieben. Das ist schön. Schreiben S' ihr doch ein paar Zeilen zum Abschied. Damit sie was hat, eine Erinnerung. Schreiben S', Nechyba, schreiben S'!«

Nechyba zögerte. Er war noch immer ganz benommen von der Wucht des Schlages, den er auf den Hinterkopf bekommen hatte. Sollte er wirklich etwas schreiben? Damit würde es tatsächlich wie ein Selbstmord aussehen. Aber das würde es sowieso. Und wenn er nix schreiben würde, hätte seine Aurelia nicht einmal den allerkleinsten Trost. Am Ende würde sie sich noch selbst Vorwürfe machen. Dass sie nicht lieb genug zu ihm gewesen war oder so ähnlich. Nein, das wollte er keinesfalls!

»Schreiben Sie, Nechyba, schreiben Sie! Ihre Zeit und meine Geduld laufen ab. Wenn S' jetzt net bald zum Griffel greifen, stoß ma Sie einfach so da hinunter.«

Mit zitternden Händen nahm er Papier und Bleistift, Deutsch kommandierte:

»Schwindgruber, komm, mach einen Buckel. Na, nicht so senkrecht! Bück dich, verdammt noch einmal. So ist's gut, damit der Herr Oberinspector eine ordentliche Schreibunterlage hat.«

Nechyba konzentrierte sich. Mit all seiner Liebe dachte er an Aurelia. Plötzlich rannen ihm Tränen über die Backen. Schließlich schrieb er:

Geliebte Aurelia,

das, was passiert ist, ist nicht Deine Schuld. Du hast an all dem überhaupt keine Schuld. Du warst das Licht, die Freude und das …

Ein Schuss zerriss die Stille, die in der großen Halle herrschte. Nechyba fiel der Bleistift aus der Hand. Dann sah er in das verwunderte Gesicht von Deutsch, der sich an die Brust griff. Blut sickerte zwischen seinen Finger hervor. Ein weiterer Schuss peitschte durch die Stille. Er traf Deutsch im Oberschenkel und riss ihm buchstäblich die Beine unter dem schwankenden Oberkörper weg. Eine schneidende Stimme mit oberösterreichischem Akzent ertönte:

»Auf den Bauch legen! Alle! Nieder auf den Boden! Wer stehen bleibt, wird erschossen!«

Schwindgruber und Stanschitz ließen sich wie Mehlsäcke auf den Boden fallen, Nechyba blieb völlig verdattert stehen. Nach einer kleinen Ewigkeit rief er:

»Ich auch?«

»Frau Nechyba? Hier spricht Schober. Ihr Mann ist gerade bei einem Einsatz. Ich stoße jetzt mit Verstärkung zu ihm ... nein, es ist nichts passiert ... gehen S' bitte nach Hause und machen S' Ihnen keine Sorgen. Ich kümmere mich persönlich um alles. Guten Abend.«

Mit kreidebleichem Gesicht legte Schober auf, Goldblatt stand neben ihm und kratzte sich den Schädel.

»Haben S' der armen Frau Aurelia jetzt net zu viel versprochen?«

»Na, was hätt ich machen sollen? Soll ich ihr noch mehr Angst machen, als sie eh schon hat?«

»Ja, Sie haben recht. Übrigens, ich würd gerne mitfahren bei dem Einsatz.«

»Was? Das is a Polizeiaktion.«

»Ja, und ich bin dem Nechyba sein ältester Freund.«

Schober sah den Leutnant Goldblatt streng an. Er konnte nicht umhin, für diesen jüdischen Intellektuellen mit dem scharfen Verstand und dem brillanten Tarockspiel große Sympathie zu empfinden. Aber ihn zu einem Polizeieinsatz, noch dazu zu einem möglicherweise gefährlichen, mitnehmen?

»Herr Doktor Schober, ich kenn den Nechyba in- und auswendig. Und wenn's da heikel wird, weiß ich wahrscheinlich, wie er sich verhält. Das kann von Vorteil sein ...«

»Na, von mir aus. Kommen S' mit. Aber Sie unterstehen ab sofort meinem Kommando.«

Goldblatt schlug die Hacken zusammen und schnarrte: »Jawohl, Herr Polizeirat.«

Mit quietschenden Reifen hielt ein Personenkraftwagen vor dem ›Landtmann‹. Schober und Goldblatt liefen hinaus, sprangen in den Wagen, und der uniformierte Fahrer gab Vollgas.

»Sie wissen, wo wir hinmüssen?«

Der Fahrer nickte:

»Ausse nach St. Marx, auf den Schlachthof, zur Firma Mereditsch & Löw.«

»Haben Sie Waffen mit?«

Neuerlich nickte der Fahrer:

»Im Kofferraum befinden sich zwei Steyr Pistolen sowie ein Steyr Gewehr. Letzteres hab ich auf ausdrücklichen Befehl von Zentralinspector Pamer aus der Waffenkammer holen lassen.«

»Können Sie mit dem Gewehr umgehen?«

»Es geht. Meine Militärzeit ist noch net so lang her.«

Nun schaltete sich Goldblatt ein:

»Also mit Gewehren kann ich mittlerweile gut umgehen. Wir haben draußen im Hinterland der Front ständig Schießübungen gemacht, weil uns als Kriegsberichterstattern in der Etappe so fad war. Da haben wir auf Scheiben und Konserven geschossen, um uns die Zeit zu vertreiben.«

»Wollen Sie das Gewehr nehmen?«

Schober beobachtete, wie Goldblatts Gesicht unter dem Militärtschako hart wurde.

»Wenn der Nechyba in der Bredouille ist, greif ich sogar zum Gewehr.«

246

Nach einer viertelstündigen Fahrt stoppte der Wagen vorm Firmengebäude von Mereditsch & Löw. Der Mannschaftswagen war ebenfalls schon da. Ein uniformierter Polizist machte Meldung:

»Herr Polizeirat, ich melde, dass eine Abteilung von zwölf Mann das Gebäude von Mereditsch & Löw umstellt hat. Ich melde weiters, dass in dem Gebäude drinnen Licht ist und dass von mehreren Personen gesprochen wird. Das Tor des Firmengebäudes ist nicht verschlossen.«

Schober nickte, öffnete den Kofferraum und nahm eine der Steyr Pistolen an sich. Er lud und entsicherte sie. Goldblatt tat das Gleiche mit dem Gewehr. Dann gingen sie in Begleitung von drei uniformierten Polizisten zum Haupttor. Sie öffneten es vorsichtig. Es quietschte leise. Drinnen in der Halle stand ein Fiaker, die Pferde schnaubten, der Fiakerkutscher schnarchte. Alles war hell erleuchtet. Schober ging voran und stockte. Er deutete auf die Galerie. Am gusseisernen Geländer stand zu Goldblatts und Schobers Überraschung der Oberofficier Deutsch in Zivilkleidung. Er hatte offensichtlich zuvor Nechyba einen Strick um den Hals gelegt und sagte: »Schreiben Sie, Nechyba, schreiben Sie! Ihre Zeit und meine Geduld laufen ab. Wenn S' jetzt net bald zum Griffel greifen, stoß ma Sie einfach so da hinunter.«

Als Goldblatt das hörte, hob er das Gewehr, kniff die Augen zusammen und zielte auf Deutsch. Ein fragender Blick zu Schober. Der nickte mit ernster Miene. Einer von Deutschs Begleitern bückte sich und Nechyba begann, auf dessen Rücken etwas zu schreiben. Goldblatt zielte auf Deutschs Oberkörper und drückte ab. Der Schuss krachte, Deutsch taumelte. Ohne nachzudenken, schoss

Goldblatt sicherheitshalber ein zweites Mal: in Deutschs Oberschenkel. Schober schrie Kommandos. Die Polizisten stürmten mit gezogenen Pistolen die Stiegen der Galerie empor. Deutschs Handlanger ließen sich zu Boden fallen. Einzig Joseph Maria Nechyba blieb aufrecht stehen und schaute verdattert in die Weite der Halle.

III/11

»LEO! WO WARST denn so lange? Ich hab mir solche Sorgen g'macht.«

Judith von Zweytick umarmte Goldblatt so stürmisch, dass sein Tschako zu Boden fiel. Er hielt sie lange und ganz fest in den Armen. Dann sagte er leise:

»Ich hab einen Menschen erschossen.«

Judith löste sich ruckartig aus der Umarmung.

»Was hast du g'macht?«

»Einen Menschen erschossen. Ernst Anatol Deutsch. Oberofficier der Feldgendarmerie.«

»Das ist aber net dein Ernst?«

»Doch. Der wollte den Nechyba an einem Geländer aufhängen. Da musste ich ihn erschießen. Glatter Herzschuss.«

»Wer wollte wen aufhängen?«

»Mein Gott, Judith!«, seufzte Goldblatt, »komm, lass uns in den Salon gehen. Und bring mir bitte ein Stamperl Nussschnaps.«

Schleppenden Schrittes ging er voraus in den Salon, dort knöpfte er sich die Uniformjacke auf und warf sie nachlässig in ein Eck. Er zog sich auch die Militärstiefel aus und ließ sich nun, nur mehr mit Unterhemd, Hosenträgern, Hose und löchrigen Socken bekleidet, auf das Kanapee fallen. Judith von Zweytick erschien mit einem blattlvoll* eingeschenkten Schnapsglas. Goldblatt leerte es auf einen Zug, dann lehnte er sich zurück und starrte

---

* Randvoll

an die Zimmerdecke. Judith schmiegte sich an ihn. Vorsichtig streichelte sie über seinen Brustkorb.

»Genau da! Da hab ich ihn getroffen.«

Judiths Hand zuckte zurück.

»Stell dir vor, der hatte dem Nechyba tatsächlich schon einen Strick mit einem Knoten um den Hals gelegt g'habt. Das Ende des Stricks war schon am Geländer befestigt. Wenn wir zehn Minuten später gekommen wären, wär der Nechyba dort von der Galerie der Halle heruntergebaumelt.«

»Das ist ja schrecklich! Wer macht so was?«

»Das war ein hoher Militärgendarm. Der hat seine Stellung und seine Kontakte eiskalt ausgenutzt und sich am Feierabend als Schwarzhändler betätigt. In ganz großem Stil. Konkurrenten, die ihm nicht gepasst haben, hat er aufgehängt. So hat er sich den Spitznamen ›Henker von Wien‹ erworben.«

»Hast du ihn gekannt?«

»Na freilich. Der hat doch auch die Konsumanstalt mit Lebensmitteln versorgt.«

»Ein Skandal …«

»Der wahre Skandal ist, dass die Offiziere und Generalstäbler unserer Armee im Prinzip so weiterleben wie vor dem Krieg. Versorgt mit bestem Essen, erlesenen Getränken und ausreichend Tabakwaren. Das alles garantiert die Konsumanstalt. Der Rest der Mannschaft wird mit Bohnen, Linsen, Graupen und Konserven abgespeist. Das sind die, die draußen im Schützengraben als Kanonenfutter – als Menschensalat – verheizt werden. Die braucht man ja auch nicht ordentlich zu ernähren, weil's sowieso früher oder später krepieren.«

»Leo, du bist ein Zyniker!«

»Wir sind alle Zyniker! Auch du, mein Schatz. Schließlich schreibst du mir ja auch deine Lebensmittelwünsche auf. Die gebe ich in der Konsumanstalt dann weiter, und eine Ordonnanz stellt das Gewünschte zu. Was hast du zum Beispiel gestern geliefert bekommen? Zwölf Eier, ein halbes Kilo Schinken und ein Achtelkilo Butter sowie einen Laib frisches Brot; Letzteres natürlich ohne Lebensmittelkarte.«

»Aber davon haben wir gestern zu Abend gegessen und auch heute gefrühstückt!«

»Natürlich profitiere ich auch davon. Aber eine Sauerei ist es letztendlich trotzdem.«

»Soll ich mich in Zukunft wieder anstellen, damit wir was Essbares zu Hause haben?«

Leo Goldblatt winkte mit einer müden Geste ab und küsste Judith zärtlich.

»Das würde an dem korrupten System auch nix ändern. Im Gegenteil, dann würden wir irgendwelchen armen Zivilisten das Brot wegfressen. So fressen wir es wenigstens der Offizierskamarilla weg.«

»Du bist ja selber Offizier!«

»Richtig! Und deshalb werd ich uns auch weiterhin ungeniert mit Lebensmitteln von der Konsumanstalt versorgen.«

»Du bist wirklich ein Zyniker!«

»Ich bin Realist. Und jetzt bring mir bitte noch einen Schnaps. Schließlich hab ich in diesem Krieg meinen ersten Menschen erschossen.«

III/12

NECHYBA HATTE SCHLECHT geschlafen. Mehrmals war er aus dem Schlaf aufgeschreckt, weil er glaubte, noch immer den Strick um den Hals zu haben. Als Aurelia wie üblich um fünf in der Früh aufstand und er sie wenig später in der Küche rumoren hörte, krabbelte er ebenfalls aus dem Bett. Er schlüpfte in seine Schlapfen und den Schlafrock und tapste mit windschiefem Bart und Strubbelhaar in die Küche.

»Nechyba, was machst du denn da?«

»Ich hab heut die ganze Nacht hundsmiserabel g'schlafen.«

»Das war gestern ein sehr anstrengender Tag für dich, gell?«

Statt seiner Frau eine Antwort zu geben, umarmte er sie und vergrub seinen Kopf in ihrem Haar, in dem es auch schon die eine oder andere silberne Strähne gab. Er küsste ihren Nacken, ihren Hals und schließlich ihren Mund.

»So arg war's?«

Er nickte nur und setzte sich an den Frühstückstisch. Was gestern wirklich geschehen war, konnte und wollte er seiner Frau nicht erzählen. Sie war sowieso aufgeregt genug gewesen, als er um halb zwölf Uhr nachts heimgekommen war. Kein Wort hatte er darüber verloren, dass er beinahe sein Leben verloren hätte. Im Gegenteil: Er trank mit ihr noch ein Stamperl Schnaps, erzählte ihr, dass er endlich die ›Quelle‹ zur Strecke gebracht hatte, und legte sich dann nieder.

Während sie ihren brennheißen Häferlkaffee schlürfte, machte sie Nechyba seinen Türkischen. Allerdings mit Ersatzkaffee – was anderes gab es nicht. Nechyba kostete von dem Gebräu und verzog angewidert den Mund.

»Sei mir bitte nicht bös, aber das G'schloder bring ich heut nicht runter.«

»Das macht ja nix. Lass es stehn. Willst vielleicht ein bisserl eine Brotsuppe, die ich gestern Abend für uns beide gekocht hab?«

»Na, das wär a G'schicht!«

Aurelia wärmte die Brotsuppe, rührte immer wieder um. Plötzlich fragte sie:

»Sag, diese ›Quelle‹, diesen Schleichhändler, habt's den verhaftet?«

Nechyba schaute sie bekümmert an und schüttelte den Kopf.

»Nein. Der is tot. Erschossen.«

»Was? Hast am Ende gar du den erschossen?«

»Geh! Wie denn? I hab doch nie meine Dienstwaffe mit.«

»Und wer war's dann?«

Nechyba zögerte. Er überlegte kurz, ob er seiner Frau die Wahrheit sagen sollte, entschied sich aber dann für die offizielle Version:

»Der Schober.«

»Ah so? Du, das ist ein sympathischer Mensch. Wie ich gestern so aufgeregt im ›Café Landtmann‹ angerufen hab, ist er ganz ruhig und höflich geblieben. Dann hat er im ›Café Sperl‹ zurückgerufen und mich beruhigt und gesagt, dass ich mir keine Sorgen machen soll. Wenn ich g'wusst hätt, dass es dann noch zu einer Schießerei kommen würde, ich wär verrückt g'worden vor lauter Angst.«

Nechyba löffelte mit Inbrunst und Genuss die Brotsuppe, die Aurelia ihm hingestellt hatte. Du würdest ganz
sicher verrückt vor Zorn werden, dachte er, während er die
Suppe löffelte, wenn du wüsstest, dass ich gestern allein
zum Gebäude vom Mereditsch & Löw zurückgegangen
bin, mich durch den Hintereingang hineingeschlichen hab
und auf Zehenspitzen schließlich zum Bureau vorgedrun-
gen bin. Dort hat mich fast der Schlag getroffen, als ich
den Oberofficier Deutsch in Zivil gesehen hab. Dieser
Saukerl war also die ›Quelle‹ und der ›Henker von Wien‹!
Während Nechyba im Stillen um seine Fassung gerungen
hatte, hatte Deutsch mit einem Kutscher abgerechnet und
ihn für den nächsten Tag instruiert, wo er was hinführen
sollte. Als der Kutscher gegangen war, hatte Deutsch sich
umgeblickt und den Gehilfen, der offensichtlich über all
die ein- und ausgehenden Waren Buch führte, gefragt:

»Stanschitz, sag, wo ist denn der Schwindgruber?« Das
war das Letzte, woran sich Nechyba erinnern konnte,
denn unmittelbar darauf hatte er einen fürchterlichen
Schlag auf den Kopf bekommen und das Bewusstsein verloren. Gott sei Dank hat Aurelia noch nicht den Dippel*
auf meinem Schädel bemerkt, dachte sich Nechyba und
blickte von dem Suppenteller auf. Er lächelte seine Frau
an und sagte zärtlich:

»Mach dir keine Sorgen, Schatzi. Ich bin ja heil zu dir
zurückgekommen.«

Im sehr geräumigen Arbeitszimmer des Wiener Polizeipräsidenten hatte sich eine hochkarätige Runde ver-
sammelt: ein Militäranwalt, ein Untersuchungsrichter,

---

* Beule

der Polizeipräsident, der Zentralinspector, der Leiter der politischen Abteilung der Wiener Polizei sowie Oberinspector Nechyba vom k.k. Polizeiagenteninstitut. Die Atmosphäre war gespannt, um nicht zu sagen feindselig. Der Untersuchungsrichter und der Militäranwalt wollten beide eine offizielle Untersuchung des Todes von Oberofficier Deutsch einleiten. Genau das versuchte die Führungsspitze der Wiener Polizei, nachdem Polizeirat Schober in ruhigem und sachlichem Ton die Situation im Firmengebäude von Mereditsch & Löw geschildert und sich als Todesschütze zu erkennen gegeben hatte, zu vermeiden. Zentralinspector Pamer beschwichtigte:

»Meine Herren, wichtig ist doch vor allem, dass wir einen der Hauptakteure am Wiener Schwarzmarkt ausgeschaltet haben und dass bei dieser Kommandoaktion kein Polizist zu Schaden gekommen ist.«

Polizeipräsident Gorup von Besanez nickte zustimmend. Nechyba und Schober verzogen keine Miene. Der Untersuchungsrichter, ein zaundürrer Kerl mit gebeugtem Rücken, spärlichem strähnigem Haar, runder Nickelbrille und schlechten Zähnen polterte:

»Es hat aber trotzdem einen Toten gegeben. Deshalb sind wir, der Herr Militäranwalt und ich, ja hier, meine Herren. So einfach lässt sich die Sache nicht vom Tisch wischen.«

Neben dem Untersuchungsrichter wirkte der Militäranwalt wie ein eitler Geck. Tadellos sitzende Uniform, Kurzhaarschnitt, rosige Gesichtsfarbe, sorgfältig gestutzter Schnauzbart, aufrechte Haltung:

»Sie sagen es, Herr Kollege. Sie sagen es. So einfach lässt sich das nicht ...«

Nechyba fiel ihm ins Wort:

»Wir wischen hier gar nichts vom Tisch. Wir wischen hier nämlich Dreck, der sich unter dem Tisch unserer Armee angesammelt hat, auf …«

»Sie, Herr …«

»Oberinspector Nechyba.«

»Sie, Herr Oberinspector, passen Sie auf! Das grenzt an Majestätsbeleidigung und Zersetzung der Wehrkraft, was Sie da sagen«, schnauzte ihn der Militäranwalt an. Nun schaltete sich Schober mit kalter Stimme ein:

»Als Leiter der politischen Abteilung sehe ich da keine Majestätsbeleidigung und schon gar keine Zersetzung der Wehrkraft. Dafür sind Sie schon in Ihren eigenen Reihen verantwortlich. Wie konnte es kommen, dass der Oberofficier Deutsch ohne Rücksicht auf Verluste Schleichhandel in fantastisch großem Ausmaß betreiben konnte? Ohne dass Sie, als Militäranwalt, ihm auf seine schmutzigen Finger geklopft haben?«

»Ich kann mich nicht um alles kümmern. Hab genug zu tun mit Deserteuren und Wehrdienstverweigerern.«

Nechyba blätterte den Akt auf, den er vorausschauenderweise für diese Besprechung mitgenommen hatte, räusperte sich und dozierte:

»Die Agenten des Polizeiagenteninstituts haben seit gestern Abend folgende Delikte ermittelt, die Oberofficier Ernst Anatol Deutsch begangen hat: Mehrfacher Mord durch Erhängen, Schwarzhandel en gros und en detail sowie Mordversuch an einem Polizeiagenten. Der vermutete Umsatz, den der Oberofficier Deutsch mit seinen illegalen Geschäften zum Schaden der Wiener Bevölkerung gemacht hat, liegt nach unserem bisherigen Ermittlungsstand bei deutlich über einer Million Kronen. Ich betone: Das ist erst ein vorläufiges Ergebnis. Meine Leute ermitteln noch weiter.«

Gorup von Besanez faltete seine Hände zu einer Pyramide und bemerkte mit einem zynischen Lächeln:

»Na, das ist doch ein schönes Früchterl, das meine Leute da gestern Abend erschossen haben. Finden Sie nicht, meine Herren?«

»Trotzdem muss es eine Untersuchung geben«, beharrte der Untersuchungsrichter. Gorup von Besanez beugte sich vor, sein Ton wurde nun scharf:

»Untersuchen Sie! Aber bedenken Sie eines: Ich werde meine Leute mit Zähnen und Klauen verteidigen. Noch heute wird unsere Pressestelle eine Mitteilung über den feinen Oberofficier Deutsch herausgeben.«

»Na, das wird nix helfen. Das wird der Militärzensur zum Opfer fallen«, höhnte der Militäranwalt.

»Das mag schon sein, aber meine Beschwerde beim Armeeoberkommando und bei Seiner Majestät, dem Kaiser, über den Saustall, den Sie da in Wien in Ihren Reihen tolerieren, wird nicht ungehört verhallen. Verdammt noch einmal! Sie glauben doch nicht, dass die Armee völlige Narrenfreiheit hat?«

Wieder meldete sich Schober mit ruhiger Stimme zu Wort:

»Der Leiter der Militärzensur ist ein enger Freund von mir. Mit dem werde ich mich heute noch in Verbindung setzen. Dann werden wir ja sehen, wie viel von unserer Pressemitteilung doch noch an die Öffentlichkeit gelangt.«

Gorup von Besanez hatte sich wieder beruhigt, leise wandte er sich an den Untersuchungsrichter:

»Sobald diese Unterredung beendet ist, werde ich den Herrn Gerichtspräsidenten anrufen und mich über Sie … wie heißen Sie eigentlich? …«

»Dr. Lammatsch …«

»… werde ich mich über Sie, Dr. Lammatsch, beschweren und ihn bitten, Ihnen ein anderes Betätigungsfeld, zum Beispiel in der Bukowina oder unten in Bosnien, zuzuweisen. Sie scheinen hier in Wien überfordert zu sein. In den ländlichen Randgebieten der Monarchie soll es ja wesentlich ruhiger zugehen.«

Der Untersuchungsrichter wurde aschfahl im Gesicht. Es herrschte kurze Zeit eisiges Schweigen im Zimmer des Polizeipräsidenten. Dann klappte der Untersuchungsrichter den vor ihm liegenden Akt zu und seufzte:

»Herr Präsident, meine Herren, Sie haben mich überzeugt. Ich schließe hiermit die Untersuchung ab. Das Ergebnis lautet: Der Tod trat aufgrund einer Notwehraktion eines Polizeibeamten ein.«

Gorup von Besanez strahlte. Er stand auf, ging auf den nun ebenfalls aufgestandenen Untersuchungsrichter zu, schüttelte ihm die Hand und sagte jovial:

»Na also. Hamma uns doch noch geeinigt. Sie ersparen sich eine Untersuchung, und ich erspar mir einen Anruf beim Gerichtspräsidenten und eine Presseaussendung.«

Der Militäranwalt war auch aufgestanden. Er blickte feindselig in die Runde und schnarrte, ohne sich von jemandem persönlich zu verabschieden:

»Meine Herren, ich behalte mir weitere Schritte vor. Wir hören voneinander. Ich empfehle mich.«

Er schlug die Hacken zusammen und ging.

Als der Untersuchungsrichter und der Militäranwalt gegangen waren, ließ sich Gorup von Besanez in seinen Stuhl sinken. Er fixierte den Polizeirat und sagte mit fester Stimme:

»So, Schober! Das Schlamassel hamma bereinigt. Und im Übrigen: Gratulation, dass Sie diesen Schweinkerl, diesen Deutsch, liquidiert haben.«

Nechyba und Schober gingen danach gemeinsam ins ›Landtmann‹. Es war erst mittlerer Nachmittag, doch das hinderte die beiden Herren nicht daran, sich einen doppelten Weinbrand zu bestellen.

»Weil, sonst bekommt man das, was man jetzt Kaffee nennt, nicht hinunter«, brummelte Nechyba dem Kellner nach. Schober lächelte und sagte:

»Schön, dass Sie mit mir jetzt da sitzen und übern Kaffee schimpfen. Gestern Abend, wie mich Ihre Frau Gemahlin hier angerufen hat, hab ich einen ganz schönen Schrecken bekommen. Mir war sofort klar, dass irgendwas nicht in Ordnung war.«

»Wenn dieser Blunznstricker*, dieser Wachkommandant ... wie heißt er?«

»Löschnak ...«

»Wenn dieser Löschnak mir sofort die Verstärkung g'schickt hätte, wär das ganze ohne Bahöö** über die Bühne gegangen. Wir wären hineingegangen und hätten den Deutsch und seine Pülcher verhaftet. Wenn der g'sehn hätte, dass ma mit zehn oder zwölf Mann da sind, hätt er auch keinen Widerstand geleistet. Der hätte viel-

---

* Depp, Trottel / ursprünglich: dummer Metzgergeselle
** Lärm, hier: Wirbel, Aufregung

mehr gehofft, dass ihm nach der Verhaftung irgendeiner seiner Freunde im Armeeoberkommando aus der Misere heraushilft.«

»Mir hat der Pamer heut vor unserer Besprechung gesagt, dass er den Löschnak mit sofortiger Wirkung versetzt hat.«

»Und wohin?«

»An die Peripherie, ins Kommissariat Favoriten. Pamer hat gemeint, dass er sich dort jetzt um die Zieglbehm[*] kümmern soll.«

»Dort kann er wenigstens keinen Schaden anrichten.«

»So ist es. Apropos Schaden: Ich hab heut was Interessantes gehört. Es ist allerdings noch nicht amtlich. Der Adjutant von unserem Kriegsminister, vom Freiherrn von Krobatin, ein gewisser Rittmeister von Lustig, hat über den Direktor Kranz von der Depositenbank den Biereinkauf für unsere Armee gesteuert.«

»Ja und …?«

»Nun, die Armee hat zum Schaden der Allgemeinheit immer viel zu viel Bier eingekauft, und jetzt kommt's: Die Menge, die nicht von der Armee gebraucht wurde, wurde vom Rittmeister Lustig zu stark überhöhten Preisen weiterverkauft. Und jetzt raten S' einmal, mit wem dieser Rittmeister befreundet war …«

»Mit dem Oberofficier Deutsch?«

Schober nickte und nahm einen Schluck von seinem Weinbrand. Nechyba nahm ebenfalls einen Schluck und schüttelte den Kopf:

»Und uns will dieser Militäranwalt einen Mord anhängen …«

---

[*] Arme, böhmische Arbeiter in den Ziegeleien in Favoriten (Süden von Wien)

»Wer weiß, wie weit der auch in die Machenschaften von Deutsch, Lustig und anderen hohen Offizieren verstrickt ist. Ich hab ja gute Kontakte zur Armee, ich werde das auf alle Fälle weiterverfolgen.«

Die beiden Herren bestellten eine weitere Runde Weinbrand. Gerade als sie anstoßen wollten, erschien der Leutnant Goldblatt. Nechyba sprang entgegen seiner sonstigen Gewohnheiten auf und schüttelte dem kleineren und viel schmächtigeren Goldblatt heftig die Hand.

»Nechyba! Reißen Sie mir net den Arm aus! Ist das der Dank dafür, dass ich Sie gestern gerettet hab?«

Schober zischte:

»Psst! Halten S' gefälligst den Mund, Goldblatt!«

Nechyba zog sich betreten auf seinen Platz zurück. Dabei murmelte er:

»Ich hab mich nur gefreut, Sie zu sehen.«

Mit lauter Stimme rief er:

»Herr Ober! Einen doppelten Weinbrand für den Herrn Leutnant!«

Als auch Goldblatt seinen Weinbrand serviert bekommen hatte, erhob Nechyba das Glas und sagte:

»Meine Herren, ich danke Ihnen beiden, dass Sie mir gestern Abend das Leben gerettet haben. Um ein Haar wär ich selbst Opfer des Henkers von Wien geworden.«

JÄNNER 1917

Als Nechyba an diesem kalten Jännermorgen ins Bureau kam, freute er sich erstens auf die wohlige Wärme der Amtsstube und zweitens auf die Lektüre der Tageszeitung. Er hatte beim Vorbeigehen aus den Augenwinkeln die Überschrift ›Zuwendung an Staatsbedienstete anläßlich der Kriegsverhältnisse‹ gelesen und sofort die Morgenausgabe der Zeitung gekauft. Nun lehnte er sich in seinem Bureausessel zurück und las:

Vorläufiges Ergebnis der fünften Kriegsanleihe:
4,4 Milliarden Kronen

Darunter stand jene Überschrift, die ihm bereits auf der Straße aufgefallen war, nun las er den Artikel:

Heute wird eine vom 4. Dezember datierte, im Einvernehmen mit den beteiligten Ministerien erlassene Verordnung publiziert, welche Zuwendungen an Staatsbedienstete aus Anlaß der durch den Krieg geschaffenen außergewöhnlichen Verhältnisse betrifft.

Uebernahme der Steuerzahlung durch den Staat.

Im § 1 heißt es: Aus Anlaß der durch den Krieg geschaffenen außergewöhnlichen Verhältnisse werden für die Zeit vom 1. Dezember 1916 bis Ende Dezember 1917 die Steuern, Diensttaxen, Dienstverleihungs- und Quittungsstempelgebühren und obligatorischen Pensionsbeiträge, welche von den vorhin festgesetzten (stehenden) Aktivitätszulagen der Staatsbediensteten im Abzugswege einzuheben sind, vom Staate zur Zahlung übernommen, insoweit nicht auf Grund des § 9 dieser Verordnung bei Festsetzung der Zuwendungen an die dort bezeichneten Staatsbediensteten anderweitige Bestimmungen getroffen werden.

Nechyba nickte zufrieden. Die 4,4 Milliarden Kronen, die die Kriegsanleihe eingebracht hatte, würden auch ihm etwas bringen. Endlich einmal eine gute Nachricht in diesen grauenhaften Zeiten. Gleichzeitig genierte er sich ein bisschen. Schließlich hatte er bisher keine einzige Kriegsanleihe gezeichnet. Aber das hatte seine guten Gründe: Erstens widerstrebte es ihm, diesen vermaledeiten Krieg finanziell zu unterstützen, und zweitens hielt er es mit dem Arbeitgeber seiner Frau, dem Hofrat Schmerda. Der postulierte schon seit Jahren, dass er sein Geld lieber in Viktualien als in irgendwelche Anleihen oder Wertpapiere investiere. Apropos Viktualien: Nechyba dachte mit Genuss und einem Hauch von Wehmut an das vergangene Weihnachtsfest zurück. Ursprünglich waren er und Aurelia komplett verzweifelt gewesen. Nirgends hatten sie die Möglichkeit gesehen, einen angemessenen Weihnachtsbraten zu erstehen. Selbst ihr findiger Fleischhauer Vinzenz Moosbichler, der bisher immer irgendeine Quelle am Schwarzmarkt aufgetan hatte, bei der er gesuchte Lebensmittel beziehungsweise Delikatessen einkaufen konnte, hatte vor Weihnachten nur über ein äußerst schmales Angebot verfügt. Und dann, es musste so um den 20. Dezember gewesen sein, stand plötzlich der ›Guade‹ mit einem Korb, über dessen Inhalt ein weißes Tuch gebreitet war, vor ihm im ›Café Landtmann‹:

»Herr Oberinspector, grüssie! Darf ich mich zu Ihnen setzen?«

Nechyba war verblüfft, und er konnte es nicht verhehlen, dass er sich auch ein bisserl freute. Hatte der alte Gauner sich also doch rechtzeitig abgesetzt und war den Fängen des ›Henkers von Wien‹ entkommen.

»Nimm Platz, Karminsky. Schön, dass d' unter den Lebenden weilst und keinen Strick um den Hals hast.«

Der ›Guade‹ grinste und beugte sich dann zu Nechyba vor. In vertraulichem Ton sagte er:

»Ich gratulier Ihnen, dass Sie dem ›Henker‹ das Handwerk gelegt haben. Wie ich das erfahren hab, hab ich sofort meine sieben Zwetschken zusammengepackt und bin nach Wien zurück. Jetzt kann ich wieder in Ruhe meinen Geschäften nachgehen.«

»Apropos Geschäfte: Ich hab Sie g'sucht, Karminsky. Da hab ich natürlich auch mit Ihren Banern geredet, die schaun derzeit alle recht unterernährt aus.«

»Na, ist es a Wunder? Die Zeiten sind lausig! Meine Baner bringen ja kaum mehr a Geld heim. Hin und wieder schleppen s' einen Soldaten auf Heimaturlaub ab. Aber sonst … Es gibt einen gewaltigen Überschuss an Frauen in Wien. Frauen, die alle keinen Mann haben. Die machen meinen Banern ordentlich Konkurrenz. Wenn a Mann heut a bisserl a Abwechslung will, na, dann pudert* er die Nachbarin, die Greißlerin, die fesche Straßenbahnschaffnerin, die Briefträgerin oder die Kellnerin in seinem Stammbeisl. Deren Männer sind alle an der Front oder tot. Diese einsamen Frauen warten doch nur drauf, dass ihnen ein Mann schöne Augen macht. Schließlich ist so ein schneller Fahrer** der einzige Spaß, der den Menschen in diesen trostlosen Zeiten bleibt. Und weil's diesen Spaß jetzt fast überall gratis gibt, zahlt keiner mehr dafür.«

»Karminsky, mir kommen gleich die Tränen. Du wirst doch net bankrott gehen?«

---

* Geschlechtsverkehr ausüben
** Quickie

»Aber geh! Davon kann keine Rede sein. Ich hab ja mei Fleischhauerei, die geht wie geschmiert. Und meine Baner, die servieren jetzt auch im ›Café Nord‹.« Grinsend fügte er hinzu: »Das kennen S' ja eh. Dort haben S' mich vor zwei Jahren einmal verhaftet.«

Nechyba nickte, der ›Guade‹ bestellte zwei Weinbrand, und als die serviert worden waren, erhob er das Glas und prostete Nechyba zu:

»Herr Oberinspector, ich wünsch Ihnen ein frohes Weihnachtsfest. Als Dankeschön dafür, dass ich zu Weihnachten wieder sorgenfrei in meiner Heimatstadt sein kann, hab ich Ihnen was mitgebracht.«

Damit hatte der ›Guade‹ mit seinem Fuß den Korb unter dem Tisch zu Nechyba hinübergeschoben. Tja, und als Nechyba daheim in Anwesenheit seiner Aurelia das weiße Tuch, das den Inhalt des Korbes bedeckte, lüftete, hatten beide vor Freude laut aufgeschrien. Denn in dem Korb war eine fette Gans gelegen. Damit war für die Nechybas das Weihnachtsfest gerettet. Sie hatten das Federvieh bis auf das letzte Stückerl verarbeitet. Die Gans als solche wurde gebraten, und dabei fielen einige Gläser Gänsefett ab. Eine wichtige Reserve in diesen mageren Zeiten. Die Kleinteile der Gans sowie die Innereien hatte Aurelia zu einem wunderbaren Ragout verkocht. Die mit ein paar Apfelscheiben abgebratene Gänseleber war am Heiligen Abend eine herrliche Vorspeise vor dem eigentlichen Gänsebraten gewesen. Und mit den Knochen und dem restlichen Fleisch war schlussendlich eine kräftige Ganslsuppe gekocht worden. Nechyba saß in seinem Bureau und seufzte zufrieden. Ja, zu Weihnachten hatte es diesmal wirklich eine wunderbare Bescherung gegeben. Und als er sich gerade an den

Geschmack der Ganslsuppe erinnerte, die Aurelia mit viel Majoran gewürzt hatte, klopfte es an der Bureautür.

»Ja bitte …«

Bronstein trat in das Zimmer ein. Nechyba freute sich, den jungen Polizeiagenten zu sehen:

»Bronstein! Habe die Ehre! Was gibt's? Setzen S' Ihnen!«

Bronstein nahm Platz und blätterte einen dicken Akt auf.

»Der Inspector Fraczyk schickt mich. Ich soll Sie auf dem Laufenden halten.«

»Na, dann schießen Sie los, Bronstein!«

»Können Sie sich an den Oberverschieber erinnern, der mir im November ausgekommen ist und der dann vom 2. Stock runterg'sprungen ist?«

»Freilich …«

»Jetzt weiß ich, warum. Der hat Sie mit dem Oberofficier Deutsch im Stiegenhaus gesehen. Darauf hat er die Panik bekommen und ist aus dem Fenster g'sprungen. Der hat gedacht, dass wir mit dem Deutsch, mit dem Pülcher, unter einer Decke stecken.«

»Die arme Sau. Wenn der die Nerven bewahrt und mit uns geredet hätte, hätt ma dem Deutsch schon viel früher das Handwerk legen können.«

»So ist es. Übrigens hab ich den Benischek endlich zum Reden gebracht.«

»Na geh!«

»Der hat uns alles haarklein erzählt, wie der Deutsch seine Geschäfte abgewickelt hat. Der war übrigens auch Zeuge, wie der Deutsch zwei seiner Mitarbeiter umgebracht hat. Draußen in Ottakring hat er das sogenannte 2er Lager gehabt. Als ich die kleine Marie, die dort ein und aus gegangen ist, verhaftet hab, hat der Deutsch alle

Waren zum Benischek geschafft und die zwei nun nutz-losen Lagerarbeiter liquidiert. Jetzt, wo der Deutsch tot ist, erhofft sich der Benischek mildernde Umstände, wenn er uns alles erzählt. Davor hat er sich, ich zitiere wörtlich, ›vor Angst fast ang'schissen‹. Vom Benischek wiss ma jetzt auch, dass das ›Café Ritter‹ in Ottakring die Schaltzen-trale vom Deutsch war. Dort hat er ein eigenes Hinter-zimmer gemietet, wo er Stoß gespielt und alle seine Ränke geschmiedet hat. Den Cafetier vom ›Ritter‹ hamma übri-gens auch schon verhaftet. Der hat im Keller Unmengen an Fleisch, Wurst, Kaffee, Mehl, Kondensmilch, zwei But-terfässer, mehrere Bierfässer, Wein, Schnaps sowie Tabak gehamstert gehabt. Wahrscheinlich gehörte der Groß-teil davon auch dem Deutsch. Aber das untersuchen wir noch …«

Nechyba hatte staunend zugehört. Er war stolz auf die Polizeiagenten seiner ehemaligen Gruppe, die leiste-ten wirklich ganze Arbeit.

»Sagen S', was ist eigentlich aus dieser G'schicht mit den überhöhten Biereinkäufen des Kriegsministeriums geworden? Daran war der Deutsch doch auch irgend-wie beteiligt?«

»Da sind wir auch noch dran. Allerdings werden wir da von allen möglichen Stellen innerhalb der Armee behin-dert. Wir bekommen nur schleppend und dann auch wie-der nur spärliche Auskünfte. Im Kriegsministerium sit-zen offensichtlich eine ganze Menge Leute, denen unsere Ermittlungen äußerst unangenehm sind.«

»Eine Sauerei ist das!«, schnaufte Nechyba und über-legte, was er dagegen tun könnte.

Zu Mittag schaute er in der politischen Abteilung vorbei. Er traf Schober beim Aktenstudium an.

»Na, Herr Doktor, machen S' keine Mittagspause?«

»Nechyba! Ich begrüße Sie!«

»Gott zum Gruß, also wie ist das mit der Mittagspause?«

»Ich hab mir in der Früh zwei Äpfel eingesteckt.«

»Gehen S', das ist doch kein Mittagessen. Kommen S', ich lad Sie ein! Gemma ins ›Rebhuhn‹ und schau ma, was die uns heute auftischen.«

Schober schloss seufzend die Akte, die er gerade studiert hatte, und willigte ein. Im Gasthaus ›Zum Rebhuhn‹ war ziemlich viel los. Schließlich war Samstag und daher gab es Fleisch. Wer immer Geld hatte, versuchte, an den Fleischtagen in den Beisln und Gaststätten der Stadt eine Fleischmahlzeit zu ergattern. Als Menü wurden heute Leberknödelsuppe, Naturschnitzel mit Reis und Apfelkompott angeboten. Nechyba und Schober nahmen es, ohne lange nachzudenken. Schober bemerkte mit einem dünnen Lächeln:

»Seitdem den Gaststätten verboten wurde, in Öl herausgebackene Speisen und vor allem Wiener Schnitzel zuzubereiten, muss man froh sein, wenn man ein Schnitzerl, das im Natursaft gedünstet wurde, bekommt.«

»Sie sagen es! Ach Gott, wie ich manchmal auf ein knuspriges, goldgelb herausgebratenes Wiener Schnitzel Lust habe ...«

»Tja, Nechyba, das wird es wahrscheinlich erst wieder nach dem Krieg geben.«

»Der Krieg ...«

Schweigend löffelten die beiden Männer die Suppe, die recht dünn war. Dafür schmeckte der Leberknödel tatsächlich nach Leber. Kaum waren sie mit der Suppe fertig, wurden schon die Naturschnitzerl serviert. Eine selten verspeiste Köstlichkeit, die sie sich munden ließen. Leider hatte der Wirt wieder einmal an der Beilage gespart: Der kleine Schöpfer Reis reichte kaum aus, um den köstlichen Saft aufzutunken. Einigermaßen satt und auch sonst recht zufrieden nahm Nechyba einen Schluck Bier, beugte sich zu Schober und sagte leise:

»Ich bräuchte Ihre Hilfe.«

»Gerne, Nechyba. Wenn es in meiner Macht steht …«

»Es geht mir mehr um Ihre Kontakte. Konkret: um Ihre Kontakte zum Armee-Oberkommando.«

»Ich höre …«

»Meine Leute kommen bei ihren Ermittlungen bezüglich der Biereinkäufe und Bierschiebereien des Kriegsministeriums, an denen der Deutsch ja auch beteiligt war, nicht weiter.«

Schober lachte leise:

»Das wundert mich nicht. Da mauert die ganze Clique bis hinauf zum Kriegsminister und seinem Adjutanten, dem Rittmeister von Lustig. Aber ich werde schaun, was ich tun kann. Ich fürchte, nicht viel.«

»Es wäre eine Schande, wenn dieser Skandal irgendwie versickern würde.«

»Das seh ich genauso, Nechyba. Aber wie ich von anderer Seite gehört hab, untersucht die Justiz diesen Fall bereits. Vielleicht sollten sich Ihre Männer da gar nicht so sehr engagieren.«

»Ah, das ist interessant. Da werde ich sie vorerst ein bisserl einbremsen.«

Am Nachmittag machte Nechyba dann relativ früh Feierabend. Er hatte das Gefühl, dass er für heute genug gearbeitet hatte. Gut gelaunt begab er sich ins ›Café Landtmann‹. Er blätterte die unterschiedlichsten Zeitungen durch und schlief in der gut beheizten, heimeligen Atmosphäre des Kaffeehauses schließlich ein. Wie so oft in seinem Leben, wurde er auch diesmal bei seinem Kaffeehausschlaferl unsanft geweckt. Eine wohlbekannte Stimme äußerte sich über ihn in ironischem Tonfall:

»Der Nechyba schnarcht schon wieder …«

Der Oberinspector wachte mit einem Ruck auf, rieb sich verschlafen die Augen und sah Goldblatt in Begleitung eines zaundürren, ebenfalls uniformierten Burschen vor sich stehen. Er fuhr Goldblatt an:

»Ein bisschen mehr Respekt, wenn ich bitten darf!«

»Also gut! Mein lieber Nechyba, darf ich Ihnen den Korporal Egon Schiele vorstellen? Er arbeitet seit heute in der Kanzlei der k.u.k. Konsumanstalt für Gagisten der Armee im Felde.«

Nechyba schüttelte dem Jungen die Hand und deutete ihm und Goldblatt, Platz zu nehmen. Alle drei bestellten sich nun einen Goldblatt, was den goscherten Piccolo zu der Bemerkung veranlasste:

»Bitte sehr! Drei Goldblatt für den echten Goldblatt.«

Nachdem die Kaffees, die eigentlich nur dank des zugesetzten Alkohols genießbar waren, auf dem Tisch standen, fragte Nechyba den jungen Korporal:

»Und? Warum sind Sie in die Konsumanstalt versetzt worden? Er …«, Nechyba deutete mit dem Daumen auf Goldblatt, »… ist ja hierherversetzt worden, um eine Gedenkschrift zu verfassen.«

Schiele schlürfte seinen Kaffee und sagte dann leise:

»Ich bin auch deshalb hier. Ich soll die 28 Niederlassungen der Konsumanstalt zeichnen.«

»Sie zeichnen?«

»Eigentlich bin ich Maler.«

»Kunstmaler?«

»Ja.«

Schiele lächelte, zückte einen Bleistift und einen Skizzenblock und begann zu zeichnen. Goldblatt raunzte:

»Nechyba, Sie sind heut aber neugierig.«

»Richtig. Und deshalb frag Sie jetzt auch gleich etwas, was mir schon den ganzen Tag durch den Kopf geht: Der Oberofficier Deutsch hat doch auch die Konsumanstalt mit Lebensmitteln und Getränken versorgt. Haben S' jetzt überhaupt noch genug Sachen für die feinen Herrn Officiere?«

»Zwei Tage, nachdem der Deutsch tot war, hat's bereits einen Nachfolger gegeben. Arthur Czepik heißt er. Er ist Verpflegsverwalter – das entspricht dem Rang eines Majors. Er wurde von der Ökonomieverwaltung des Kriegsministeriums eingesetzt. Ein Bursche, der sich auskennt. Man munkelt, dass er ein Freund vom Deutsch war. Beweisen kann ich's nicht.«

»Also brauch ich mir um das leibliche Wohlergehen der k.u.k. Officiere keine Sorgen zu machen?«

»Ganz und gar nicht, mein lieber Nechyba. Die Versorgung läuft weiter wie geschmiert.«

Schiele sah von seinem Skizzenblock auf und sagte:

»Milch, Eier, alles gibt's … wir leben wie im Paradies.«

Nechyba nahm dies knurrend zur Kenntnis und dachte sich: Wir haben zwar den Deutsch beseitigt, das System innerhalb der Armee läuft aber ungestört weiter. Es ist ein Jammer. Und während Nechyba immer nachdenklicher wurde, erzählte Goldblatt, der an diesem Abend besonders gut aufgelegt war, allerlei Schnurren. Schiele zeichnete still vor sich hin. Als der Oberinspector heimging, schenkte ihm Schiele ein Nechyba-Porträt. Nechyba sah die wilden Bleistiftstriche des jungen Korporals lange an und musste schließlich zugeben, dass er wirklich gut getroffen war. Trotzdem gefiel ihm die Zeichnung nicht.

Auf dem Heimweg fror er, und er war sehr erleichtert, dass im großen gemauerten Herd seiner Wohnung noch einige Glutnester glimmten. Vorsichtig schlichtete er Buchenscheiter in das Ofenloch. Dem Hofrat Schmerda sei Dank! Denn dieser hatte Buchenholz aus dem k.k. Thiergarten auch für den Haushalt seiner Lieblingsköchin beschafft. Zu Nechybas großem Ärger wollten die verdammten Buchenscheiter heute nicht so recht zu brennen anfangen. Sie glimmten zaghaft vor sich hin, ohne richtig Feuer zu fangen. Nechyba erinnerte sich, dass er noch ein bisschen altes Zeitungspapier hatte. Mit diesem unterfütterte er die glimmenden Scheiter. Schließlich, um es endlich richtig warm zu haben, opferte er auch das raue Blatt Papier, auf dem der Korporal Schiele ihn porträtiert hatte. Und siehe da! Wie von Geisterhand entfachte das kleine Stück Zeichenpapier endlich Feuer in Nechybas Ofenkammer. Als Aurelia heimkam, brannte ein hübsches Feuerchen im Herd, der nun wohlige Wärme abstrahlte. Gott sei Dank hat mir der Schiele die Zeichnung geschenkt, dachte sich Nechyba, sonst würden wir jetzt in einer eiskalten Wohnung sitzen ...

GLOSSAR
DER WIENER AUSDRÜCKE

abpaschen	abhauen, wegrennen
abstieren	jemanden finanziell ausnehmen
andudelt	beschwipst, betrunken
ang'fressen	sauer, grantig
anschmieren (jemanden)	betrügen
Ba / Baner	Hure / Huren
Bahöö	Wirbel
Ballawatsch	Kuddelmuddel
Beisl	Kneipe, Gasthaus
blad	dick
blattlvoll	randvoll
blazn	weinen
Blunze	Blutwurst
Blunzenstricker	Depp, Trottel
Buckel	Handlanger / auch: Rücken
Dippel	Beule
Einbrenn	Mehlschwitze
Eierspeis	Rührei
einehappen	hinein springen
einnähen / einnahen	verhaften
Erdäpfel	Kartoffeln
Erdäpfelpuffer	Reibekuchen, Reiberdatschi
Fahrer	Geschlechtsverkehr
Faschiertes	Hackfleisch
Fleischer / Fleischhauer	Metzger

Fleischlaberl	Frikadelle, Bulette
Fratschlerin	Marktfrau
Frnak	Nase
Galerie	Unterwelt
Ganef	Gauner
Gatsch	Matsch
Gfrast	Schimpfwort; wird wie »Arschloch« eingesetzt
Gilet	Weste
Goldblatt	Türkischer Kaffee ohne Sud mit einem Schuss Tresterbrand verfeinert
Grammeln	Grieben
Grantscherm	grantiger Mensch
Greißler(ei)	Tante-Emma-Laden
Greißlerin	Besitzerin eines Tante-Emma-Ladens
Grätzl	nahe Umgebung, städtisches Viertel
Griasler	Unterstandsloser
Groskopferter	ein besser situierter Mensch
G'schloder	schlecht schmeckende Flüssigkeit
g'schmalzen	teuer
Habe die Ehre! / Hawedere!	Altwiener Gruß oder Ausruf der Verwunderung
Hackler	Arbeiter
Häf'n	Gefängnis
Häusl	WC
Halawachel	Schlingel, unzuverlässiger Mensch
Hawarer	Kumpan

He	Polizei
Karbonadl	Schweinskotelett
Katzelmacher	Italiener
Kiberer	(Kriminal-)Polizist
knotzn	lümmelnd herumsitzen
Köch	Kohl oder auch: Streit, Rauferei
kräuln	kriechen
Kredenz	(Küchen-)Kasten
Krügel	großes, offenes Bier
Kwikwi	Tod
Lungenbraten	Filet
Marie	Geld
Marille	Aprikose
Marqueur	Oberkellner
maukas machen	jemanden umbringen
Mulatschag	ausgelassene Feier
Mensch (das)	junges Ding / Mädchen
Nebochant	minderwertiger Mensch
niederlegen	gestehen
Papp'n	Mund
Patschen	Hauspantoffeln
päule gehen / päulisieren	abhauen, verschwinden
pecken	bezahlen
pempern	Geschlechtsverkehr ausüben
Platte	Bande
plazn	weinen
Powidltatschkerln	mit Powidl gefüllte Teigtaschen
Prader	Uhr
Prater	Wiener Erholungs- und Grüngebiet samt Vergnügungspark
Pülcher	Verbrecher

pudern	Geschlechtsverkehr ausüben
pumpern	klopfen
Randsteinschwalbe	Prostituierte
rearn	weinen
Reindl	Kasserolle
Rotzpip'n	Rotzbub
Salamutschimann	Fliegender Händler, der Salami und luftgetrocknete Würste verkauft
Schlapfen	Pantoffeln
schleichen (sich)	verschwinden
schmutzig	knausrig
schwarteln	verprügeln
Schwammerln	Pilze
Spompanadln	Mätzchen
Stamperl	Schnaps- bzw. Likörglas
stampern	verscheuchen
Stoßpartie	illegales Kartenspiel
Strizzi	Zuhälter
Tanz	Mätzchen, Blödheiten
Trafikant	Tabakverschleißer
Topfen	Quark
Tramway	Straßenbahn
Tratsch/tratschen	Rederei / reden, plaudern
Treberner	Tresterbrand (Grappa)
Tschercherl	mieses Vorstadtlokal
tschechern	saufen
Tschik	Zigarettenstummel
umadum	herum
umadum nasern	herum schnüffeln
Ungustl	unangenehmer Mensch

Unterleiberl	Unterhemd
verdrahn	verkaufen
verzupfen (sich)	verschwinden
Watsche	Ohrfeige
wurscht	egal
Würstel	Pferd
zuadrahn	zusperren

QUELLEN

ANNO – AustriaN Newspapers Online Der virtuelle Zeitungslesesaal der Österreichischen Nationalbibliothek, http://anno.onb.ac.at/

Das neue Kühl- und Gefrierhaus der Stadt Wien Ing. Heinrich Goldemund, Verlag für Fachliteratur Ges.m.b.H., Wien 1916

Der österreichische Bundes-Kriminalbeamte Redaktionskomitee Heinrich Dehmal [u. a.], Verlag für Polizeilichen Fachliteratur, Wien 1933

Der Tod des Doppeladlers Manfried Rauchensteiner, Verlag Styria, Graz, Wien, Köln 1993

Die Prostitution in Wien Karl F. Kocmata, Verlag für Volksaufklärung Rudolf Cerny, Wien 1925

Die letzten Tage der Menschheit Karl Kraus, suhrkamp taschenbuch 1320, Frankfurt am Main 1986

Die Wiener Gauner-, Zuhälter- und Dirnensprache Dr. Albert Petrikovits, Selbstverlag der Öffentlichen Sicherheit, Wien 1922

Im Epizentrum des Zusammenbruchs – Wien im Ersten Weltkrieg Herausgegeben von Alfred Pfoser und Andreas Weigl, Metroverlag, Wien 2013

Kalender für die Wiener k.k. Sicherheitswache 1915

Österreichische Bankpolitik in der Zeit der großen Wende 1913 – 1923 Eduard März, Europa Verlag, Wien 1981

Schober Dr. Oskar Kleinschmied, Manz-Verlag, Wien 1930

Sechzig Jahre Wiener Sicherheitswache Selbstverlag der Bundespolizeidirektion Wien, Wien 1929

Sprechen Sie Wienerisch? Peter Wehle, Verlag Carl Ueberreuter, Wien – Heidelberg 1980

Stimmungsberichte aus der Kriegszeit, Bd. III und IV K.k. Polizeidirektion in Wien

Trotzdem Kunst! Österreich 1914 – 1918 Herausgegeben von Elisabeth Leopold, Peter Weinhäupl, Ivan Ristic und Stefan Kutzenberger, Brandstätter Verlag, Wien 2014

Vor dem Ausnahmegericht Friedrich Adler, Thüringer Verlagsanstalt und Drukerei G.m.b.H., Jena 1923

Wienbibliothek Digital http://www.digital.wienbibliothek.at/

Wiener Verbrecher Emil Bader, Verlag von Hermann Seemann Nachfolger, Berlin und Leipzig 1905

Weitere Titel finden Sie auf den folgenden Seiten und im Internet:

WWW.GMEINER-SPANNUNG.DE